二見文庫

中国軍を阻止せよ！〈上〉

ラリー・ボンド／伏見威蕃＝訳

SHATTERED TRIDENT (vol.1)
by
Larry Bond

中国軍を阻止せよ！
〈上〉

登　場　人　物　紹　介

ジェリー・ミッチェル中佐	米海軍攻撃原潜〈ノース・ダコタ〉の艦長
バーニー・シグペン少佐	〈ノース・ダコタ〉の副長
チャールズ・シモニス大佐	SUBRON(潜水船隊)15司令
ヒュー海軍大将	ベトナム人民海軍参謀総長
ヴ・キム・ビン	ベトナムの外務大臣
ファイ海軍大将	ベトナムの政治管理本部部長
カオ・ヴァン・トゥイ中佐	ベトナム軍の情報将校
チュン・フー中佐	ベトナム海軍フリゲート〈リー・タイ・トー〉の艦長
陳刀(チェン・ダオ)	中国の国家主席
温鋒(ウェン・ファン)上将	中国の国防部長
蘇義徳(スー・イードー)上将	中国人民解放軍総参謀部参謀長
楊錦平(ヤン・ジンピン)	駐米中国大使
孫麟(スン・リン)	中国海軍の提督。ミサイル駆逐艦〈蘭州〉の艦長
ケネス・L・マイルズ	米国大統領
レイモンド・カークパトリック	米国の国家安全保障問題担当大統領補佐官
ミルト・アルバレス	大統領首席補佐官
ジョアンナ・パターソン	国家安全保障問題担当大統領副補佐官
ウェイン・バローズ海軍少将	COMSUBPAC(太平洋潜水艦隊司令官)
グレッグ・アレグザンダー	米国の国家情報長官
狛村左陣	東京大学経済学教授
羽田正	日本の外務大臣
檜佐木修兵	外務次官。沿岸同盟作業部会日本代表
久保典明海将	日本海上幕僚長
折原臨也海将	沿岸同盟作業部会武官
ヘクター・アレグザンダー・マクマートリー	カナダの海軍史家
クリスティーン・レイヤード	CNNのレポーター
パク・ウチン提督	韓国の海軍大将。沿岸同盟作業部会韓国代表
カンワール・ネール	インドの外務大臣
ギリシュ・サマント大佐	インド海軍攻撃原潜〈チャクラ〉の艦長

二〇一六年八月十八日
南シナ海

プロローグ

「ソナー聴知《コンタクト》、S38《シエラ・スリー・エイト》、変針《ジグ》の可能性あり。周波数で推定」（S（シエラ）はソナーで捉えた目標を示す）水測長が唱えた。「コンタクトは回頭もしくは減速中」

当直士官《OOD》が復唱するあいだ、ジェリー・ミッチェル中佐は、沈黙を守った。左の肩ごしにちらりと視線を投げると、水測長のソナー画面の音響画像が下に動くのが見えた。

「S38の変針確認。コンタクトは右に回頭、新しい的針《てきしん》（目標の針路）は三五〇。的速《てきそく》（目標の速力）変化なし」追跡チーム統合調整員《コーディネイター》が告げた。

ミッチェルは、大きな薄型ディスプレイに注意を向けた。変化する戦術状況が、潜水艦の指揮管制装置によって、データ更新されている。ミッチェルは、かすかに首をふった。かつては、追尾する潜水艦が、回避機動を行なったターゲットのあらたな的針を知るのには、二度の機動と数分を要した。いまでは一分以内に的針と的速を再計算できる。なんとなくフェアではないと思えたが、ミッチェルに異存はなかった。

「ようすがおかしくないですか、艦長《スキッパー》?」当直士官のイワハシ大尉が口を挟んだ。

「いや、どこもおかしくない。追尾を続けろ、キヨシ」

「アイアイ・サー。操縦員《パイロット》、面舵一五度。針路〇五〇宜候《ようそろ》」

「面舵一五度、針路〇五〇宜候、操縦員アイ。当直士官、面舵一五度をとっています」

「よろしい、操縦員」

操縦員《パイロット》か。ミッチェルは、ちょっとしんみりした。操舵員《ヘルムズマン》のほうが好きだ。当直員の用語の変更は、この艦《ボート》の数多い変更点の一つだ。おれの艦《ボート》！　その考えが意識に飛びこむたびに、背筋を震えが走る――おれは艦長なのだ。

ミッチェルが指揮する〈ノース・ダコタ〉は、艦隊に新配備された「バージニア」級攻撃原潜ブロックⅢの一号艦だった。バージニア級は、さまざまな面で革新的だ。もっとも顕著な変更点は、発令所に見られる。潜望鏡がない。なにもない。〝グレー・レディ〟とダンスを踊ることは、もうないのだ。マストに搭載された電子光学カメラの向きをオペレーターがジョイスティックで変え、画像は薄型ディスプレイで見る――発令所には、そういうディスプレイが数十台ある。

ブロックⅢは、バージニア級第三代の最新設計で、次世代ソナーを備え、船体も曳航《えいこう》ソナーも最新鋭の技術だった。〈ノース・ダコタ〉のソナー機器が、世界最高であることは疑問の余地がない。潜在敵国の運用中もしくは設計中のもっとも静かなターゲットを捉えるように作られている。しかし、現況では、その性能をもてあましているといってもいいだろう。

〈ノース・ダコタ〉が一日ずっと追尾しているのは、中国海軍の「商型」〇九三型攻撃原潜だった。中国の潜水艦はだいたい大きな音をたてるので、追尾するのはいたって簡単だった。ミッチェルの水測員たちは、距離一〇海里で早くも商型を探知し、ミッチェルは〈ノース・ダコタ〉をなんなく商型のバッフル（艦載ソナーで聴音できない後方の死角）に手際よく入れた。左斜めうしろのスイートスポットに収まると、〈ノース・ダコタ〉はターゲットの尾行に精を出した。商型がやっていることをすべて観察し、推進用原子炉のきしみ、打音、回転音をすべて記録した。作業が簡単すぎて乗組員が油断してしまうので、ミッチェルは集中しろと何度も叱る始末だった。

「敵がなにもやらなくても、自信過剰がわれわれの技術的優位をあっというまに消し去ってしまうぞ。油断するな」と、ミッチェルは注意した。アメリカ海軍は、中国潜水艦の外洋での運用については、ほとんど知識がない。相手に知られることなく探知を維持している時間が長ければ長いほど、中国人民解放軍海軍の潜水艦部隊のことがよくわかるようになる。

「艦長、S38はさっきの針路変更で、S52への襲撃航跡《インターセプト・トラック》に乗ります」追尾チーム統合調整員のデイヴィッド・コヴェイ大尉がいった。

「よろしい、調整員」ミッチェルは答えた。それから、イワハシのほうを向いた。「当直士官、二隻の航跡《トラック》を見せてくれ」

「アイアイ・サー」イワハシが、コマンド・ワークステーションにメニューを呼び出して、戦術ディスプレイの対勢図を拡大した。

　ミッチェルは、左舷ＶＬＳＤ（垂直大画面ディスプレイ）を見て、ざっと暗算した。商型は、まちがいなくもう一つのターゲット――商船に接近しようとしている。

「偶然のはずはないです、艦長。完全な襲撃進路じゃないですか」イワハシがいった。「中国潜水艦の艦長は、接近・襲撃の演習をやっているのでは？」

「かもしれない」ミッチェルは推理した。「もう商船を捕捉しているはずだ。商型は聴音が苦手かもしれないが、ソナーがまったく効かないわけではない。水測、Ｓ５２の現況は？」

「艦長、Ｓ５２のシグネチュア（感知機器に探知される、物標の存在や特徴を示す物理的現象）は、データベースの商船〈ヴィナシップ・シー〉と一致します。一二気筒ディーゼル機関、四枚羽根スクリュー一軸。現在の軸回転は一三三ＲＰＭ、一二ノットに相当」水測長が、きびきびと答えた。

「よろしい、水測」ミッチェルは応じた。質問しようとした矢先に、当直士官が口を切った。

「海洋監視ＮＧＯのシーウォッチのデータベースがあります、艦長。右舷ＶＬＳＤに表示します」

「気が利くな、キヨシ」

〈ヴィナシップ・シー〉の画像が、右舷の大型ディスプレイに現われた。いささか風変わりな姿だった。上部構造と煙突が船尾寄りにあり、船首楼が高くなっていて、甲板には均等な間隔で大型デリック四台が備わっている。

「蕎麦粉《そば》かなにかのばら積み貨物船みたいだな」ミッチェルは、意見を口にした。

「はい。全長一六九メートル、排水量一万八一〇八トンです。一九九八年竣工、現在はヴィナシップ・ジョイントストック社が保有し、ベトナム船籍です。ONI（海軍情報部）によれば、二日前にホーチミン港のタンチュアン・ターミナルを出航、日本の大阪に向かっています。貨物は石炭とされています」

ミッチェルは、商船の航跡《トラック》をじっと見た。またかすかに首をふった。指揮管制装置のデータは、〈ヴィナップ・シー〉の針路が〇七六であることを示していた——ありえない、と思った。

「統合調整員、S52の的針を確認しろ」ミッチェルは命じた。

「S52の的針を確認します」ほどなくコヴェイが報告した。「確認しました。S52の的針は〇七六です、艦長」

ミッチェルは、眉間に皺を寄せて訊いた。「わたしの勘ちがいか、それともこの針路は日本へ行くにしては、南に寄りすぎていないか？　操舵兵曹、ベトナムから日本へ行くとしたら、どういう針路をとる？」

「調べています、艦長」当直海曹が答えた。ライブラリ・メニューから該当するデジタル海図を選び、トラックボールでおおまかな航海計画航路を引いた。「艦長、ホーチミンからのもっと好都合な針路は、ルソン海峡へ向かう〇五〇です。現的針は南に寄りすぎています」

ミッチェルは、向きを変えて、ＨＬＳＤ（水平大画面ディスプレイ）の対勢図を覗きこんだ。「これがＳ５２の現在の航跡《トラック》、これが本来とるべき航路です」当直海曹が指し示した。

「航法をまちがえたとは思えないな」ミッチェルは、訊くともなしにつぶやいた。

「まずありえませんね」

顔を起こすと、ミッチェルは大声でいった。「この船が当然とるべき針路から大きくはずれている理由を、なにか思いつかないか？」全員が、肩をすくめるか、わかりませんと答えた。

「わたしにもわからない」ミッチェルはいった。「よし、できるだけ長いあいだ目を光らせていることにしよう。その間も、肝心のターゲットから注意をそらさないように……」

水測員たちのつぶやきが大きくなり、異変が起きているのだと、ミッチェルは察した。水測長が、訊かれるのを待たずにいった。「艦長、Ｓ３８から一過性雑音《トランシエンツ》。複数の魚雷発射管に注水したもようです」

その報告に愕然としたミッチェルは、確認を求めた。「聞きちがいじゃないんだな？」

「まちがいありません。ギルデン兵曹も自分も確信しています」もう一人の水測員が激しくうなずくのが、目にはいった。

「追尾チーム、注意。Ｓ３８がＳ５２に向けて接近・襲撃演習を行なっている模様だ。模擬魚雷の発射もあるかもしれない。中国の対水上艦戦術について、貴重な情報が得られるぞ。

この機動演習について、ありとあらゆるデータをかき集める必要がある。商型は魚雷発射後に回避手順を行なうかもしれない。だから、注意を怠るな。よし、続けてくれ」中国の原潜の模擬襲撃を記録できるかと思うと、ミッチェルはおおよろこびした。こんなチャンスはめったにないし、五〇ヤード・ライン前の最前列で見られるのだ。

「S38から一過性機械雑音。コンタクトが魚雷発射管扉開放」興奮のにじむ声で、水測長が告げた。

イワハシが、その報告を確認した。商型原潜は商船と六四〇〇メートルしか離れていなかった。これまでの演習から、中国潜水艦の水上艦船に対する交戦限界は、九〇〇〇メートルだと推定されていた。もうじき発射すると心のなかでつぶやきながら、ミッチェルは中国潜水艦の艦長の立場で考えた。

一分とたたないうちに、水測長が告げた。「一過性発射雑音！　一……いや二本の模擬魚雷！」

ミッチェルは首をめぐらしてソナー・ディスプレイを見ようとしたが、水測長の顔から血の気が引くのに気づいて、動きをとめた。「魚雷発射！」水測長が叫んだ。「二本、魚雷針路〇三〇！」

「操艦する！」ミッチェルはどなった。「操縦員、面舵いっぱい、最大戦速！　総員配置！」

ミッチェルの命令によるあわただしい動きは、総員配置を報せるゴン、ゴン、ゴンという音にいくらかかき消された。すぐに予備要員が発令所にはいってきて、戦闘部署についた。副長バーニー・シグペン少佐が、文字どおり人波をかき分けて、部署に到達した。

「なにが起きているんですか、艦長《スキッパー》?」驚きと懸念が、シグペンの顔にみなぎっていた。

「副長《X O》、われらが友人が、魚雷二本を発射した」

「ほんとうですか?」信じられないという声で、シグペンがいった。「われわれに?」

「ほんとうだ。まだわからない」ミッチェルは答えた。「だが、危険は冒せない。商型のうしろにまわる。魚雷がわれわれに向けて発射されたのなら、反転防止機能が働いて、魚雷は停止するはずだ」

「艦長、〇四〇を過ぎて右へ回頭しています。針路指示をいただいていません」操縦員が大声でいった。

「よろしい、操縦員。針路〇七〇」ざわめきのなかで、ミッチェルは声を大きくしなければならなかった。

操縦員がミッチェルの指示に対応していると、水測長が叫んだ。「艦長! 魚雷はYu－6と識別、的針〇二七、左へ進んでいます。ですが、ダウン・ドップラーです。くりかえします、ダウン・ドップラー、魚雷は離れていきます」

「みんな、静かにしろ!」ミッチェルは命じた。発令所がやかましくなっていた。報告すべてを聞き取らなければならないのだ。「たいへん結構、水測長」

「同感です、艦長」シグペンがいった。「魚雷はこっちには来ません」

左舷のディスプレイを見ると、中国潜水艦の魚雷が遠ざかっていくのがわかった――〈ノース・ダコタ〉はターゲットではなかったのだ。そのとき、速力が一六ノットを超えて上昇していることに気づいた。減速しないと商型の右舷バッフルから飛び出してしまう。高速潜航している商型にも、探知できるかもしれない。「操縦員、前進三分の二。副長、魚雷が向かっているのは、わたしが考えているところかな？」

「商船のことを考えられているのでしたら、そうです」シグペンが、にべもなく答えた。

「雷速五〇ノット以上で接近中。着弾まで三分四十五秒。あいにく打つ手はありません」

不吉な沈黙が漂うなかで、ミッチェルと発令所の乗組員たちは、魚雷を表わす輝点が商船のアイコンに重なるのを見守った。この交戦はまるでビデオゲームのようだと、ミッチェルは思った――ただし、今回はゲーム終了とともに人が死ぬ。一本めの魚雷の爆発音は、船殻を通してよく聞こえた。だが、水測長が報告する前に、もっと激しく強力な爆発音が続いた。

「なんてこった！　あれはなんだ？」シグペンが、肝をつぶして大声をあげた。

「殉爆（爆薬が他の爆薬の爆轟に感応して爆発すること）にちがいない」ミッチェルはそっけなくいった。「しかし、なんだろう？　積んでいるのは石炭のはずだ」

「艦長、S52が分解する轟音が聞こえてきます。方位三一七。轟沈しています」

「よろしい、水測長」

「艦長、商型が逃げます」シグペンが、左舷のディスプレイを指差した。「左に回頭し、速力をあげました。命令を、艦長」

ミッチェルはまだ少し茫然としたまま、ディスプレイを見つめた。この一件の意味を、必死で読み解こうとしていた。だが、全員の視線の重みをすぐに感じた。発令所の乗組員が決断を待っている。おれは艦長なのだ。深い嘆息を漏らして、ミッチェルはいった。「ほうっておけ、副長。もっと差し迫った仕事がある」

イワハシ大尉のほうを向き、なおもいった。「当直士官、S52の最終位置を目指せ。最大戦速だ。生存者がいるかどうかを確認する必要がある。望み薄だろうが、見にいかなければならない。副長、通信長と二人で、十分以内にOPREP－3（作戦中の事案／事件詳報）メッセージを作成しろ。われわれが目撃したのは戦争行為だ。本部に報告しなければならない」

1　合意成立

――〈ヴィナシップ・シー〉撃沈事件の十日前――
二〇一六年八月八日
ベトナム　ハノイ

車が走っているあいだ、狛村左陣《こまむらさじん》博士はハノイの風景を眺めていた。建築物の多くがいまもフランスの様式をとどめているが、〝戦争〟で破壊された跡に取って代わった現代建築が、いたるところで入り混じっている。

ハノイは史跡が多い街だ。前日の午前中の講義では、ベトナムの軍人や政府関係者多数にともなわれて、B－52戦勝博物館を訪れた。戦争に参加し、ＭｉＧ戦闘機でアメリカ軍と戦った退役軍人との会見まで手配されていた。狛村は名士の身分にはまだ慣れていなかったが、それにともなう特権は気に入っていた。

狛村はベトナム語がほとんどしゃべれないので、公式な付き添いのニン中佐は英語で話をしていた。さきごろ、ベトナム語訳が出た狛村の著作を、ニンは読んだばかりで、著者に会って見るからに感激していた。この任務につくにあたっては競争が激しく、選ばれたのはおおいなる恩恵だと思っていると打ち明けた。

車は司令部ビルに近づいていた。ハノイで一ブロックを占領しているが、オフィスビルや軍司令部ではなく大学のキャンパスのように見える。薄茶色の煉瓦造りで赤い屋根の建物が、まんなかに噴水がある四角い中庭を囲んでいる。芝生には点々と木立があって、庁舎をほとんど囲いこんでいた。

午前の車の流れから出た車が、警備されているゲート前でとまった。公用車に乗っていたにもかかわらず、ニン中佐も運転手も身分証明書を提示しなければならなかった。ニンが狛村の招待状を見せると、警衛が来訪者名簿と照らし合わせた。

建物にはいって最上階にいくあいだにも、数カ所にセキュリティ・チェックポイントがあった。これまでに訪れた他の司令部とおなじように、記念品のガラスケース、戦闘の絵、建国の父ホー・チ・ミンやヴォン・グエン・ザップ将軍の肖像画数点のそばを通った。最後のチェックポイントでは、スマートフォンをあずけた。

狛村は、神経質になっていた。これまでは王族のように扱われ、ずっとそれを満喫してきた。だが、王族も食い扶持《ぶち》を稼がなければならないことがある。狛村はふだんは服装に気をつかうほうではないが、今回はいちばんいいスーツに、〝海〟という漢字を刺繍した波模様の濃紺のネクタイを締めていた。

ニンは、狛村を最上階の会議室に案内した。大きなテーブルはなく、座り心地のよさそうな椅子が数カ所にまとめて置いてある。そのうちの三脚に、年配の海軍将校が座っていた。

今回の訪問に先立ち、狛村はベトナム軍の階級章を調べていた。三人とも高位の提督だった。下級将校が一人、通訳をつとめるために近づいてきて、狛村はすぐにベトナム人民海軍参謀総長ヒュー海軍大将、海軍政治管理本部部長ファイ海軍大将、第二管理本部（情報部）部長デュアン海軍大将に紹介された。三人とも前日の講義に来ていたことに狛村は気づいた。だが、そのときには紹介されなかった。

ニンが小さな茶碗のお茶を出すあいだに、狛村はヒュー参謀総長の隣りの椅子に腰をおろした。ヒューはベトナム戦争を経験した高齢の将官で、シャツの袖に隠れているが、左腕に長い引き攣《つ》れた傷痕がある。当時の南ベトナムで負傷したと、狛村は聞いていた。どういういきさつかは聞いていない。

狛村は提督三人より少し齢が若いだけだったが、高価なスーツは三人の質素なダークグリーンの軍服とは対照的だった。それに、身長が一八〇センチ近く、三人の提督よりも頭一つ分高かった。巨体が椅子からはみ出しそうだったし、その布袋腹《ほていばら》ではとうてい軍隊生活には耐えられない。四人に共通しているのは、髪が薄いことだけだった。狛村はほとんど白髪になりかけている。ファイは頭皮が透けて見えるくらい薄い。あとの二人は禿げたのをそのまま剃りあげていた。

「久保《くぼ》海将がよろしくと申しておりました」狛村はいった。「日本を発つ前に、話をしたんです。ホノルルでお目にかかったときのことが、懐かしいそうです」

「太平洋幕僚長会議ですね」ヒューが思い出していった。「そこで最初に話し合ったことが、たいへん役立ちました」

全員が席に落ち着いたことを見届けると、ニンが出ていき、狛村は提督三人と通訳とともに残された。面接試験のようなものだと気づいていた。

政治管理本部部長のファイ大将が、話を始めた。「先生の『アジアのための海軍』のベトナム語訳は、こちらで好評を博していますよ。大手新聞の《人民軍《クアンドイ・ニャンザン》》（共産党機関紙）にも書評が載りました。もっとも、書評誌は〝親中国〟だと批判していますが」

狛村は、忍び笑いのような声を漏らした。「念入りに読んでいただかなかったので、そういう印象を持ったんですな。中国の軍事力の成長を認識するのと、その成長に賛同するのは、まったくべつのことです」

「中国の脅威がいや増しているという先生のご意見に、わたしどもは賛成です」ファイが答えた。「南シナ海に接している国はすべて、中国の調査船による襲撃や、領海内での中国漁船の違法操業や、準軍事機関の船艇との対決に悩まされています。事件の数はふえつづけ、中国政府はなんら謝罪しない」

ヒューが訊いた。「日本とベトナム以外で、先生のご本に興味を示した海軍はありましたか？」

「アメリカで講演しましたし、沿岸諸国のほとんどすべてから電子メールをいただきました。

海軍省からのものも多かったですよ。おかげで秘書を雇わなければなりませんでした。ご当地の旅を終えたらすぐに、韓国を訪れる予定です。そのあとはインドですね」

「直近の研究に海洋戦略をお選びになった理由はなんですか？」ベトナム三軍の情報機関である第二管理本部部長のデュアン大将が尋ねた。「東京大学では経済学を教えておられるのでしょう。前のご本はたしか経済か歴史がテーマでしたね」

狛村はうなずいた。「おっしゃるとおりです。しかし、経済と政治を切り離すことはできないし、政治と戦争を切り離すこともできません。最近の拙著では、まず二十一世紀の中国の急激な経済成長の分析を行ないましたが、莫大な成長には資源、ことにエネルギーと食糧が不可欠です」肩をすくめた。「中国は従来から貪欲な国でしたが、その貪欲がいまは海に向いています。それでわたしの意見をひろめたいと考えました」

デュアンがいった。「先生は強い軍隊と天皇を崇めることを推進する、新復興党の党員ですね。ご本は政治信念をそのまま反映しているのではありませんか？」

狛村は、首をふってそれを否定した。「わたしの政治信念は、むしろ研究を反映しています」指を折って数えはじめた。日本式に、まず握った拳の小指を立てた。

「一つ、中国の経済成長には、国内でまかなえる以上の資源を必要とする。その資源が、目の前の南シナ海にあると、中国は見なしている。急激な経済成長は、中国経済の作為的な手段と重大な欠陥を隠している。経済が失速すれば、いや、現に失速していますし、破綻しかねない。

二つ、その資源を手に入れるために、中国は海軍を沿岸防御艦隊から、アジア地域を支配する外洋艦隊に変えようとしている。そのことからも、中国の意図は明らかです。

三つ、アジア地域のアメリカの軍事力は、弱まっている。アメリカは、二度の長い戦争の戦費のつけをいまだに払っている始末で、軍の現代化が影響をこうむっている。政治的意図にも問題がある。アメリカにとって中国は第二の輸出相手国であり、逆に中国にとってアメリカは最大の輸出相手国です。さらに、中国はアメリカ国債の最大の保有国です。すぐそばの中国の軍事力に、弱体化した遠いアメリカが対抗してバランスをとるのを、当てにはできませんよ」

狛村は、結論を述べた。「わたしは三年前に新復興党に入党し、経済と安全保障問題について助言できることを願っています」

ヒュー大将は、狛村が意見を開陳するのを、じっと聞いていた。「アメリカの支援を受けないだけではなく、アメリカに対する義務に束縛されていない強い日本の登場を、望まない国がいますよ」ベトナムは第二次世界大戦中に日本に占領されたが、朝鮮やフィリピンほどには苦しまなかったことを、狛村は知っていた。

「一国だけで強くなることには賛同していませんが、アメリカとの権益から離れた同盟を通じて国力を強めることには賛同しています。アメリカとわが国の利益は一致しない場合もありますからね。大東亜戦争を日本があぁして戦わなければならなかったのは、なにがきっかけだったのでしょうか？」狛村は、あてつけがましく問いかけた。「急速な工業化を支える資源の需要ですよ。一九四一年の日本の軍部は、かつてのアメリカとおなじように、拡張主義を正当化する明白な天命《マニフェスト・デスティニー》に取り憑《つ》かれていました。中国のいまの指導者たちは、国の誇りだけではなく、恐怖にもとらわれていると思います。経済が動揺すれば、権力を失う危険性があります。経済が崩壊すれば、国家も崩壊するでしょう。中国の指導者たちにとっては、南シナ海で侵略行為を行なうほうが、はるかに危険が小さいのですよ」

「狛村博士、日本の海上自衛隊との人脈はどのように築いたのですか？」

「向こうから接触してきました」狛村は答えた。「拙著が出版されたあと、海上自衛隊基地数カ所と江田島《えたじま》の幹部候補生学校で講演しました。横須賀での講演のあと、将校の小集団と海軍の発展について、延々議論しました。久保海将もしばらく参加しました。そのあとで、久保海将の幕僚から連絡があったのです」

ヒューがあとの提督二人のほうを見ると、大きなうなずきが返ってきた。ヒューが狛村に視線を戻した。「南シナ海・東シナ海沿海国家の同盟の概念——久保海将が全面的に賛同している先生のご高説——について話し合うのが、この会談の当初の目的でした。あいにく、状況が一変してしまったのです」

狛村は、わけがわからないという顔をした。不安がきざしていた。「どういうわけですか？」

ヒュー提督がすぐさま答えた。「教授、ベトナム社会主義共和国は、政治局と国防委員会の全面的承認を得て、先生の〝沿岸同盟〟の根本方針に同意します。ただちに協力の詳細を煮つめる用意があります。この地域の国はすべて、中国の侵略行為に脅かされています。各国が力をあわせても、中国の侵略行為を阻止するのは容易ではないでしょう。個々の国では、とうてい太刀打ちできません」

狛村は欣喜雀躍《きんきじやくやく》したが、怪訝《けげん》にも思った。「いや、じつにすばらしいことをうかがいました！　帰国したらさっそく久保海将にお言葉を伝えます。しかし、なにか変わったことでもあったのですか？」

「中国のさまざまな計画があります」ヒューが説明した。「それに、わたしたちのできあがったばかりの同盟は、ただちに危機に直面しています」通訳のほうを向いた。「トゥイ中佐を呼んでくれ」

トゥイ中佐は、三十代のはじめで、髪はまだふさふさしていた。トゥイが急いでノート・パソコンを準備するあいだに、通訳が足早に移動して、狛村の隣りに座った。トゥイがブリーフィングを始めると、通訳が小声で狛村に伝えた。

「おはようございます、狛村博士。わたしはカオ・ヴァン・トゥイと申します。情報部門である第二管理本部に勤務しております」狛村に一礼したトゥイは、上官のデュアン提督にもお辞儀をした。「これから、貴国とわが国の両方に影響がある中国からの差し迫った脅威について、国家機密に属する情報をご覧いただきます。教授、きょう見知ったことは、わたしたちの許可なく他人に教えないと、約束していただけますか?」

「むろん約束します」狛村は即座に答えた。好奇心が膨れあがっていたが、胸騒ぎもしていた。どういうことなんだ?

トゥイが、キイボードのボタンを一つ押すと、会議室の奥の薄型ディスプレイの電源がはいり、南シナ海の地図が表示された。ベトナム沿岸が左手、海南島が中央にある。中国南岸から海南島に向けて、雷州《レイチヨウ》半島がのびている。中国本土の沿岸は雷州半島から北東にのび、画面の右端で切れていた。

トゥイが、画面の横に立った。「先週の〈遼寧《リャオニン》〉の演習はご存じですね」

「新型空母のことですね」狛村は答えた。「知っています。マスコミに取りあげられた。精確な記事ではありませんが、注目は集めました」

トゥイが説明を続けた。「〈遼寧〉はいま、亜龍《ヤーロン》湾の母港に戻っています。是正しなければならない小さな技術的問題があると、艦長が報告しています。現在、燃料と弾薬を補給し、〈遼寧〉航空群の残りの航空機も搭載しているところです。J(殲撃)-15戦闘機十機、Ka-28対潜ヘリコプター六機、Z(直昇)-8観測ヘリコプター四機という陣容です。五日後には出航準備が整うと、艦長が報告しています。

出航後は、演習に参加したのとおなじ六隻に護衛されます。駆逐艦三隻、フリゲート三隻で、いずれも最新鋭の誘導ミサイルを装備しています。この任務群は、〇七一型ドック型輸送揚陸艦二隻と会合し、広州《コワンチョウ》に向かうことになっています」海南島南端から北に向かう線が、地図に表示された。線はまず、雷州半島の付け根近くの湛江《チャンチアン》の海軍基地に達し、そこからさらに香港に近い広州の工廠へとのびていた。

「広州で建設されているプラットフォームの写真を手に入れました」画面が変わり、きわめて大きい平らな建造物の写真が現われた。さまざまな色の下塗り材やグレーのペンキに彩られている、大梁の骨組みだけの個所が、あちこちにあった。その画像に、ベトナム語の説明が添えてある丸がいくつも重ねられた。「この工廠では海上油田のプラットフォームを数多く建造していますが、これはさらに大型で、様態もまったく異なります。しかし、もっとも重要なのは、兵装が取り付けられていることです。

丸で囲んだものは、強化グラスファイバーのドームで、防空兵器の覆いであることはまちがいありません」トゥイが、ドームのない一角を指差した。「この基礎構造は、中国のHHQ（海紅旗）－10個艦防禦ミサイル・システムのそれと一致します。前面近くのこの大きなグラスファイバーの構造物は、センサーや通信アンテナの保護カバーです」

トゥイがキイボードのボタンを押すと、地図がふたたび表示された。明るく光る線が、広州から南シナ海の奥へのびる。「〈遼寧〉任務群は、曳航されるプラットフォームとコンテナ船数隻を護衛し、ティートゥ島に向かうことになっています」トゥイはその島をベトナムの呼称で告げた。中国ではそこを中業島《チョンイエ》と呼んでいるが、現在そこを占領しているフィリピンは、パグアサ島と呼んでいる。ティートゥ島は、ハンサ（スプラトリー）諸島最大の島で、飛行場まである。「天候にもよりますが、移動には五、六日かかります。

島に接近すると、ドック型輸送揚陸艦一隻の海兵隊が、現在フィリピン軍守備隊約四十人が守る島を奪取し、プラットフォームが島のいっぽうに投錨します。コンテナ船が運んできたプレハブのコンテナが、揚陸艇で陸揚げされ、兵舎、修理場、戦闘機用格納庫、その他の施設が建設されます。

わが国の工学専門家の推定では、プラットフォームが投錨して固定されるまで、三日かかるものと思われます。その二十四時間後には、中国軍は統合防空システムで基地を防備し、高性能戦闘機一個飛行隊を運用できるようになります。守備隊の兵力は、海兵隊一個大隊です」

狛村は、骨の髄まで寒けをおぼえた。中国はだいぶ前から、外国の国境を無視し、南シナ海全域を領土だと主張してきたが、あくまで言葉だけの話だった。強力な軍事基地が一カ所できれば、その主張を強行できる。南シナ海を囲むどの国にも、そういう軍事拠点を排除できる軍事力はない。アメリカにはその力があるが、係争の対象になっている小さな島の群れぐらいのことでは、中国と正面切って戦争を始めるような危険は冒さないだろうと、狛村は確信していた。よしんばアメリカに戦うつもりがあるにせよ、準備が整っていない。いっぽう、戦略的主導権を握った中国には、そういう動きに対抗する準備ができているはずだ。

「しかし、守備隊がわずか四十人しかいない小島一つを奪取するだけのために、崑崙山《クンルンシャン》級（〇七一型）ドック型輸送揚陸艦が二隻も必要だとは思えません」トゥイが、同型艦の画像をディスプレイに表示した。「〇七一型は、最大で海兵隊八百人と装甲車両十八両が搭載可能です。中国軍は、ティートゥ島にくわえて、サウスウェスト・キーとも呼ばれるカイソントゥータイ島と、その四キロメートル北のノースイースト・キーも同時攻撃するものと思われます。サウスウェストはわが国の領土であり、ノースイーストはフィリピンの領土です」

トゥイが言葉を切った。

狛村は、衝撃と驚愕を顔に出すまいとした。

「それだけではありません」トゥイが、きっぱりといった。「南沙諸島の重要な島を占領したあと、中国は貴国の領土の尖閣諸島にも侵攻するつもりです」

狛村は愕然とした。中国が係争中の島やサンゴ礁をたてつづけに奪取するというのは、想像を絶することだった。事実とすれば、中国の意図は横暴の域をはるかに超えている。即座に一つの疑問が狛村の頭に浮かんだ。

「この情報は、かなり詳細に及んでいますね。わたしは情報の専門家ではありませんが、海軍の諜報はそもそも推測や演繹が主になると考えていました。この情報はどれくらい確実だと見ているのですか？」

ヒューが答えた。「九割かた確実です。貴国や欧米の同盟国のような諜報資源は、わが国にはありませんが、情報源があるんです。かなり前から中国について貴重な情報を提供されていましたが、今回の情報には計り知れない価値があります。久保海将とお話をなさるときに強い裏付けになるよう、こうして先生にお話ししているのですが、海将の説得は先生にお任せするしかありません。この情報源についてお教えすることはできません。情報源が存在することすら、最高機密なのです。相手が久保海将であろうと」

「よくわかりました」狛村は諜報活動のことは詳しくなかったが、ベトナム人が忠誠な中国市民になりすまし、司令部か海軍基地に勤務しているのだろうと想像した。手柄を称える勲章を授けられるまで、生き延びられることを願った。

「この情報が改竄《かいざん》されている可能性は？」狛村は、デュアンに尋ねた。

情報部を司るデュアンが、肩をすくめた。「どんなことでも可能性はありますが、これが偽情報だとしたら」暗い口調で続けた。「われわれの情報源の正体がばれ、中国内の情報網すべてが危険にさらされていることになります。それはまた貴国の支援が必要な理由でもあります」

「と、おっしゃるのは？」狛村は訊いた。

デュアンが答えた。「日本の自衛隊は、衛星画像、電子情報その他、われわれにはない資産《アセット》が使えます。われわれがつかんでいる情報を記録したフラッシュメモリを差しあげます。見返りに、貴国のつかんでいる情報を教えていただきたいし、海南島先端の楡林《ユイリン》、亜龍湾、湛江、広州の入念な監視を開始していただきたい。中国が急に計画を変更した場合に備えなければなりません。むろん、貴国は監視しているのを中国に気づかれないように、用心する必要があります」

狛村は答えた。「情報がほしいという話は、久保海将に伝えます。中国のこの計画を知ったら、海将は中国の活動への監視を強めるにちがいありません」

ヒューがなおもいった。「中国を阻止する合同計画を、なんとか日本と共同で煮つめなければならないと思っています」

狛村は、溜息をついた。「それにはいろいろと複雑な事情がからんできます。フィリピンを支援し、ベトナムと協働することが、〝自衛権〟にあたるかどうかという議論で、国会が紛糾するのが、目に見えるようです」いかにも腹立たしいという口調だった。

「はっきりと申しあげます、教授、大統領と議会重鎮と党には説明がなされていますし、われわれだけで中国を阻止するのはとうてい無理です。われわれは軍も含めてありとあらゆる手段を使う覚悟ですが、それでも……」

狛村はうなずいた。ベトナムの小規模な海軍が大国の海軍と対峙するというのは、お世辞にも想像できない光景だった。「平和的解決は望めないのですか？　判明していることを国連かASEANで公表すれば？」

「それも考えましたが、どちらの国際機関もできることはほとんどありませんし、動きも鈍すぎる。中国人民解放軍は、いま動こうとしているし、トゥイ中佐が説明したように、〈遼寧〉は五日後には出航します」と、ファイが答えた。「この脅威は、わが国の安寧を大きく揺るがしています。中国は、南シナ海全域が領土だと主張しています。ベトナムの領海一二海里の外側はすべて自国の領海だというのですよ。それでは、わが国の漁業は成り立ちません。多くの国民が飢えるでしょう。魚介類の輸出はわが国の経済にとって重要です——しかし、それも衰亡します。中国が南シナ海全域の領有権を握れば、ベトナムの港が封鎖されるからです」ファイの声から、切迫した状況が手に取るようにわかった。

「豊富な埋蔵量の石油もからんできます」ヒューがつけくわえた。「数値は先生のほうがよくご存じでしょうが、石油資源はわが国の経済にとって希望の星なのです」

「中国は外交政策を捨て、剣を握ると決断しています。われわれは迎え撃つ備えをしなければならない」ファイがきっぱりといった。「しかし、教授、中国はどうしていま行動を起こすのでしょうね？　中国経済が最近、悪化するというようなことでも？」

その質問を念入りに考慮して、狛村はしばし黙っていた。ようやく口をひらいた。「二〇一四年の不動産バブルを、中国はうまく切り抜けましたが、それは経済の他の部分へ皺寄せしたからです。その結果、外貨準備金が減少して危険な状態になっています。サウジアラビアとイランからの石油の輸入が不足しているのも大きな問題を引き起こしていますが、それも急激な影響は……」

狛村は、トゥイ中佐のほうを向いた。「広州で建造しているようなプラットフォームは、竣工までどれぐらいかかるものなのでしょう？」

「工学専門家の意見では、二、三年だそうです。もちろん、その前に設計期間がありますが」

「つまり、中国はこの行動計画を三年以上前から決定していたことになる」狛村は、結論を下した。「イランからの石油供給が減りはじめた時期と一致します」

デュアン提督がうなずいた。「その可能性が高いですね。では、これはまんざら新しい危機ではないことになる。いま行動を起こしたのは、包括的な準備を終え、ようやく用意が整ったからだ」

「空母もだ！」ヒューが口走った。「〈遼寧〉の試運転が完了し、強襲にくわわれる用意ができたからだ」

デュアンがうなずいた。表情が暗い。「中国海軍で最高のパイロットを集めているはずだ。中国軍工兵がプラットフォームを設置するあいだ、空母搭載機が上空掩護する。フィリピンには、J－15と互角に戦える戦闘機がない。わが国にはSu－30とSu－27がある。J－15とおなじフランカーの系統だが、ベトナム本土のどの基地も、ティートゥ島までの距離は五〇〇キロメートル以上だ。いっぽう中国にはレーダーとSAM（地対空ミサイル）の防御網を備えることができ、損壊した航空機や乗組員を空母で回収できる」

「状況はさらに不利ですよ」ヒューが力説した。「中国軍が基地を設置したら、島の地上基地に戦闘機一個飛行隊を配置し、〈遼寧〉の空母飛行隊と協働できる。この航空部隊は、ベトナム空軍全体に匹敵します。それに、損耗した分を、中国はいつでも本土から補充できる」狛村のほうにうなずいて、ヒューはいい切った。「それに、日本を発進するいかなる航空機の航続距離にも収まらない」

「その意見は、もっと重要な問題から目をそむけている。中国とのあからさまな紛争です」デュアンが問いかけた。「われわれにそこまでの覚悟はありますかね？」

「敗北の可能性が高いときには、まず無理だろう」ヒューが答えた。「戦う意欲はあるが、いくらかは勝ち目がなければならない」

狛村は、ヒューに尋ねた。「仮に、中国がいま行動を開始したのが、空母の準備ができたからだとするなら、空母なしでも作戦を実行するでしょうか？」

ヒュー提督が、その質問について考えながら、眉をひそめた。「わかりません。前例のない壮大な計画です。人民解放軍にとっては、はじめての大規模攻勢になります。〈遼寧〉なしで強行すると、航空攻撃に脆《もろ》くなる。たしかに、空母がなければ、こちらに少し勝算が傾きますね」

「では、空母を阻止することですね」狛村は、ぴしゃりといった。「今後五日間、空母の所在ははっきりとわかっている。向こうはあなたがたに計画を知られていることに気づいていないから、攻撃されるのを予期していないでしょう」

「人民解放軍海軍の対潜能力がお粗末なのは、よく知られています」ヒューが認めた。「〈遼寧〉が出航するまで、われわれの潜水艦が港の入口で待ち伏せればいい。撃沈する必要はない。魚雷が一発でも当たれば、〈遼寧〉は何カ月もドック入りするだろう」

デュアンが首をふった。「失礼ですが、反対です。護衛艦が魚雷発射と、おそらく潜水艦も、探知する可能性が高い。あからさまな攻撃は、わが国のやったことだとすぐに突き止められる。中国の計画を阻害することはできるかもしれないが、われわれが侵略行為を行なったと見られます」

「それでは隠密攻撃にすればいい」狛村は提案した。「出航した空母が触雷するように、港からの出航航路に機雷を敷設する。空母が触雷したときには、潜水艦はとうに離脱している。それに、空母が出航するときのほうが、いまよりも防御が厳重ではないでしょう」

ヒューが、トゥイに命じた。「亜龍湾の港を拡大表示してくれ」

トゥイが、ノート・パソコンを操作した。まず海南島が拡大され、次に南半分が拡大されて、南端の海軍基地が画面いっぱいに映った。トゥイがまたボタンを押し、水路図が表示された。

「〈遼寧〉の喫水は？」ヒューが、語気鋭く尋ねた。

トゥイが即座に「一一メートルです」と答えると、ヒューの顔に薄い笑みが浮かぶのを狛村は見た。トゥイは判例をしばし眺めてから、亜龍湾を指差した。「〈遼寧〉が繋留されているのは、この長い指のような栈橋です。港からの出航航路は二本ありますが、椰樹島近くの北の航路は浅く、水深が七メートルしかありません。満潮でも空母は通れません。防波堤を抜ける南の出航航路は、水深三〇メートルで……」カーソルを動かした。「……幅三〇〇メートルです。南からの入航航路は、水深七〇メートルから三〇メートルに、なめらかに変化しています」

ヒューが見解を述べた。「それに、その航路は完全な外海だ。潜水艦艦長は、針路を自由に選べる。浅海に侵入しなければならないが」ちょっと考えた。「さほど危険ではない」

「沈底型機雷ですね？」デュアンが訊いた。

「むろんだ」ヒューが答えた。「ロシア製のMDM－6を使う。潜水艦〈バインミー〉がニャチャンに入港している。トゥー艦長のことは、よく知っている。この任務を実行するのに充分以上の能力がある。乗組員に機雷を積みこませ、専門家に最善の敷設パターンを工夫させよう。明朝にも出航できる」

トゥイが、海図を調べていた。「ニャチャンから亜龍湾まで、六七〇キロメートルです。一四ノットで航走し、ターゲット到達まで二十六時間。トゥーのことはよく知っています。

もっと短縮できるでしょう」

ヒューがうなずいた。「結構。港の偵察に二日使える。機雷敷設に一日。離脱に一日」

専門外の話になって、狛村はすこし取り残された気分だった。職業軍人たちが外国を攻撃する話をしているあいだ、じっと眺めて耳を澄ましているだけなのだ。だが、一つ疑問があった。「亜龍湾は、民間の港の楡林に近いでしょう。他の船が触雷する可能性はないのですか?」

トゥイが答えた。「MDM‐6は、船の特定の圧力波と、音響特性と、磁気特性で起爆します。それらすべての組み合わせを探知するように、機雷を調定できます――〈遼寧〉の特性を識別するように。機雷一発では、よっぽど運が悪くないかぎり、〈遼寧〉は沈みませんが、船底から二〇メートルの距離で爆発したら、どうなりますかね?」トゥイは肩をすくめたが、にやにや笑っていた。

「亜龍湾から大連の工廠へ行かなければならなくなるでしょう。おそらく曳航されて、乾ドックに入れられます。数カ月は運用できず、そのころには季節が変わっています。プラットフォームをハンサ諸島へ曳航していって設置するには、好天が一週間続く必要があります」

ファイが、にんまりと笑った。「名案だ。戦わずして人の兵を屈す、すばらしい兵法だ」

「中国の名言ですね」狛村はいった。

「偉大な軍師、孫子の言葉ですよ」ファイ管理本部部長が得意げにいった。「生命が失われる危険がないわけではないが、軍を駐留させたり、海で戦ったりするよりは、ずっと損害が少ない」

「そのとおりですね」狛村は力強く同意した。そして尋ねた。「この情報はフィリピン政府にも伝えたのですか?」

ファイが溜息をついた。「国のトップ同士が話し合い、それとなく警告もしたのだが、フィリピン軍全軍の力をもってしても、中国の作戦は阻止できない。それに、詳しいことを報せれば、われわれの情報源に危険が及ぶ可能性が高まる」

狛村は尋ねた。「〈遼寧〉が無事に航行を続けるようなときは、考え直すのですか?」

「ご懸念はよくわかります、教授」ヒューが、重々しく答えた。「ベトナムは、フィリピンの兵士や一般市民が、警告も受けずに中国の攻撃で傷つくのを見過ごすつもりはありません。トゥイ中佐がいったように、中国がプラットフォームをティートゥ島まで曳航するには、一週間近くかかります。それだけあれば、フィリピン側は島から撤退できるでしょう――あるいは防備を強化できる。護ろうとするのは正気の沙汰ではないでしょうが」

「でも、撤退するのであれば、結構なことですね。ベトナムの領有権を行使できますから」

狛村は水を向けた。

「中国の任務群がいなければの話ですよ」ヒューが応じた。「わたしたちは正規の公開討論の場で主張しているんです。しかし、中国がハンサ諸島と周辺水域を占領したら、どの国も歯が立たなくなる」

ファイが、ヒューのほうを向いた。いくらか格式ばったいいかたで、こういった。「政治管理本部はこの計画を承認します。この作戦について、国防委員会に伝え、中国軍とじかに対峙して戦争を引き起こす危険を冒さずに中国の侵攻を阻止する、唯一の方法だと進言します。承認されるはずです……」

それから、狛村のほうを向いて続けた。「感謝していますよ、教授。日本がわたしたちを手助けする方法を見つけてくれることを願い、日本の支援を求めるつもりでした。どうやら、日本は早くもわたしたちに最高の武器をもたらしてくれたようですね」

「わたしは何も独創的なことは建言していませんよ」狛村は謙遜した。「日本大使館まで送ってくだされば、秘話回線で久保海将と話をします」

「もちろん送らせます」ヒューが答えた。「先生はきょうのうちに日本に帰る便に乗られる予定でしたね。でも、滞在を少し延ばしてくださいませんか？　わたしは午後にニャチャンまで飛行機で行き、〈バインミー〉の艦長に会います。ご一緒にいかがですか？」

狛村は、満面に笑みを浮かべた。「それはほんとうに楽しみです」

二〇一六年八月十九日
中華人民共和国　北京
八月一日（建軍記念日）ビル　中国国防部

2　任務完了

海軍司令員の威吉恩《ウェイ・ジーエン》海軍大将は、ベトナムに対する報復攻撃について幕僚が中央軍事委員会に報告するあいだ、落ち着き払って座っていた。表向きはいかめしかったが、威は内心動揺していた。三叉の矛《トライデント》作戦がまだ開始されてもいないのに、早くも重大な挫折を味わっている。致命的とはいえないが、中華人民共和国海軍の疎漏なく作戦を実行する能力が、たちまち疑問視されることになった。

「ベトナム商船〈ヴィナシップ・シー〉との接敵は、昨日、現地時間で〇八二六時に行なわれました。ここです」鄧《ドン》大校（上級大佐）が、南シナ海の海図をレーザー・ポインターで照らした。「四〇七号潜水艦の艦長は、命令どおりに付近の水域の完全な捜索を行ない、〈ヴィナシップ・シー〉が他の航行中の船舶から大きく離れるのを待ちました。距離六キロメートルに接近し、目視でターゲットを確認、一三四七時にＹｕ‐６魚雷二本を発射しました。魚雷は命中し、すさまじい二次爆発が起きて、同船は轟沈し、生存者はありませんでした」

「まちがいないな？」国防部長の温鋒《ウェン・フアン》上将が、念を押した。

「まちがいありません。韓国のコンテナ船〈ハンジン・マルタ〉が、一三四九時に国際緊急周波数で、水平線上の大きな煙を報告し、一四四七時に残骸を発見して、SOSを発信しました。生存者は見つかっていません」

総参謀部参謀長の蘇義徳《スー・イードー》上将が、つけくわえた。「大爆発が起きたのは、ベトナムの商船が南斉島《ナンザイ》の前哨基地向けの軍事物資を積んでいたことを裏付ける。われわれが近々行なう作戦についてベトナム側が知っていることに疑いの余地はない」

蘇の言葉に、威はむっとした。「参謀長、ベトナムは亜龍湾の入口に機雷を敷設したときに、すでに手の内を見せていましたよ。それに、やつらの大胆な攻撃で多少の不便は生じましたが、作戦全体にたいした影響はありません」

「わたしがいいたいのは、提督」蘇が薄笑いを浮かべた。「きみのだいじな空母とはまったく関係がないことだ。われわれの計画は、そもそも奇襲の要素が前提だったといっているんだよ。それが失われたことには、きみも同意せざるをえないだろうが！」

陳刀《チエン・ダオ》国家主席が、テーブルを指数本で叩いて大きな音をたてた。「諸君、問われているのは、計画を実行するかどうかではなく、これらの出来事をどう埋め合わせるかだ。作戦は続行しなければならない。このような手段をとらざるをえなくなった状況は、少しも改善されていないのだ。いや、むしろ逆に悪化している」

経済危機が膨れあがっていることを陳主席が指摘すると、議論はたちまちしぼんだ。中国の安寧が脅かされている。中国経済が崩壊したら、政治の点数稼ぎなどなんの意味もなくなる。

ヨーロッパとアメリカでは景気の変動は激しいが、中国共産党中央委員会は、中国経済をゆっくりと減速することに成功した——と、対外的に中国は主張している。しかし、落ち込みが望ましい範囲をはるかに超えているというのが、現実だった。中国には資源があるが、よけいなボールを一つ投げこまれたジャグラーとおなじように、リズムが完全に狂っていた。ちょっとしたことで、ボールを落としかねない状態だった。

中国は石油年間需要の三分の二以上が輸入で、サウジアラビアとイランがおもな相手国だった。スキャンダルとアラブの春が湾岸地方に及ぶと、石油の流れが細りはじめた。二〇一三年のイラン大統領選挙の直前に、イランの核開発計画失敗の情報が公表された。それが二〇〇九年よりも頻繁で大規模なデモと抗議行動を引き起こし、国じゅうが混乱に陥った。二〇一五年末には、ストライキと破壊的な労働争議が始まり、イランの石油輸出は大幅に減少した。

ペルシャ湾の向かいのサウジアラビアは、民主的な選挙を要求するデモで紛糾していた。宗教指導者たちは、怠業を呼びかける法的見解《ファトワー》を出した。保守点検や整備関連の〝事故〟が頻繁に起きるようになった。世界第二位の産油国の生産が、がた落ちになった。

二〇一六年春には、石油不足が深刻になり、中国は経済の毎日の需要に応じるために、戦略的備蓄石油の放出を開始した。予想では、この石油不足により、もとから乏しかった戦略的備蓄は一年以内に枯渇するはずだった。中国共産党に提出される経済予測は、いずれも明るい未来を描いてはおらず、きわめて悲観的なものもあった。

中国政府指導部は、アフリカと中南米をすぐさま代替の供給源と見なした。安全保障上の理由から、ロシアからの輸入はまったく考慮されなかった。次に指導部は南に視線を転じ、間近にある南沙諸島に石油と天然ガスが豊富に埋蔵されていることに目をつけた。

南沙諸島、もしくは国際社会ではスプラトリー諸島と呼ばれている島嶼《とうしよ》群は、南シナ海の数百平方キロメートルにひろがっている。百カ所ほどの島、礁、灘、暗灘もしくは暗沙から成り、常時海面から出ている部分は合計で五平方キロメートルにも満たない。しかし、その周辺の水域には、OPECで第三位の産油国クウェートに匹敵する石油・天然ガスが埋蔵されている。

それに、そこにある富は、石油と天然ガスだけではなかった。南砂諸島には豊かな漁場があり、沿海の各国にとっては食糧と国家収入の重要な源になっている。しかも、周辺には世界最大の海上交通路がある。

だが、ほとんどの島や礁は、数カ国が領有権を主張していて、数十年におよぶ外交交渉でも、係争は一件も解決されていない。中国がエネルギー危機を切り抜け、未来を確かなものにするには、その問題を武力で解決するほかはなかった。

陳主席が告げた。「提督、上空支援を行なうのに、代案があるんだろうな。それとも、間に合うように〈遼寧〉を修理できるか？」

威は首をふりながら口をひらいた。「いいえ、同志主席、機雷は〈遼寧〉の右舷推進器軸とスクリュープロペラと舵に、かなりの被害をあたえました。完全修理のために、大連の工廠へ曳航されます。八カ月かもしくはそれ以上、就役できません」

「そうか」陳がいった。その声と表情に、失望が表われていた。空母〈遼寧〉は、三叉の矛《トライデント》作戦計画の肝心な要素だった。試運転後、運用できるようになったことで、作戦全体の日程が決まったのだ。

「では、威提督、必要な上空掩護はどのように提供するつもりだ？」

「主席、三叉の矛作戦計画には、不測事態対策が多数盛りこまれています。敵の攻撃で〈遼寧〉が戦闘不能になった場合の対策もあります。ですが、それは最初の強襲揚陸後に空母が損耗した場合を想定していて、揚陸前の対策ではありません」威は蘇参謀長のほうをちらりと見た。蘇は依然として渋い顔をしている。「しかし、王《ワン》上将とわたしは、水陸両用戦部隊を戦闘機で掩護し、専属地上支援を行なえるような対策を練り直しました」

威は、空軍司令員の王上将のほうを手で示した。王があとを受けて説明した。「同志主席、海軍と空軍の給油資産の大半を広州に移動することを提案します。くわえて、海軍第一〇航空連隊のＳｕ－30ＭＫ２フランカーも移します。空軍の第六航空連隊のＳｕ－30ＭＫＫとＪ－11飛行隊を、それで増強します。南沙諸島の侵攻目標を上空支援するのに充分な兵力になります」

「本土の防空が手薄になりはしないか？」陳が疑問を投げた。

「いいえ、主席」王がきっぱりといった。「作戦計画では、第四および第五航空連隊が、防空を担当することになっています。第六はもともと予備でした。この予備部隊をただちに使い、海軍戦闘機部隊と合体させれば、空母航空群が欠けた分を補えます。本土の航空基地から離れた地域での戦闘空中哨戒には、給油機だけではなく、余分な戦闘機が必要です」

陳がうなずき、椅子にもたれた。納得すると、中央軍事委員会のべつの委員たちに賛否を問いかけた。「海軍司令員と空軍司令員の提案に、何か意見はあるか？」

国防部長の温上将が手を挙げた。「威司令員と王司令員の進言に賛成ですが、奇襲の要素が失われたという蘇参謀長の疑問に対する答えをまだ聞いていません。少なくとも、作戦計画の一部は知られていると、想定しなければなりません。ベトナム人も馬鹿ではない。ベトナムを軍事的対応に踏み切らせるには、きわめて重大な挑発が必要でしょう。三叉の矛作戦なら、その域に達していると、ベトナム側が判断するはずです」

〈遼寧〉をそれ以上の被害が出ないように錨地に戻したあと、中国海軍はひそかに航路の徹底した掃海を行なった。機雷捜索ソナーで何度も走査し、ダイバーが潜って、亜龍湾の安全が確認されるまで、二日かかった。

航路のすぐ外側の水路まで捜索範囲をひろげると、ダイバーが海底でロシア製のMDM－6を発見した。ロシアの最新式機雷の一種で、潜水艦のみによって敷設される。

機雷は真新しく見えた。長期間水中にあったとは思えず、起爆装置が故障したようだった。あいにく、データが記されたネームプレートは取りはずしてあった。起爆しないように処理したあとで、中国軍の爆発物処理工兵が急いで分解し、出所がわかるような印や製造番号がないかと探した。部品のいくつかに製造番号があったので、中国はそれをもとにロシアを追及した。

モスクワ駐在の中国大使が、ロシア外相と直談判し、その機雷を購入した国を教えるよう要求した。部品の製造番号ではどの機雷なのか判断できないといって、ロシア側は回答を拒んだ。なおも追及されたロシア側は、外国との武器売買は機密事項だと、話し合いを慇懃《いんぎん》に拒んだ――ロシア製の武器を購入するときには、中国も守秘を要求するではありませんか。

中国大使はなにも得られずに帰ったが、それは予想されていたことだった。

それと同時に、中国の第一一技術偵察局が、ロシアの外国への武器売買を一手に行なっている、国営兵器輸出機構ロソボロネクスポルトのデータベースにハッキングで侵入した。〝二〇二〇部隊〟とも呼ばれる、高度な訓練を受けた中国のサイバー戦士たちは、ロシア国防省のコンピュータ網を監視し、ロシアの軍事活動をたえず追っている。この部隊は、すこぶる優秀なハッカー集団だった。

二日とたたないうちに、二〇二〇部隊は突き止めた事柄を報告した。過去三年間、インドとベトナムがMDM－6機雷を受領している。インドを犯人と見なして潜水艦の作戦行動をざっと調べると、過去数カ月、インドの原潜はいずれも、母港を離れて三日以上の航海を行なったことはないと判明した。ディーゼル・エレクトリック潜水艦の航続距離では、どのみち今回のような遠距離の機雷敷設は無理だし、一週間以上母港を離れていたものは一隻もなかった。もう一人の容疑者――ベトナムは、導入したばかりのキロ型潜水艦の演習を頻繁に行なっているし、ニャチャンから亜龍湾までは指呼の距離だ。

「温上将、ベトナムがわれわれの計画を多少知っている可能性があるという意見には賛成です」威はいった。「しかし、今回の動きから判断して、〈遼寧〉が抜ければわれわれが作戦を中止するか、あるいは延期すると、ベトナムは確信しているものと思われます。今後の演習に関してわれわれがすでに公表した部隊組成や日程を大幅に変えると、攻撃を強行することを察知されるでしょう。わが軍にスパイがいる可能性は高いし、部隊組成に大きな変化があれば、気がついて報告するでしょう。秘密保全策を強化するほかには、何もやらないほうがいいと思います」

「むろんスパイがおるのだ！」蘇が唐突に立ちあがり、語気鋭くいった。「作戦計画を知る立場にある者は全員、わたしの保安要員が徹底的に洗っている」蘇の厳しい視線は、軍事委員会の委員といえども例外ではないことを、物語っていた。

蘇は言葉を切り、うなだれて深く息を吸い、落ち着こうとした。委員たちには、この腹立ちのほんとうの原因がわからないのだ。もっと大きな脅威が、彼らには見えていない。

「われわれがまもなく行なおうとしている軍事作戦へのベトナムの対応を懸念しているわけではない。ベトナムには、われわれに本気で反撃できるような戦闘能力はない。反撃しても叩き潰せる。こちらの損耗はふえるだろうが、結果は明らかだ。それよりも大きな問題、さらに重要な疑問は、ベトナムがこの情報を他の国に伝えたかどうかということだ。具体的にいうなら、アメリカに」

蘇上将の耳に痛い疑問に答えたのは、沈黙だけだった。アメリカが三叉の矛作戦計画のことを知り、介入することを決断したら、中国にとって望ましい結果にはならないだろう。中央軍事委員会の委員は全員、アメリカの軍が疲弊し、経済が衰えているのは知っていたが、係争中の諸島を中国が武力で併呑するのを座視するだろうとは見ていなかった。アメリカには既成事実を突きつけて、やれるものならやってみろと挑むのが、この計画の真髄だったのだ。

陳主席が、ようやく気まずい沈黙を破った。「参謀総長、アメリカがわれわれの計画を嗅ぎつけたという兆候でもあるのかね？」

「いえ、ありません」蘇はそう答えながら、首をふった。「わたしの情報部は、国家安全部第二局と密接に協力していますし、現時点では、アメリカがわれわれのやっていることを知っているような形跡は、何もありません」

「でも、知るだろうと懸念しているのだな？」温が訊いた。

「そうです、国防部長。それが最大の懸念です」蘇は背筋をのばして、軍服の乱れを直した。

「同志、古い諺《ことわざ》があります。二虎もし戦わば、一虎は死に、一虎は傷つく。アメリカが戦いにくわわったら、われわれにとっていい結果にはならない。たとえわれわれが勝利を収めたとしても」

温国防部長が、にやりと笑った。温は中国古代の知恵の愛好家で、何百年も前の諺が現代のハイテク世界にも当てはまると確信していた。

「きみはいつでもずばずばとものをいうな、義徳《イードー》」温はくすくす笑った。「たしかに、きみの懸念にも一理ある。何か進言はあるのかね？」

「国防部長、隠密性がもはやわれわれを利さないのであれば、事前の策は速さです。ベトナムに反応する隙をあたえずに、移動しなければなりません。予定を三週間早め、第一目標の侵攻を八月三十一日に開始するよう進言します」

「三週間ですか！」王が唖然としていい返した。「そんなに早く防空プラットフォームを設置して運用可能にするのは無理です。当初の予定でもぎりぎりですよ」

「それはわかっている、司令員」蘇が、なだめるようにいった。「しかし、ベトナムはプラットフォームの出航を警報発令と見なすと、わたしは確信している。広州工廠の状況に変化がないかどうか、ベトナム側は目を光らせているだろう。出航を遅らせれば、敵はそれだけ安心する。くだんの機雷攻撃が成功し、作戦は延期されたと思わせる必要がある」

蘇がそう説明しても、王の憤懣は収まらなかった。「南仔島《ナンザイ》・太平島《タイピン》周辺の統合防空を確立するのに、プラットフォームはなんとしても必要です。両島には南沙諸島最大の滑走路があり、その空域を支配することが、勝利には絶対に不可欠ではありませんか！」

「ベトナム側にこちらの意図を勘付かれなければ、抵抗は微々たるもののはずだ！」と、蘇が反論した。「海軍のイージス駆逐艦が、しばらくのあいだプラットフォームの代役をつとめる。各島を占領確保したら、地対空ミサイルを空輸すればいい」

威海軍司令員は手をのばし、王空軍司令員の肩に置いた。国防部長と参謀長ががっちりと合意している以上、この議論に勝てる見こみはない。命令を受領して、このやっつけ仕事をやるのに必要な変更作業に取りかかるのが、最善の途《みち》だった。

温が咳払いをした。「同志主席、威提督と王上将の計画変更を承認し、時間割全体を早めるという蘇上将の意見も取り入れるよう進言します」

陳がおごそかに答えた。「ありがとう、温上将。進言どおりに変更を承認する」

温が丁重にお辞儀をしてから、委員たちのほうを向いた。「作戦命令に関するすべての変更を、二日後までにわたしのデスクに届けてくれ。漸次進めること。用心に用心を重ね、対ベトナム戦略をわれわれが修正していることを絶対に気取られないようにするのだ。意見か質問は？」

「一つだけ」蘇がいった。「この変更と、回収した機雷についての情報は、直属の幕僚と上級政治委員以外には漏らしてはならない。追って通知があるまで、無線通信や電子メールは禁じる。それによって諸君や諸君の部下の負担が増すことは承知しているが、重要な情報は護らなければならない。立案に必要な人間がいる場合には、わたしの執務室に連絡してくれ。その者の保全許可を出す」

「ほかにはないな？」温が念を押した。誰も答えなかった。「よろしい、諸君。命令はわかったな。実行しろ」

二〇一六年八月十九日
ワシントンDC
ホワイトハウス

ジョアンナ・パターソンは、危機管理室の会議テーブルにもたれ、〈ノース・ダコタ〉発の通信文と添え書き付きの南シナ海の海図を、しきりと見比べた。右手はテーブルの天板の上を滑って、朝のコーヒーを手探りしていた。モカ・ラテのカップを見つけると、ひと口飲み、ミッチェル中佐の報告の次の部分を読んだ。ミッチェル中佐。彼が中佐だというのを頭で理解するのが、いまだにむずかしかった。つい数年前には中尉だったような気がする。それが、中佐になり、潜水艦を指揮している。わたし、そんなに年を取ったの？

ジェリー・ミッチェルの艦長交替式から帰ったあと、夫に向けてうっかりとそう問いかけてしまった。夫はぽかんとした顔で、「ああ、そうだね」と何の思いやりもなく答えた。そのとき、なにかを投げつけたのを憶えている。

報告書の文章を眺めながら、中国潜水艦が襲撃位置につく光景を思い描いた。中国艦がほんとうにベトナム商船を撃沈したと知ったとき、ジェリーは愕然としたにちがいない。これは〈遼寧〉事件とつながりがあるにちがいない。ほかの可能性は考えられない。ジョアンナは首をふった。よりによっていま事件が起きるとは、タイミングが悪すぎる。大統領が二期めの選挙戦を開始し、共和党の対抗馬の攻撃をかわすのに苦労している最中に、超大国が関わる危機がふたたび起きるとは。

イランの核開発計画が失敗したことを暴露するという外交政策の成果は、もうとうに忘れられている。経済の低迷が続いていることが、いまでは論点にされている。あいにく、精彩を欠いたままのアメリカ経済に影響を及ぼしている問題や争点の多くは、大統領にはコントロールできないオフショア、つまり外国にある。とはいえ、そうした国々からアメリカに伝わってくる余波は、国民に痛みや苦境をもたらしている。まして、政治の世界では直近の利害で判断されるから、大統領の支持率は急降下していた。

ドアにノックがあり、ジョアンナは物思いから引き戻された。海軍大尉が、戸口に寄りかかるようにして立っていた。「パターソン博士、カークパトリック補佐官がお話があるそうです。二番です」

「ありがとう、アンディ」ジョアンナはそう答えて、足早に電話機のほうへ行き、受話器をあげて、明滅しているボタンを押した。「はい、レイ」

「ジョアンナ、ベトナム商船撃沈の資料を持って、こっちへ来てくれ。ミルト・アルバレス(首席補佐官)に頼んで、大統領から何分かもらったが、十分後にオーバル・オフィスに行かなければならない」

「すぐに行きます」ジョアンナは大声で答えた。受話器を乱暴に投げ戻し、急いでハンドバッグ、手帳、ミッチェルの通信文、海図、情報資料をまとめた。エレベーターに向かって走りながら、どうしてハイヒールなんかはいたんだろうと思った。

国家安全保障問題担当大統領補佐官レイモンド・カークパトリック博士が、セキュリティ・チェックポイントで待っていた。ジョアンナが立ちどまってバッジを見せるとき、カークパトリックが近づいた。「荷物を少し持とう、ジョアンナ」

「ありがとう。できるだけ急いで来たのよ」

「助かる。すこし時間の余裕ができた」

「よかった！　髪ぐらい梳かさせて。ひどい格好でしょう」そういうと、ジョアンナは上司の腕に資料をどさりと載せた。

「そうだね、ちょっぴり乱れているかな」カークパトリックがからかった。ジョアンナの心配そうな顔を見て、くすくす笑った。それから、真顔で言った。「いいかね、朝の情報日報に海軍が撃沈事件のことを載せたから、大統領は〈ノース・ダコタ〉の報告書に書かれている事情はかなりよく知っている。〈遼寧〉と関係があるという、きみの説はまだ聞いていないがね」

「わかりました。ほかには？」

「手短に頼む。けさわたしたちが強引に割りこんだのを、ミルトは快く思っていない」

「わかりました」

ジョアンナがそういうやいなや、オーバル・オフィスのドアがあき、口を一文字に結んだミルト・アルバレスが出てきた。「カークパトリック博士、パターソン博士、大統領がお待ちだ」

ジョアンナは笑みを浮かべて、アルバレスがいかめしく睨みつけている前を通った。カークパトリックのいうとおりだ。アルバレスは機嫌をそこねている。

「レイ、ジョアンナ、はいってくれ！」ケン・マイルズ大統領が、さもうれしそうに大声でいった。「さあ、かけて」

「ありがとうございます」と答えて、カークパトリックが、隣りの椅子をジョアンナに示した。「手短にすませるとミルトに約束しましたが、ジョアンナは大統領に聞いていただきたい推論を立てています」

甲高い電子音が何度か続き、アルバレスがストップウォッチのスイッチを入れたことが、全員に伝わった。

「まったくもう。ミルト、いいかげんにしてくれ！」マイルズ大統領がうめいた。

「大統領、わたしはただ……」

「はい、はい、わかっている。一にも二にもスケジュールだったな！」口調は鋭かったが、目がきらりと光っていた。マイルズ大統領が、ジョアンナに目を戻した。「それじゃ、話してくれ」

「大統領、けさの日報に、中国潜水艦によるベトナム商船〈ヴィナシップ・シー〉撃沈の概略が載っていたと思いますが」

「ああ、わたしが贔屓《ひいき》にしている潜水艦乗りが、またもや事件の渦中に巻きこまれたようだな」大統領は笑いながら答えた。

ジョアンナと夫のローウェル・ハーディ上院議員が、「ロサンゼルス級」攻撃原潜〈メンフィス〉の元艦長で、当時の部下だったジェリー・ミッチェルに格別な好意を抱いていることは、ホワイトハウスでもよく知られている。

ジョアンナは、一瞬まごついたが、咳払いして話を続けた。「この直近の事件は、過去二年続いている段階的拡大の一部で、一連の事件と関わりがあります」

「控え目にいってもだな」大統領が意見を差し挟んだ。アジア問題の専門家でもある大統領は、悪化の一途をたどっている南シナ海の状況をつぶさに見守っていた。対立する当事国同士の非難やいやがらせは、一九九〇年代からかなりひどかった。しかし、二〇一四年十二月のベトナム軍艦と中国漁船の衝突事故後、事件の数は急激に増加した。中国側はベトナムの軍艦が故意に衝突したと主張し、ベトナム側は中国漁船がベトナムの排他的経済水域内で違法操業し、追跡から逃げようとしていたと反論した。

翌年三月、南沙諸島を中国の核心的利益と見なすと、中国共産党が宣言し、同諸島の領有権を台湾独立とおなじ政治レベルに引きあげた。中国が掲げた赤旗は、沿海のすべての国の膨大な懸念を喚起した。

「今年の複数艦隊による大規模演習を、南シナ海で行ない、新型空母〈遼寧〉が参加すると、人民解放軍が発表したのは、意外ではありませんでした」ジョアンナは続けた。「きわめて大規模な演習になると、わたしたちは予想していました。それどころか、こんな大規模な演習を目の当たりにするのは、二十年ぶりになるはずでした。

ところが、九日前に〈遼寧〉は、空母航空群の最終訓練を行なうために、亜龍湾を出ようとしたときに、未詳の機械的被害が生じ、錨地にひきかえしました。公式発表は漠然としていて、詳細は明らかにされていません。しかし、ＣＯＭＩＮＴ《コミント》（通信情報）の仮分析と画像データから、機雷の爆発があったことが強く疑われています」

　マイルズ大統領が、目を丸くした。「機雷？　中国の領海内で？」

「そうです。〝巨大な水柱〟という表現が聞かれ、画像によれば〈遼寧〉は右に大きく傾いていました。かなりの浸水があった証拠です。その直後のＣＯＭＩＮＴには、〝ゆがんだ線〟とか〝曲がったファン〟というような暗号的ないいまわしが、かなり含まれていました。推進器軸やスクリュープロペラのことをいっているのは、明らかです。そういったことすべてが、機雷を示唆しています。おそらく大型の沈底感応機雷を、潜水艦で敷設したものでしょう」

「しかし、何者が？　なんのためだ？」マイルズの語気が鋭くなった。

　ジョアンナは、カークパトリックのほうをちらりと見て、続けるようにと手ぶりで促された。「考えられる容疑者は一人――ベトナムです」

「ベトナム？」マイルズが大声をあげた。「そんな馬鹿な、ジョアンナ！　ベトナムが中国を敵にまわすはずがない」

「ベトナムには、キロ型改三隻から成る、できたての潜水艦部隊があります。ロシアの輸出品目には、沈底感応機雷も含まれていました」

「インドはどうなんだ？」マイルズが反論した。「韓国や台湾は？　いずれも機雷敷設能力がある潜水艦を保有している」カークパトリックのほうを見ると、それが事実であることを認めるうなずきが返ってきた。「どちらも中国とはいろいろなことで揉めている」

「周辺国すべての潜水艦の配置を確認しました。韓国、日本、台湾は同盟国なので、かなり確かな情報が得られます。一致するものはありません。インドの原潜は所在が確認されましたし、ディーゼル・エレクトリック潜水艦では航続距離が足りません。いっぽう、ベトナムのキロ型の動きは確認できませんでした。母港と亜龍湾との距離が、ごく短いこともあります。行動が怪しげだったベトナム商船が、中国潜水艦に撃沈された事件とこれを合わせて考えると、何もかもがぴたりと一致します」ジョアンナは座り直し、立ちあがって歩きはじめた大統領を見守った。

ジョアンナの推理が正しいかもしれないということに動揺し、マイルズは早足になっていた。「それではまだ、なんのためかという質問に答えていない」と、ジョアンナをいましめた。

「わかりません、大統領」ジョアンナは正直に答えた。「ベトナムは、なんらかの理由で、予定されている大演習のことを不安視しているのだと思います。〈遼寧〉はその旗艦をつとめるはずでした。この二つの事件、機雷と商船撃沈は起きた日時も近く、偶然とは考えられません」

マイルズ大統領は、不安をにじませた表情で、黙然と歩きまわっていた。約三十秒後に、突然カークパトリックのほうを向いた。「きみの意見は、レイ？」

「大統領、当該地域の監視を強化するよう進言します。裏の事情がまだよくわかっていませんし、それでよけいに心配です。事前に察知するには、監視の目をふやさなければなりませんし、適切に対応するにはもっとデータが必要です」

カークパトリックは、大統領に一枚の書面を渡した。「衛星をいくつか移動し、偵察機の展開を変更し、潜水艦を増強すべきです。南シナ海は、潜水艦二隻には広すぎます。潜水戦隊《SUBRON》15の戦隊司令や艦長たちには、テレビ会議で説明してから、増援を展開します。それで四隻が配置につくことになります」

「たいへん結構だ、レイ。きみの進言に従おう。ただし、ひと工夫する」

「はあ？」カークパトリックが、わけがわからないという顔をした。

「南シナ海にいた二隻が、いまグアムに向かっているわけだろう。その艦長二人に会い、じかに事情を聞くようにするんだ」

肝をつぶしたカークパトリックが反対しようとするのを、大統領がさえぎった。「この決断に危険がともなうのは承知している、レイ。しかし、ジョアンナの推理が正しいとすると、それを手配する時間はある。それに、海上でＶＴＣ（ビデオ遠隔会議）をやって長時間潜水艦を無防備な状態にするのは、望ましくないと思う。今回、その二隻は、敵と交戦するかもしれない環境に送りこまれるわけだろう。艦長たちに、充分に質問する時間をあたえたいんだ。それに、こちらから一人派遣すれば、ことの重大さを強調することにもなる。二人をグアムに呼び戻し、ジョアンナを派遣して、状況を説明させてくれ」

「わたしが？」大統領の命令に、ジョアンナはびっくりしたが、すぐに落ち着きを取り戻した。「いえ、その……かしこまりました」

「だいじょうぶだよ、ジョアンナ。驚いたのはわかる。二人のうちどちらかを派遣しなければならないが、国家安全保障問題担当大統領補佐官をグアムに派遣したら、注意を惹くことはまちがいない。わかっていることを可能な範囲で艦長たちに説明し、もっと情報がほしいと念を押してくれ。現地に送りこみ、探らせるんだ。ただし、用心するよう釘を刺してくれ。そこで撃ち合いが始まるようなら、アメリカの潜水艦が矢面に立つのはまずいからな」

「わかりました、大統領。ただちに出発します」

「安全と任務の成功を祈ると、わたしからの言葉を艦長たちに伝えてくれ。それに、せっかくきみが行くんだから、ミッチェル中佐によろしくな」

3 招集

二〇一六年八月二十二日
グアム　アプラ・ハーバー
米海軍攻撃原潜〈ノース・ダコタ〉

雲一つなく晴れあがった、すばらしい夏の日だった。〈ノース・ダコタ〉がグアム島のアプラ・ハーバーの港口を通過するとき、ミッチェルは暖かな陽射しを浴びた。クェラ・リムバーン中尉が、ゴールポストを〝直角に割る〟鮮やかなキックよろしく、航路標識のブイとブイのちょうどまんなかを通したのに気づいて、満足をおぼえた。〝Q〟という綽名《あだな》のクェラは、三人いる女性将校の一人で、〈ノース・ダコタ〉きっての操艦の名人だ。副長のシグペン少佐が、グアムの港内航路はパール・ハーバーの出航航路よりも狭いし、クェラは天才だから、入航の操艦を任せるべきだと、強く推薦した。そこで、Qとこの港の水先人が、狭い航海艦橋《コクピット》を分かち合い、ミッチェルと見張員が、司令塔《セイル》のてっぺんの最上艦橋という、いくぶん贅沢なスペースを使っていた。

有能な部下の手に操艦をゆだねて安心しきっていたミッチェルは、手摺にもたれて、景色を堪能した。グアムに来るのは、はじめてだった。南太平洋の島はこうあるべしという光景が、すべてそろっている。海は深みのある鮮やかなブルー。弱い風で、海面に小波が立っている。原潜に付き添うイルカの群れの一頭が、ときおりぴょんと跳ねて、水飛沫《しぶき》があがり、海面が乱れる。オロテ岬の断崖が右手にあり、密生する緑濃い低木に覆われている。ミッチェルは双眼鏡ごしに目を凝らし、十九世紀のスペイン要塞フォート・サンティアゴや、第二次世界大戦中の日本軍のトーチカを見つけようとした。

甲板では副長《XO》と副長補佐《チーフ・オブ・ザ・ボート》（潜水艦における最先任上等兵曹。海上自衛隊では先任警衛海曹もしくはたんに先任伍長と呼ばれる）が、繋留員とともに、艦を舫《もや》う索具の準備に追われている。副長補佐のマルコ・ポンペイ先任上等電気兵曹が、まだ濡れている甲板をいともたやすく移動しながら、索止めがたついていないことを入念に確認する。その小柄な人影が、索止めから索止めへと文字どおり跳ねるように動いている。うれしい気持ちがその動作に表われていた。ポンペイにとっては、久しぶりの帰郷なのだ。

全乗組員がいるべきところで、プロフェッショナルらしく勤勉に立ち働いている。ミッチェルは、任務を達成した充実感と誇りで胸がいっぱいになった。そのとき、艦長交替式でハーディ上院議員がいったのは、こういう〝気持ち〟のことだったのだと気づいた。

あれはハワイの典型的なおだやかな春の日だった。陽光があふれ、弱い風が吹いていた。ジェリー・ミッチェルは、白礼装《フル・ドレス・ホワイト》に身を包み、勲章もすべて付けていた。体を動かすたびに、それが鳴った。その音でそわそわしているのをみんなに悟られるにちがいないと思った。出席者に目を向けると、妻エミリー、ミネソタから空路でやってきた姉クラリス、ジョアンナ・パターソンが、最前列に座っているのが見えた。みんなきらびやかな盛装で、顔いっぱいに笑みをひろげている――誇らしさで光り輝くばかりだ。自分はなんという果報者だろうと思った。

ミッチェルが、前に仕えていた艦長のローウェル・ハーディに祝辞を頼んだのは、ハーディがとりわけ優秀な指揮官だったことにくわえ、精神的重圧にさらされる戦闘にも動じず、真のリーダーシップを示したからだった。それに、いまではハーディはミッチェルの親しい友人であり、師匠でもある。

出席者に向かってハーディは、「潜水艦艦長になるのは、ジェリーが人生で味わうもっとも心躍る出来事であるとともに、もっとも恐ろしい出来事でもある」と説明した。

「考えてもみてください」ハーディは聴衆に伝えようとした。「艦長になると、原子炉も含めた二〇億ドルの装備と、百人以上の乗組員に、責任を持たなければなりません。乗組員が作業に必要な能力をそなえるように、注意しなければなりません。訓練し、働きぶりに応じて昇級させ、ときには罰しなければなりません。乗組員の健康や安全に責任を負い、乗組員だけではなくその家族の安寧にも気を配る必要があります。

それに、意外に思うでしょうが、ひどく狭い区画に百十五人が押しこめられているにもかかわらず、艦長はたいへん孤独なのです。すべての人間の視線にさらされます。上官にも部下にも、一挙一動、すべての決断を見守られている。逆境に遭っても、誰にも頼れない。下士官や将校が賢明な助言をしてくれるが、最終的な決断はきみが、艦長が下すんだ。いいかね、最終責任は、きみにある」

そのことがよく理解されるように間を置き、ハーディはぶっきらぼうにつけくわえた。

「それでびびらないようなら、きみは人間じゃないし、正気じゃない。

さて、ここでわたしは、理想的な指揮官ではなかったことを、告白しなければなりません。わたしは艦長職の恐ろしい面に心をとらわれ、それがふるまいに悪影響をあたえました。しかし、さらに重大だったのは、それが乗組員に悪影響をあたえたことです」

ミッチェルはびっくり仰天した。ハーディは、本気で艦長としての欠点をおおっぴらに認めるのか？　耳を疑い、唖然としていると、だめ押しの言葉がふってきた。

「ショックを顔に出してはいかんな、ミスター・ミッチェル！」ハーディが、さりげなくたしなめた。「もとの艦長には敬意を表するものだぞ」

聴衆が爆笑し、ミッチェルは恥ずかしさに顔を真っ赤にした。ハーディは、演壇にいるあいだ、首をめぐらすことすらしていなかった。

「さて、どこまで話したかな？」ハーディが、茶化すようにいった。「そうそう、恐怖の話だった。誰もそれからは逃れられない。人間が指揮官として責任を負うときには、恐怖もその一部として担うことになる。また、恐怖は決断を徹底的に考える助けになるが、優秀な艦長は思考と行動を恐怖に支配されてはならない。優秀な艦長は、艦長職の明るい面に目を向ける。つまり乗組員に目を向ける。

なぜなら、艦長の職務を成功させるのは、一個人ではなく乗組員で、それは彼もしくは彼女がどれほど才能に恵まれていても変わらない。だから、わたしは一つだけ助言するよ、ジェリー。乗組員をたいせつにすれば、乗組員はきみをたいせつにしてくれる。そして、正しいやりかたをしたときには、それがわかる。名状しがたい安らかな満足感が得られるだろう。幸運な指揮官は、職務を終えるころにこの心地を味わうだろう。たぐいまれな艦長であれば、早いうちから味わえるはずだ。わたしの知るところでは、ミッチェル中佐の人格からして、後者であると確信している」


無線の空電雑音が、ミッチェルを、その日のその場から、いまの現在位置へと引き戻した。双眼鏡を構えると、〈ノース・ダコタ〉の接岸を手伝うためにタグボート二杯が付けられているのがわかった。〈ゴライアス〉と〈キプハ〉は、小さいが頑丈で強力な曳船だった。二杯とも見てくれはよくないが、みごとな接岸をやってのけるには不可欠だった。まして、グアムの港内航路は操艦がむずかしい。ミッチェルは潜水艦が大好きだが、水上航走での動きが鈍重なのは認めざるをえない。

ミッチェルは片膝を突き、薄型ディスプレイに目を凝らした。両手を目庇《まびさし》にしてようやく、針路〇八三を進んでいることを見てとった。ディスプレイによれば、それが正確な針路だった。体を起こして、ドライドック岬の尾根を双眼鏡で眺めた。尾根は自然の地形だが、しばしば人工の標識を設けて、目視で方位を確認する地物として使われる。標識が一直線に重なれば、艦船が一定の針路を維持しているとわかる。黄色い回転灯二つが、上下にぴたりと重なっていた——Qの針路はぴったりだ。ミッチェルは、にっこりと笑った。

「艦長、三番浮標《ブイ》が右舷前方にあります」〝Q〟・リムバーン中尉が報告した。

「たいへんよろしい、当直士官《OOD》」ミッチェルは右を向き、グリーンの航路標識ブイを見つけた。それが最初の回頭の目印になる。ブイの右側には、ターコイズブルーの西浅瀬《ウエスタン・ショール》がある。水深が三〇メートル以上から、いっきに六〇センチ以下に浅くなる。暗灘のすぐそばでも水深は充分だが、むろん水先人は安全な距離を保つよう指示する。

〈ノース・ダコタ〉が航路標識にゆっくりと近づくとき、その向こうにべつの赤いブイが見えた。グリーンがかった翡翠浅瀬《ジェイド・ショール》が近いことを示す標識だ。一分後に艦橋のスピーカーから甲高い音声が聞こえた。「艦橋《ブリッジ》、こちら航海長。三番ブイ右舷真横、まもなく回頭指示」

Qが受領通知を返し、コクピットの右側に身を乗り出した。艦首から艦尾にかけてたえず目を配り、ブイが縦舵のうしろに位置するのを見届けた。それが合図でもあったかのように、航海長ロスウェル大尉の声が、スピーカーから流れた。「ブリッジ、こちら航海長。回頭します」

水先人がうなずいて賛意を示し、Qがマイクのスイッチを入れた。「操縦員、こちらブリッジ。面舵標準、針路一四一で宜候」

「面舵標準、一四一で宜候、操縦員了解。ブリッジ、舵は面舵標準」

〈ノース・ダコタ〉は、すんなりと新針路に落ち着いた。タグボート二杯が整列し、左右の浅瀬のあいだを〈ノース・ダコタ〉とともに進んでゆくのを、ミッチェルは見守った。もう一度右に少し回頭して、港内の入航航路に乗った。前方で小さな工廠作業船が、バリアー・ゲートの横棒を動かして、通り道をこしらえた。

内港入口の左右のコンクリート壁は、浅瀬よりもさらに近かったが、間際まで充分な水深があるので、Qはなんなく〈ノース・ダコタ〉を通過させた。ポラリス岬を左に見て進むと同時に、Qが舵効速度ぎりぎりまで減速させた。タグボート二杯が分かれて、それぞれ左右に移動し、〈ノース・ダコタ〉を一八〇度方向転換させるべく位置についた。潜水艦母艦〈フランク・ケイブル〉がA埠頭から艦尾を突き出しているのが、ミッチェルの目に留まった。その右舷に改良型ロサンゼルス級原潜二隻が繋留されていた。左側にはコンクリート壁とB埠頭があり、そこが目的の錨地だった。十分後、タグボート一杯の働きで、〈ノース・ダコタ〉は突堤の防舷材にそっとキスをした。

陸地の水兵に向けて索《ロープ》が投げられると、ミッチェルは双眼鏡を見張員の一人に渡した。

「よくやった、Q。入航も接岸もすばらしかった。おまけにはじめての港で」

「ありがとうございます、艦長」若い女性将校が答えた。誇りに顔を輝かせ、少し安堵の色も見えた。

ミッチェルは、水先人に手助けの礼をいい、コクピットの脇をすり抜けて、セイルの右舷側から垂らされていた縄梯子へ行った。そろそろと甲板におりて、艦尾へと進んだ。繋船索が二重留めされているところで、小さなクレーンが突堤の縁から船体に通板《みちいた》を渡していた。ミッチェルは、手をふってシグペン副長の注意を惹いた。繋留員たちをそろそろとよけながら、シグペンが近づいていた。

「Qの接岸はみごとでしたね」と、誇らしげにいった。

「ほんとうだな。わたしも褒めたよ」ミッチェルはきっぱりといった。

「だろうと思っていました」車のそばでそわそわと歩きまわっている、若い兵曹を指差した。

「あれがお迎えでしょうね」

「ああ、そうだろう」ミッチェルは、がっかりしていった。「戦隊本部はすぐそこなのにな」誰にいうともなく、こぼした。「ちょっと散歩したほうが気持ちがいいのに」

シグペンが、くすりと笑った。「補給長《チョップ》が命じた補給品を積みこむように、作業班をもう待機させてあります。ほかにやっておくことはありますか、艦長?」

「一つだけある、バーニー。副長補佐《COB》を下船させろ」シグペンが口をあけて反対しようとしたが、ミッチェルは手で制した。「わかっているよ。あいつは名前どおり火山みたいに悪態を吐き出して文句をいうだろうが、ここはあいつの故郷だ。何年も会っていない家族に会うあいだ、二、三時間あいつがいなくても、やっていけるだろう」

「説得してみますが、艦長。でもM・Pは、こうと決めたら梃子《てこ》でも動きませんよ」にやにや笑いながら、シグペンがいった。マルコ・ポンペイ先任上等兵曹は、厳格で妥協を許さないが、とことん公平なので、〈ノース・ダコタ〉の乗組員全員に尊敬されている。相手が正しければ、ためらいなく応援するし、まちがっていれば正す。だが、ただ愚かなだけだったら、神の加護を願ったほうがいい。イニシャルが憲兵《ミリタリー・ポリス》とおなじなのはあいにくで、ぴったりの綽名《あだな》なのに、ミッチェルも含めて、面と向かっては使えない。

「わかっているよ」ミッチェルは、事情は呑みこんでいるというように、さらにつけくわえた。「命令にしよう。必要なら、手の空いている乗組員全員で腕ずくで陸にあげちまえ」

「アイアイ・サー。会議を楽しんでください」

「ありがとう。がんばってみる。しかし、本艦をグアムまでわざわざ呼び戻すとは、われわれが目撃した事件よりもでかいことがからんでいるにちがいない」

ミッチェルは、艦尾で翻《ひるがえ》っている軍艦旗に敬礼してから、通板を渡り、待っている車のほうへ歩いていった。うしろのラウドスピーカーから聞こえた。「〈ノース・ダコタ〉艦長、下船」ミッチェルが近づくのを見て、兵曹がすばやく車のドアをあけ、敬礼した。

「グアムにようこそおいでくださいました、艦長。シモニス司令との会議にご案内します」

「ありがとう」と答えて、ミッチェルは答礼した。車に乗ると、若い兵曹がエンジンをふかして、標識の速度制限をはるかに超えるスピードで爆走させたので、びっくりした。明らかに急いでいるのがわかり、また怪訝に思った。いったいどういう会議になるのだろうか？

SUBRON《サブロン》（潜水戦隊）15の本部ビルは、わずか八〇〇メートルのところにある。二分とたたないうちに、車は正面出入口の前でとまった。兵曹が一人駆け出してきて、車のドアをあけた。「戦隊《スクワドロン》15に、ようこそおいでくださいました、艦長。会議室にご案内しますので、どうぞこちらへ」

ミッチェルは、外来者名簿にサインし、IDバッジを受け取るあいだ足をとめただけで、すみやかにセキュリティ・チェックポイントを通された。まわり木戸《ターンスタイル》を通ると、兵曹は足早に廊下を進み、突き当たりの大きな両開きのドアの前へ行った。ドアの上の赤ランプが点滅し、秘密会議が行なわれていることを示していた。

ひろびろとした会議室のなかで、十二人が三つのグループに分かれて集まっているのが目にはいった。COMSUBPAC（太平洋潜水艦隊司令官）ウェイン・バローズ海軍少将はすぐにわかった。なにが起きているにせよ、COMSUBPACがグアムまで出張るというのは、一大事にちがいない。その右手の大佐が、おそらく戦隊司令のチャールズ・シモニスだろう。その左には、ジョアンナ・パターソン博士がいた。

ミッチェルは驚きのあまり、会議室にはいったところで立ちどまった。ミッチェルの姿を見ると、ジョアンナが顔を輝かせ、ミッチェルが怖れていたとおり、近づいてめいっぱいハグした。ミッチェルはぎこちなく抱きかえした。これでは第一印象がだいなしだ、と暗い気分になった。

「ジェリー！　会えてうれしいわ！」ジョアンナが、大声をあげた。「大統領がよろしくとおっしゃっていたわよ」

ミッチェルは、心のなかでうめいた。その挨拶はほんとうだろうし、ジョアンナはよかれと思って口にしたのだろうが、時と場合が悪すぎる。これまでずっと、政治的な人脈が目に付かないようにしてきたのだ。残念なことに、異例の政治的な引きがある海軍将校という評判は、ミッチェルにつきまとって離れなかった。

ジョアンナの挨拶は、その評判を裏付けてしまい、上官はおろか同僚との関係もややこしいことになりかねない。案内役の兵曹二人が神経質になっていたのも、それと関係があるのではないかと思った。

「お目にかかれてうれしいですよ、ジョアンナ――パターソン博士」ミッチェルは答えた。「でも、びっくりしました。あなたがおいでになったということは、事態はわたしが思っていたよりも悪いのでしょうね」

ジョアンナのうれしそうな顔が、たちまち険しい心配顔になった。ミッチェルの腕を軽く叩いて答えた。「かなり悪いのよ、ジェリー。かなり」

バローズが咳払いをして、ジョアンナの注意を惹いた。「パターソン博士、お邪魔して申しわけないが、そろそろ始めないといけない」

「ええ、提督。失礼しました」ジョアンナが、当惑気味に答えた。ジョアンナが脇に離れ、バローズがミッチェルに近づいた。

「また会えてうれしいよ、艦長」いいながら、手を差しのべた。

「ありがとうございます」そう答えて、ミッチェルはバローズの手を固く握り締めた。

「ここまでは、問題なく来られただろうね」

「日光浴にうってつけの場所を探したいという誘惑にかられたぐらいで、だいじょうぶでした、提督」

バローズが低い笑いを漏らした。「ひどい火傷を負っていなければ、おおいに賛成したいところだがね」バローズの灰色の髪には、まだ橙色の条《すじ》が残っていた。大佐のほうを示して、語を継いだ。「こちらはチャールズ・シモニス大佐。今回の任務には戦隊司令としてくわわる」

二人は握手と挨拶の言葉を交わした。続いてシモニスが、会議テーブルの横に立っていた中佐三人のほうへ、ミッチェルを連れていった。「ミッチェル中佐、こちらはわたしの戦隊の艦長たちだ。〈オクラホマ・シティ〉艦長ブルース・ドブソン中佐」

「どうぞよろしく」といって、ドブソンがミッチェルの手を握った。

「こちらこそ」ミッチェルは答えた。

「ウォーレン・ハルゼー中佐は知っているな？」次の艦長を指差して、シモニスがいった。

「ええ、もちろん」ミッチェルは、心をこめていった。「〈サンタ・フェ〉も駆り出されるのかなと思っていた、ウォーレン」

「おかげでね」ハルゼーが、そっけなく答えた。「それに、われわれは担当水域で、あまり仕事をさせてもらえなかったんだ。あんたの艦《ふね》もそうだろうけど」

ハルゼーの言葉に裏があるのかどうか、ミッチェルにはわからなかったが、シモニスが三人めの艦長のほうへ行ったので、考えているひまはなかった。

「こちらはイアン・パスコヴィッチ中佐、〈テキサス〉艦長だ」

「イアン！　またよろしく頼むぞ！」ミッチェルは、パスコヴィッチの手をわしづかみにした。

「こっちこそ、ジェリー。〈ノース・ダコタ〉はどうだ？　おもちゃをぜんぶ試す機会はあったか？」

「優秀な艦だ、イアン。いや、まだいじくっている最中だ。毎日なにかしら学ぶことがある。副長《XO》があきれているよ」ミッチェルは、正直にいった。不思議がっているシモニスのほうを向いて説明した。「イアンとはPCO（後任指揮官）訓練で一緒だったんです。襲撃シミュレーションでは、よきライバルでしたが――彼がたいがい勝ちました」

「接戦でしたが」パスコヴィッチが、つけくわえた。

「ああ、そうか」シモニスが、感心したようすもなく答え、椅子のほうを手で示した。「諸君、着席してくれ。ブリーフィングを始める」

ミッチェルは急いでテーブルをまわり、パスコヴィッチとならんで座った。大きなバインダー、雫の滴っているペットボトル入りの水、ナプキンを持った事務係下士官が、すぐにあとをついてきた。バインダーには、秘密保全の段階を示す色とりどりの印があり、よそよそしく大きな字で〝機密〟と記されていた。

下士官に礼をいい、ミッチェルはバインダーをひらいて、最初のページを見た。題を見て、はっとした――「中国・ベトナム戦争の可能性」。目を丸くしたのは、ミッチェルただ一人ではなかった。横目で見ると、艦長が三人ともおなじ表情を浮かべていた。

「諸君、南シナ海はいま、深刻な緊張をはらんだ政治状況にある」バローズ提督が切り出した。「中華人民共和国は、数十年前から、スプラトリー諸島をめぐり、ベトナム、台湾、マレーシア、ブルネイ、フィリピンと領土争いをしている。長年、外交努力はなされてきたが、成果は出ていない。そしていま、どうやら鍋が沸騰しそうな感じだ。いうまでもないが、大統領はこの問題をかなり憂慮しておられる」

バローズが言葉を切り、ジョアンナ・パターソンを指し示した。「政治状況を諸君につぶさに説明するために、国家安全保障問題担当大統領副補佐官のジョアンナ・パターソン博士をこのグアムに派遣したことからも、憂慮の度合いがわかろうというものだ」

ミッチェルは、潜水艦長三人のほうを見た。COMSUBPACのそっけない紹介に、明らかに愕然としているようだった。ミッチェルの不安度もかなり高かった。ホワイトハウスが、艦長ふぜいのブリーフィングのために準閣僚級をよこすということは、よっぽど深刻な事態にちがいない。艦長三人は、ミッチェルとおなじように、まだ計りかねて黙りこくっていた。

「パターソン博士、あとはお願いします」

「ありがとう、バローズ提督。みなさん、ベトナム社会主義共和国と中華人民共和国の戦争が起こりうる可能性が高いというのが、インテリジェンス・コミュニティ（CIAをはじめとするアメリカの情報機関すべてを指す）と国家安全保障会議の共通した判断です。当然ながら、もう始まっているかもしれません。どちらかの国、もしくは両方が、敵性手段を講じざるをえないと考えた理由は、まだわかっておりませんが、大規模な軍事行動が勃発しそうな兆候がふえています」

そうか、これが〝かなり悪い〟ということなのか、ミッチェルは心のなかでつぶやいた。ジョアンナのさきほどの不吉な物言いを思い出した。

「しかし、現在の事件について理解するには」ジョアンナがリモコンのボタンを押して、次のスライドを映した。「歴史的背景を少し知っていなければなりません。南シナ海は、八十年ほど前から揉め事の多い地域ではありましたが。現在のような激しい紛争になったのは、一九六八年にスプラトリー諸島で石油鉱床が発見されてからです。それ以来、六カ国以上が領有権を主張し、あるいは相手の領有権を否定する主張がくりひろげられていますが、いずれの主張も海洋法に関する国連条約に認められていません。

スプラトリー諸島では、軍事行動はめったに見られませんが、一度だけ本格的な軍事衝突がありました。一九八八年、ジョンソン・サウス・リーフをめぐる戦闘です。中国軍が苦もなく勝ち、ベトナム艦艇三隻を撃沈し、ベトナム軍兵士・水兵七十二人が死亡しました。ほとんどが膝まで水に浸かっているときに撃ち殺されたのです。ジョンソン・サウス・リーフは、スプラトリー諸島の大部分とおなじで、満潮時には水没します。

ほとんどの場合、スプラトリー諸島をめぐる〝戦い〟なるものは、言葉のやりとりと、領有権が主張されている無人の礁に国旗を立てるという程度のものでした。しかしながら、石油資源探査船、海洋調査船、漁船への威嚇行為は、着実に増加しています。二〇一一年、中国とベトナムはスプラトリー諸島で定期海軍演習を開始し、しばしば実弾演習も行なっています。このため、両国は前哨基地の防備を強化しています。南シナ海の他の沿岸国も同様です。

状況がほんとうに悪化しはじめたのは二〇一四年で、ベトナム軍艦が中国漁船と衝突し、沈没させたことがきっかけでした。事件後、国家主義的な激動が起き、二〇一五年に中国共産党は南沙（スプラトリー）諸島は中国の〝中核的利益〟であると宣言しました。その宣言が衝撃波を引き起こし、近隣諸国は高度な警戒状態にあります」

重大な状況だった。各国は前哨基地の防備を強化し、政治的主張を激化させている。南シナ海全域が、いつ爆発するかわからない火薬樽と化している。誰かが導火線に火をつければ、それで戦争が始まるだろう。いや、もう火はつけられたのだ、とミッチェルは憶測した。

「十一日前に、中国海軍空母〈遼寧〉が、亜龍湾を出た直後に沈底感応機雷の爆発で中破しました。損害は激しく、右舷推進器軸と舵が使用不能になり、機械室も衝撃でかなり損傷しました。錨地まではなんとかひきかえしたものの、浸水をとめるのにかなり手間取りました。公式発表では、〈遼寧〉は機械的故障を起こしたとされ、詳細は明らかにされていません。

インテリジェンス・コミュニティの徹底した分析により、機雷を敷設した母艦はたった一種類――ベトナムのキロ型潜水艦しかないと判明しました」

ジョアンナのその言葉に、ミッチェルは他の将校たちとおなじくらいびっくりした。自国よりも強大な隣国に、どうしてベトナムが攻撃を仕掛けたのか、まったく理解できなかった。ただし、中国がベトナム商船を攻撃したことは、それで説明がつく。

「四日前に、〇九三型攻撃原潜がベトナム商船〈ヴィナシップ・シー〉を魚雷で襲撃しました。ミッチェル中佐の潜水艦がその襲撃を目撃し、みなさんのバインダーに報告書がありま す」

全員の目がミッチェルに向けられたが、ジョアンナは説明を続けた。パスコヴィッチがミッチェルをつつき、詳しい話を教えろという顔をした。ミッチェルは口だけを動かして、「あとで」と伝えた。

「ミッチェル中佐は報告書で、魚雷が命中したあと、〈ヴィナシップ・シー〉が殉爆と見られる激しい二次爆発を起こしたと指摘しています。船荷目録では積荷は石炭で、そういう大爆発は考えられません。しかも、中佐の報告では、同船は目的地への針路からかなりそれていたそうです」ジョアンナが笑みを浮かべ、次のスライドを映した。

「あなたの観察は当たっていたのよ、ジェリー。〈ヴィナシップ・シー〉は、ベトナムが占領している島、スプラトリー諸島北端のサウスウェスト・キーに向かっていたのよ。COMINTによれば、積荷は駐屯地宛ての新型地対空ミサイルシステム、レーダー、高射砲、弾薬、食糧、燃料だった――守備隊が数週間持ちこたえられるだけの量の」

パスコヴィッチが口笛を吹き、「たまげたな！」とささやくのが、ミッチェルの耳に届いた。

「結論」重要ポイントを表わす〝・〟にレーザー・ポインターを当てて、ジョアンナがいった。「両国は相手を攻撃した。しかし、これまでのところ、使用されたのが潜水艦のみだったということが重要です。また、今度も敵性行為が続けられる可能性が高いと思われますが、この紛争の性質がまだ理解できない。何がベトナムの機雷攻撃のきっかけになったのか？　予定されている人民解放軍の演習が、謎を解く鍵なのか？　いまは未知の事柄があまりにも多い。それで大統領は、みなさんがたの手を借りたいとおっしゃっています。この危機に適切に対応するには、もっと情報が必要です。外交的に火種を消すのが最終目標です。できれば総力戦にならない前に。何か疑問点は？」

疑問は山ほどあった。ジョアンナは、原因になりうる事柄を多数検討していた。ベトナムの川の源流を中国が分水したことで、ベトナムの米生産が大幅に減少した。漁場の権利についても係争がある。そして、もちろん中国の石油需要の急増もある。水、魚、あるいは石油が重要だな、とミッチェルは思った。中国は経済と人口を支えるのに、もっと資源を必要としているのだ。中国は、これまでは外交手段とときどきの恫喝のみで、主張を押し通してきた。窮乏のあまり賭け金を吊りあげているということは、ないだろうか？

ミッチェルは質問した。「パターソン博士、中国が重大な経済問題のたぐいを抱えているような証拠はありませんか？」

「わたしたちの知っているかぎりではないわ、ジェリー。たしかに問題はあったけれど、中国はそれを乗り切った。アメリカよりもうまく乗り切ったかもしれない」

「パターソン博士」ハルゼーが口を挟んだ。「ご説明のあった事件と演習はつながりがあるにちがいないと、わたしは考えます。中国が演習を攻撃の隠れ蓑に使おうとしている可能性はないですか？」

「可能性はつねにあるわ、ハルゼー中佐。でも、中国は規模と場所を考慮して、この演習についてはかなり情報を公開している。過去の演習と比較して、規模はともかく、今回の演習に不審なところはなにもない。だけど、そのためにあなたやジェリーは、演習を監視する任務につくのよ。中国の言行が一致しているかどうかを確かめるために」

「ベトナムに疑心暗鬼が生じているだけだというんですか？」ハルゼーが、しつこく訊いた。

「そんなことは何もいっていないわよ」ジョアンナが、ぴしゃりといい返した。「ベトナムが演習を大きな脅威だと見なしている可能性は、たしかにあります。その認識が事実なのか、想像にすぎないのかは、なんともいえない。しかし、ベトナムが軍事行動に踏み切るのは、ほかに方策がないと判断した場合にかぎられるでしょうね。つまり、ベトナムは中国の第一次攻撃を想定していたと考えられる。その前提に絞ってかなり調べたけれど、中国が開戦に踏み切るのに充分な動因が見つからなかった。反動が大きすぎるし、中国経済にあたえる影響も甚大なはずだから」

「それなのに、ベトナムは龍の目をつついたんですかね」ドブソンが、皮肉をこめていった。「疑心暗鬼が生じているとしても、ベトナムは馬鹿じゃないでしょう。この状況のどこかに抜け落ちていることがあるにちがいありません」

「そのとおりだ、艦長。そして、それを突き止めるのが、きみたちの仕事だ」シモニスが、馬鹿でかい声でいった。「諸君、それぞれのバインダーに各艦向けの詳細な命令書がある。だが、簡単にいえばこういうことだ。諸君は、中国とベトナムの海軍艦艇の動きを探り、監視し、報告する。ことに潜水艦を。それぞれの担当区域で、指揮統制通信を中心とする信号情報を収集する。そして、常時、探知されるのを避けなければならない」

「艦長諸君、この任務では完全な隠密行動が必要だというのを、ここで強調しておこう」バローズが、立ちあがりながら釘を刺した。「これらの事件についてわれわれが知り、その重要性を読み解いていることを、両陣営はいまのところ気づいていないようだ。その利点を、われわれは失わないようにしなければならない。覗きまわって、できるだけのことを調べろ。ただし、わかったことを通信する際には、適切な判断に従うこと。釈迦に説法だというのはわかっているが、上のほうから厳しくいわれている。探知されてはならない。わかったな?」

「アイアイ・サー!」艦長四人が答えた。

シモニスが演壇へ行き、中国沿岸の海図のスライドを映した。「諸君の哨区（哨戒区域）は、次のとおりだ。〈ノース・ダコタ〉は海南島沖に位置し、楡林と亜龍湾の海軍基地を見張る。ミッチェル中佐、UUV（無人潜水艇）を西に派遣し、ニャチャンのベトナム海軍潜水艦基地を見張れ」

「了解しました」ミッチェルは、メモを書きながら答えた。詳細はすべて命令書にあるはずだが、シグペンに説明するときにあらましを伝えられるように、符丁で記した備忘録が必要だった。

シモニスは続いて、〈サンタ・フェ〉を南海艦隊の主要基地がある湛江沖に割りふった。〈テキサス〉は広州を見張るとともに、東海艦隊から派遣される艦艇がないかどうかを見張る。〈オクラホマ・シティ〉は、東海艦隊の主要基地がある寧波《ニンポー》沖に位置する。東海艦隊と北海艦隊から沿岸を南に派遣される艦艇があれば、早期に警戒を促すのが、〈オクラホマ・シティ〉の役割だった。潜水艦四隻で広大な範囲を受け持たなければならないが、適切な割りふりだとミッチェルは思った。

シモニスが、出撃予定を述べて、哨戒命令のあらましを締めくくった。「現在グアムに潜水艦四隻がいるのを、中国が知っているかどうかはともかく、やつらの仕事を楽にしてやるつもりはない。衛星の画像には一隻しか映らないようにする。次に中国のスパイ衛星が通過するときには、一隻しか見えないようにする。そこで、〈ノース・ダコタ〉は今夜二一〇〇時に出航する。三時間後には〈テキサス〉が出航する。その三時間後には〈オクラホマ・シティ〉が出航、〈サンタ・フェ〉はあすの午後の出航だ」

ドブソンが顔を起こした。まごついているようすだ。シモニスが、その反応に気づいた。

「ハルゼーときみの出航を入れ換えた、ブルース。〈サンタ・フェ〉は母艦の支援を必要とする修理を行なっているから、最後に出航する」ハルゼーは、シモニスの言葉にむっとしているようだった。

「よし、みんな、哨戒前ブリーフィングはこんなところだ」シモニスがいった。「ほかに質問はあるか？　これが最後だぞ」

「はい、司令、お尋ねしたいことがあります」ドブソンがいった。「交戦規則は、どのようなものになりますか？」

「〝探知されるな〟という命令が、その答えになっていると思うがね、艦長」シモニスの返事には棘《とげ》があった。

「司令、われわれは戦域になると思われる地域に行くことになります。見られたり聞かれたりしないよう精いっぱいやりますが、万が一探知され、何者かが攻撃してきた場合、わたしにはどのような選択肢がありますか？」

　ミッチェルも、シモニスからその質問の答えを聞きたいと思っていた。それが質問リストのいちばん上にある。気まずい沈黙が流れた。シモニスは見るからに緊張した顔で、バローズ少将のほうをちらりと見た。バローズがようやく答えた。

「状況はきわめて剣呑だ、艦長。わがほうの行動が誤解されたために、偶発的に戦争が起きるようなことは避けたい。上のほうでは、ＲＯＥ（交戦規則）の定義を曖昧《あいまい》にすればその危険が増大することを懸念している。とはいえ、あまり消極的では仕事ができない」

　バローズは、椅子から立ち、会議テーブルに近寄った。テーブルに重みをかけるようにして身を乗り出し、険しい表情になった。

「探知を避けるために、ありとあらゆる可能な手段を講じ、あるいは探知された場合にはなんとしても追跡をふりきるようにして、攻撃してきた敵性部隊をかわすのに、ほかの手段が皆無であるときには、自衛してもかまわない場合もある。きみたちの判断を信じよう。潜水艦という独立性の高い戦力を指揮するために、きみたちはふるいにかけられ、訓練を受けてきたのだし、わたしはきみたちの手を縛るようなことはしたくない。だが、撃ち返すのは、あくまでも最後の手段でなければならない。自分の艦《ふね》を護るときだけだ。わかったな？」

「完璧に了解しました、提督」ドブソンが答えた。あとの三艦長が、うなずいて了解したことを示した。

「諸君、ブリーフィングはこれにて終了。向こうにいる作戦将校ウォーカー中佐から、艦に持ち帰る書類一式を受け取ってくれ」と、シモニスが命じた。

ミッチェルは、同僚の艦長たちと握手を交わして、幸運を祈るといった。ドブソン、ハルゼー、パスコヴィッチが、会議室の向こう側へ歩いていくと、ミッチェルはジョアンナに近づいた。バローズとシモニスは、端のほうでなにやら話しこんでいて、ジョアンナは一人きりだった。

「ジョアンナ、最後に一つ訊きたいんです」

「ええ、ジェリー、どういうこと？」

「戦争が起きる可能性が高いというのに、その合理的な理由がわからないというのは、一種の矛盾じゃないですか？」

ジョアンナが、深い嘆息を漏らした。疲れ、いらだっているように見えた。「わたしの心境をわかってくれたのね、ジェリー。でも、それが謎なのよ。あなたたちが答えを見つけてくれることを願っているのよ」

ジョアンナは、ミッチェルの肩ごしに視線を投げ、誰にも聞かれていないことを確かめた。

「その件はまだ調べているところなの、ジェリー。そうよ、わたしたちがこの危機に投入している情報収集資産は、潜水艦四隻だけではないのよ。さっきの説明は、いまわかっていること、わかっていないこと、推測していることだけよ。つじつまが合うとはいわなかったつもりよ」

とうとうジョアンナがかすかな笑みを浮かべるのを、ミッチェルは見てとった。くすりと笑って、こういった。「一本とられましたね。それじゃ、真相を突きとめたら、塹壕《ざんごう》の一兵卒のこともお忘れなく」

「情報はたえず伝えられるはずよ。そう手配します」

「ありがとう、ジョアンナ。そうそう、一つだけ、適切だと思えたら伝えてくれませんか。ＳＥＡＬでの経験から、代案《プランC》その2まではいかなくても、代案《プランB》その1があったほうがいいということが、身についているんです。これがうまくいかなかった場合にはどうするか、大統領は考えておいたほうがいい。予備の計画のあるなしにかかわらず、わたしの乗組員は砲列の前に立ち、結果に対処しなければならない。応援が望めるとわかっていれば、少しは気が楽です」

「約束するわ、ジェリー。大統領も充分に承知しているはずだし、事変対処計画を用意します」

「それだけ聞けば充分です」ミッチェルは答えた。「ローウェルによろしく。また便りを届けます」

「気をつけてね、ジェリー」ジョアンナがかすれた声でいい、またミッチェルをハグした。

4　秘密同盟

二〇一六年八月二十二日
東京　文京区
東京大学　本郷キャンパス

出だしから順調ではなかった。やがてそれが悪化した。

沿岸同盟――あらたな協力関係のもっとも人気のある呼び名――は、中国には秘密にしなければならない。そこで、狛村は、自分が教鞭をとる大学で初の会合をひらこうと提案した。東京大学は、アジアの名門校の一つで、経済大学院ではたえず国際セミナーや国際会議を主催している。アジアの国の海軍幹部が一堂に会するのに、自衛隊の施設ではなくそこを使うほうが、中国の目に留まりにくい。

高名な教授が東大のセミナー用に教室を予約するのは、よくあることだった。しかし、大学側としては、使用目的を知る必要がある。そこで狛村は、〝海洋経済学〟のセミナーをでっちあげ、その〝会議〟の情報を大学のウェブサイトやニューズレターに掲載すべきではない理由をこじつけた。また、一週間前に出席者の仮名簿を提出しなければならなかった。最終名簿は、開会の二十四時間前に出す必要がある……。

無数の細かな作業があり、そのたびに電話や電子メールを使う必要があった。そういう外部との接触ごとに、中国に見つかるのではないかと、狛村はひやひやした。なにげない言葉のやりとりとはいえ、通信データが残る。それは川に石を一つずつ置くようなもので、やがて歩いて渡れるようになる――中国が推論する道筋ができてしまう。

講義にも影響が出た。熱心に勉強する学生たちにあらゆる仕事を押し付けてもなお、人任せにはできない仕事があった。博士論文の吟味、講義メモの改稿。つらい仕事だったが、経済に魅入られていたので、楽しい仕事でもあった。

また、久保海将とも頻繁に会っていた。狛村にはそれが楽しみだったし、海上幕僚長の久保は、過酷な毎日の仕事からの息抜きを楽しんでいるにちがいないと思った。

久保典明《のりあき》海将は、角ばった顔の小柄な男で、デスクで長時間仕事をすることと、相撲が好きなことが知られている。いつも私服で会うのだが、それでも威風堂々とした雰囲気を漂わせている。東京の蕎麦屋で会っている二人は、昼食をともにしている会社の重役という風情だった。東京には蕎麦屋が無数にあり、二人はおなじ店には二度と行かない。

前回の話し合いは、もっとも楽しいとはいいかねるものだった。インドと台湾の伝手からおなじ日に狛村に連絡があり、たとえオブザーバーであっても、会議には出席できないと断わられた。狛村は落胆し、自分がひどく腹を立てていることにびっくりした。

「個人的な感情にとらわれるのは、無理もないですよ。同盟は先生の秘蔵っ子ですからね」

久保はいつも、学生のように敬意を込めて先生と呼ぶのだが、自分はそんな尊敬に値しないのではないかと、狛村はそのときばかりは思った。久保のほうは、民間人という〝偽装〟を守るために、ただの〝久保さん〟と呼ぶようにと、狛村に釘を刺していた。

久保は現実的だった。「みんながみんな、先生のように同盟を必要だと思うとはかぎりませんよ。インドには距離を置く理由がある。中国の南シナ海への拡張で、直接の脅威を受けているわけではありませんからね。いまのところは。最大の敵中国を弱体化させる方法には興味があっても、同盟参加は利益よりもリスクのほうが大きい。われわれが成功する見こみが大きくなったところで、参加するつもりでしょうね。

台湾は、またべつの問題です。七十年ものあいだ、巨龍のそばで生き延びてきたから、用心深くなっています。中国が同盟のことを知り、なおかつ台湾が参加していると知ったら、われわれに悲惨な影響をもたらしかねないし、台湾はさらに悲惨な目に遭うかもしれない」

久保はそこで質問を投げた。「中国が南シナ海の資源を支配するようになったら――海上交通路《シーレーン》はいうまでもなく、石油、食糧、鉱物資源を握ったら――台湾にはどういう長期的影響がありますか？」

狛村は答えた。「それはむろんわたしの本に書いてあります。控え目に見ても――」

「お尋ねしているのは、政治的影響です、教授」久保はさえぎった。「十年ないし二十年後の。第九章に述べられていますね。〝政治力は経済力に基づくもので、それと直接比例している〟。チャートもありますね。そういう状況で、台湾は独立を維持できるでしょうか？」

「政治的には」狛村は考えつついった。「中国がより強大になり、世界最大の経済大国になり、沿海諸国が弱体化した場合には、台湾は中国共産党側の条件で合併されるほかに途《みち》はないでしょうね」

「それなら、台湾の指導部にそういう趣旨のことを伝えてはどうですか。経済と軍事だけが論点では、台湾を説得できませんよ」

「わたしはその仕事に適しているといえるでしょうか？」狛村はいった。「外交官ではないですからね」

「先生は、『アジアのための海軍』をお書きになった有名な学者です。政府と無関係であることは、けっして不利ではなく、先生の財産だと思います。政府の政治目標をそのまま伝えるのではなく、ご自分の考えを口にされているわけですから。外交の経験がないとおっしゃいますが、三カ国の政府に大きな影響をあたえて、協力関係を結ばせたわけですから。その三カ国とわが国のあいだに歴史的なわだかまりがあることを考えれば、これまでなさってきたことは奇跡にひとしい偉業ですよ。時がたてば、あとの二カ国も賛同してくれるでしょう。次に台湾を訪問なさるのは、いつですか？」

「来週、左営《ズウオイン》工廠で講演を持つよう招かれています」狛村は間を置いた。「会議のあとですが」

「話をするのにいいタイミングですよ。そのころには、事情ももっと明らかになっているでしょう。それと、お出かけになる前に、東京のマイクロ・ブリュワリーでお土産を用意なさるといいですよ。武嗔《ウー・チエン》提督はそこのケンジ・ヴァイツェンが大好きなんです」

二〇一六年八月二十四日
ノバスコシア州　ハリファックス
海辺荘

パーセルズ入江の家に越したのは十年前で、そこはいささか割高だったが、海から離れて暮らすことは考えられなかった。買ったときからあまりいい状態ではなかったが、自分で手入れできるだけのことはやり、そのあとは品よく古びるままにしておいた。

ヘクター・アレグザンダー・マクマートリーは、家の外観などどうでもいいと思っていた。庭のことはもっとどうでもいいと思っていた。近所の人間が文句をいったので、常緑樹を植え、それがやがて見晴らしを悪くした。もちろん海の眺めだけはさえぎられていない。

〝マック〟ことマクマートリーは、ダイニングルームも兼ねているキッチンを出て、家の反対側にあるオフィスに向かった。もとはダイニングルームだった部屋を通ったが、そこはいまでは書類戸棚に占領されている。壁二面にならぶ書類戸棚の上には、船の模型や海の記念品がびっしりと飾られた棚がある。腰から上の壁はすべて、絵や海図に覆われていた。廊下もおなじ装飾だった。

いつも使っている寝室のかたわらを、足をひきずるようにして通り過ぎた。そこも本棚がならんでいる。そして、本来は主寝室だったオフィスへはいっていった。

その家は低い尾根にあり、キッチンとその部屋の出窓が海に面していた。すばらしい海景色が見られるのに、目をつぶって眠る部屋に使っていたわけが、マクマートリーには理解できなかった。

大きな出窓を棚代わりにして、お気に入りの記念品や模型を置いてある。十三歳のときに父親が作るのを手伝ってくれた〝ホグ・アイランダー〟（第一次世界大戦中に艦船不足を補うためにフィラデルフィアのホグ・アイランド造船所で大量建造された輸送船などの船舶で、第二次世界大戦で半数が戦没した）。火薬を積んでいて、一九一七年にハリファックス港内で爆発によりバラバラになった商船〈モンブラン〉の小さな模型。貝殻などの宝物。視界をさえぎるような高さのものは、一つもない。

しばらく表を眺めて、天候を推し量ろうとした。晴れ、薄い層雲がある。出窓の隅に双眼鏡を置いてあるが、水平線に見るべきものはなかった。

中古品のデスクが、その出窓の横の、なにもない壁に面して置いてある。顔を左に向けるだけで、海が見えるのを確かめられる。デスクの左右には折りたたみ式の脇机を置いてある。プリンター、パソコンの本体、大型スキャナーがいっぽうに置いてある。反対側の脇机には、書類や参考書が積んである。うしろの本棚は小戸棚に仕切られ、それぞれにラベルを貼った研究課題の関係書類が収められている。あるものは至急やらなければならないし、あるものは適切な時が来るまで、何年もそのままにされる。

壁という壁には本棚がならべられ、あいたところには写真や地図が貼ってある。水平面は、船の模型や海に関係する小物に占領されている。

三杯めのコーヒーをごくごく飲んだところで、マックは仕事を始める構えになった。もっとも、仕事だという意識はほとんどない。十二年前にアーヴィング造船が早期退職を募ったとき、マックはすぐさま応じた。いまは六十半ばを過ぎて、第二の仕事人生で一日十時間か十二時間、やりたいときにはもっと長く、キイボードを叩いている。造船技師の仕事はこの本職のための下準備で、これを一生ずっとやってきたという気持ちになっている。

予想どおり、受信箱はいっぱいだった。世界じゅうの友人や学会や協会が、電子メールで海軍艦艇や商船の情報を伝え、海軍テクノロジーについて質問する。画像を送ってくる者、あらたな研究を伝えてくる者がいる。けさは二冊の本についての書評と、写真集への協力依頼、蒸気が動力のピストン機関についての記事執筆依頼があった。それも得意分野の一つだった。

こんなに忙しくなったのは、身から出た錆《さび》だった。三十年前、マックはパソコン通信のGＥｎｉｅ（ジェニー）で掲示板を始めて、海事関連ニュース、意見、あからさまな偏見の入り混じった書き込みをした。その後、それが〝バイウォーター・ブログ〟に発展した。一九二〇年代に『太平洋海権論』を上梓した海軍評論家ヘクター・C・バイウォーターに因《ちな》む命名だが、家の玄関の郵便受けに〝海辺荘《バイ・ウォーター》〟と書いてあるのと語呂を合わせた言葉遊びでもある。

マックスの言葉がたいがい的を射ていて、先見の明があることが多いので、読者がどんどんふえ、そこから供給される情報もふえた。最新のゴシップを読むこと、ではなく、ジグソーパズルのピースが一つ一つはまってゆくのが楽しかった。マックは、メンバー全体の統計に貢献した新情報を、記名して掲載するという名案を思いついた。いまでは、海軍ライターや、各国の海軍と商船の乗組員や、愛好家数百人が、競って情報をよせている。

マックのデジタル帝国には、オンライン・データベースと「軍艦開発」、「造船」、「海難事故」と題した枝ブログがある。スピンオフによって、毎日のブログはかなり読みやすくなったが、返事を出さなければならない電子メールの数は二倍、いや三倍にふえた。

マーチャントマン発
「海難事故」宛て
〈ヴィナシップ・シー〉の件

商船損耗に関する最新情報。二〇一六年八月十七日、ホーチミン・シティ発大阪行きの石炭貨物船〈ヴィナシップ・シー〉が、八月二十日に船主により全損と届け出られました。沈没の原因は述べられていません。過去二十年間に炭塵爆発により沈没した船の情報はありますか？

「過去二十年？」マックは面白がって、鼻を鳴らした。「調べるとしたら、過去百年だろうよ」

〝マーチャントマン〟は、長年投稿している人物のハンドル名だった。実生活では商船乗組員で、データベースの情報更新に貢献している。粉塵で沈没した船があるかという質問の答えは、マックとおなじように知っているはずだが、その説を明確に打ち消したいのだ。

マックは、デジタル情報の発掘を開始した。石炭を燃料に使う蒸気船では、粉塵が空気と混合すると引火しやすくなる。爆発が起きるのは日常茶飯事とはいえなかったが、まったく例がないわけではない。一八九八年に米海軍戦艦〈メイン〉がハバナで沈没したのは、それが主因だったのではないかという説もある。第一次世界大戦でも、軍艦数隻がそのために沈没している。

しかし、炭塵が取り扱いに注意を要することは、よく知られているし、一九三七年以降、それが原因で沈んだと見られる艦船は一隻も見つからなかった。つまり、炭塵が原因ではないかもしれない。だが、それならどうして跡形もなく沈没したのか？

マックは、〈ヴィナシップ・シー〉沈没のニュースを呼び出した。捜索機は通航の多い予定航路ではなにも発見できなかったと、報道されていた。爆発事故の場合はかならず発信されるはずの遭難信号はなかった。捜索の日もその前の数日も、天候は良好だった。航路に難所はなく、よく知られている航路で、毎日数十隻が航行している。

海の伝承には、艦船の謎の失踪がいくらでもあるし、数十年後に判明した事件もある。だが、多くは海だけが知る秘密となっている。マックはキイボードで打ちこんだ。

マック発
マーチャントマン宛て
〈ヴィナシップ・シー〉失踪の件

ホーチミン・シティ発大阪行きの〈ヴィナシップ・シー〉が消息を絶ち、原因はわかっていない。生存者はいない。考えられることは……

1　航法ミスにより遭難。
2　原因不明の漸進的浸水。

3　原因不明の突然の爆発。
4　ハイジャックされ、船名を変えて航行中。

南シナ海で八月十七－二十日に、爆発、漂流物、未確認の艦船などの不審な目撃情報があれば、ご一報を。

電子メールを送ると、しばし考えてから、ブログの日誌に〈ヴィナシップ・シー〉の短い記事を書いた。行方不明であること、説明がつかないことを述べて、良心が許す範囲で謎めいた雰囲気を書きたてた。それから、〝最新の海の謎〟を解くような情報や意見を求めた。Ｅｎｔｅｒキイを押して、時計を見た。電子メール一本に三十分。書評を書く時間をこしらえるのには、もっと要領よくやらないといけない。

二〇一六年八月二十五日
東京　文京区
東京大学　本郷キャンパス

結局、狛村と助手数人の前にテーブルを一台置き、ベトナム、韓国、日本の代表が一列にならべたテーブル三台に向かって座った。各国の提督はそれぞれ、副官一人、情報専門家一人、通訳一人を従えていた。インドと台湾の欠席が、狛村は気になったが、やむをえないと、自分にいい聞かせた。

日本側の支援スタッフの大部分が警備要員だったが、できるだけ目につかないように、狛村は気を配っていた。会議の世話役は日本だが、日本の行事でも、日本主導の同盟でもないことを示したかった。

国旗や名札はなく、何よりも重要なのは軍服が見られないことだった。私服を着ることには、誰も反対しなかったが、三カ国ともドレスコードを問い合わせてきた。それで、いずれもビジネス・スーツを着て現われた。韓国の代表団は、ネクタイまでそろえていた。

韓国のパク・ウチン提督は、三カ国の海軍将官のなかでもっとも若いのが、ありありとわかった。韓国海軍の海軍作戦本部長に就任してから、わずか六カ月しかたっていない。狛村と会ったのは一度だけで、釜山の龍頭山《ヨンドサン》公園のベンチという、古風なスパイもどきの設定だった。「外国人との〝行きずりの出会い〟ではない接触については、防諜部にすべて報告することを求められています」と、そのときパクは説明した。「ですから、こうして、行きずりの出会いと見なされる状況で、自己判断により行動しています」

狛村は驚いた。「自分のところの情報関係者も信頼できないと思っているのですか？」

「これについては誰も知りません。長年、個人的なつきあいがある人間と、むろん上官は知っていますが」パクはそう力説した。「すぐ北に敵がいますし、その向こうには中国がある。無用の危険は冒せません。

しかし、リスクに見合う価値がある。北に対処するだけで、われわれは手いっぱいです。腐敗して脆くなっている金政権は、いつの日か――近い将来に崩壊するでしょう。南北を統一する好機がつかのまおとずれるでしょうが、ドイツのように平和な統一が成ると思っている者は、ほとんどおりません。

圧倒的に優勢な中国は、南北統一の悲願には力を貸さないでしょう。アメリカか、アメリカが弱体化した際には、あなたがたの同盟のほうがずっといい。危機がやってきたときには、味方がいたほうが勝算は大きくなります」


会議はまず、沿岸同盟設立の正式文書への調印から始められた。わずか二ページの短い文書で、写しは三通しか作成されない。同盟の存在そのものとおなじように秘匿され、公表する必要があるときまで、それぞれの金庫に保管される。

日本酒でちょっと乾杯してから、三カ国の提督たちは、ベトナム代表団のトゥイ中佐の情報ブリーフィングに耳を傾けた。会議に出席した情報将校三人は、ごく少数の幕僚を抱え、同盟の情報機関の役割を果たす。いずれか一カ国が主導したり、指揮権を握ったりすることはない。具体的な任務のために、必要と適応力に応じ、一時的な指揮権があたえられる。

中国海軍の現況を報告してから、トゥイは〈ヴィナシップ・シー〉捜索の詳細を述べた。付近にいた商船数隻が、同船の推定位置で爆発と漂流物について通報していた。乗組員二十二人は影も形もない。ベトナムの海運会社は、それらの通報は同船とは関係ないとしている。同社が提出した位置報告は虚偽で、そのとおりにホーチミン・シティから航行を続けていたなら、〝失踪した〟ときにはルソン島の北西一〇〇海里にいたはずだった。

「正式調査が行なわれていますが、〈遼寧〉への機雷攻撃に対する中国の報復であるというのが、もっとも可能性が高い解釈です。ご質問は？」

久保海将が、にやりと笑った。「ずいぶん用心深いいいまわしだね、中佐。しかし、ほかに説明はつかないだろう」

トゥイが、降参だというように両手を挙げた。「原因について物証はなに一つありません。突然の失踪とタイミングという、情況証拠だけです。これが偶然だと思っている者は、われわれのなかには一人もおりません」あとの情報将校二人に目を向けると、同意のうなずきが帰ってきた。

「〈遼寧〉に被害をあたえた機雷がベトナムのものだというのを、中国が突き止めたのであれば、同盟はすでに危険にさらされています」パクの言葉には、明らかに意図があった。〈ヴィナシップ・シー〉失踪の基本的事実は、何日も前に全関係者に説明されている。パクは秘密の共同作業という考えそのものに疑問を呈しているのだ。「やがては、同盟が行動すれば、一カ国もしくは加盟国すべてが報復を受けることになるでしょう。情報の共用や監視作業の分担ならいいが、実体のはっきりした同盟が行動を求めれば、われわれは勝てない戦争にひきずりこまれる」

一同の向かいにいた狛村が、議論に割ってはいった。「同感です。三カ国が力を合わせても、中国の軍事力に対抗するだけの力はない。アメリカを味方につけても、確実に対抗できるとはいえない。それに、国土の荒廃や経済的コストは、壊滅的でしょう」

狛村は、たっぷり一分間、沈黙していた。狛村が同意したにもかかわらず、パクは不満げな顔だった。だが、ベトナム人民解放軍参謀総長のヒュー大将が、ベトナム側の一人に合図し、日本側のテーブルのほうへかすかに顎をしゃくった。久保海将は動じていない。そこでヒューは声をかけた。「何か計画があるのですね」

「はい、提督、あります。ためらいがあるのは、わたしは艦艇を指揮したことはおろか、軍服を着たこともないのに、参加国の海軍の重鎮とこうして向き合っているからです。僭越とは思いますが、非対称攻撃の要諦は、われわれの力を一致させ、中国の弱点を衝くことにあると考えます」

「潜水艦ですね」ヒューが答えをいった。

「そうです」狛村は肯定した。「貴国が〈遼寧〉を攻撃できたのは、第一線級の潜水艦があるからです。それに、中国の対潜能力は、お世辞にも優れているとはいえない。港外を護衛艦が哨戒していたのに、貴国の潜水艦長は、その遮掩を潜り抜け、機雷を敷設し、探知されずに撤退できた」

あとの提督二人に手ぶりで示しながら、狛村は続けた。「日本と韓国にも、第一線級の潜水艦があり、中国海軍の同等の潜水艦より一世代か二世代、先進的です。久保海将によれば、そうりゅう型潜水艦は、通常動力でありながら、静粛性、センサー類、兵装など、中国の原潜をしのぐ利点がいくつもあるそうです」久保が無言でうなずいて肯定した。

「同感です」パクがきっぱりといった。立ちあがって、狛村に軽くお辞儀をした。「たいへんためになるお話でした。三カ国が協力すれば、中国の軍港をすべて封鎖し、海上部隊を捕捉することができます」表情が一変し、さまざまな思いつきに顔を輝かせていた。「隠密裏に展開し、調整して、第一次攻撃を行なうことができます。楡林から大連に曳航される〈遼寧〉を捕捉してとどめを刺すようタイミングを合わせても、いいかもしれません。二十四時間で人民解放軍にとてつもない損害をあたえられます。南シナ海どころか、港を出るのも危険だと思い知らせてやりましょう。中国海軍と中国政府指導部は、すさまじいショックを受けますよ」

「そうなれば、中国はたいへんな屈辱を味わうでしょう」狛村は、パクの発言に当惑し、不愉快だったが、一応調子を合わせた。「しかし、残念ながら、わたしの構想は、そういう道筋のものではありません。そうした攻勢がよしんば完璧に成功したとしても、敵艦隊を潜水艦で襲撃するのは、典型的な軍事紛争、海軍と海軍の正面衝突です。また、二度めからは奇襲の要素がなくなるので、潜水艦が敵艦艇を探知されずに何度も襲撃することは不可能でしょう。たとえわれわれの潜水艦が反撃を避けられたとしても、探知された時点で識別されるわけだから、当然ながら報復が行なわれます。

中国の政治指導部は、対応せざるをえないし、国際社会に対して被害者を装うことができるようになる。われわれの国はいずれも中国の航空機の航続距離内、ミサイルの射程内にあるし、われわれの海上輸送や沿岸部に対する攻撃が鈍るほどに中国海軍艦艇を撃沈するだけの力はない。大規模戦争になる危険性があります」

パク提督は、明らかに不服のようだった。「力を一致させ、中国の弱点を衝く、典型的な戦略ですよ。どうしてうまくいかないんですか？」

狛村は答えた。「対潜能力は中国海軍の弱点ではありますが、中国そのものにとっての致命的弱点ではないからです。中国のほんとうの弱点は、海外からのエネルギーに依存していることです。痛みを味わわせてやるには、石油供給を絶てばいいのです」

パク提督のほうにうなずいて、狛村は説明した。「隠密裏の展開と、タイミングを合わせた調整攻勢が重要だということには同意しますが、攻撃目標《ターゲット》は、中国の港に向かう商船、とりわけタンカーでなければなりません。中国経済は、ナイフの刃の上でバランスをとっているように危なっかしい。一夜にして効果があがることではありませんが、石油輸入が中断すれば、中国は手痛い打撃を受ける。当初は補えるでしょうが、補うことで、さらなる問題を誘発します」

「中国が、商船襲撃にも海軍艦艇を襲撃されたときとおなじように対応しないと、どうしていい切れるのですか?」パクが反論した。

「商船には襲撃してきた相手を探知して識別する手段がないからです」と、狛村は答えた。

「中国は襲撃してきた国を特定する証拠が得られるまで、極端な行動には二の足を踏むでしょう。まして同盟のうち日本と韓国は、アメリカの同盟国ですからね。歴史上の前例もある。スペイン内乱のとき、国籍不明の〝海賊〟潜水艦が、共和国側に補給品を輸送していたソ連商船を撃沈した。じつはイタリアの潜水艦だったのですが、ソ連側は疑いをかけて非難したものの、物証は提出できなかった」

「いつまでも続けられないでしょう」パクがいい張った。

「長くは続けられない」ヒューが同意した。「それに、中国は行動を控えはしない。疑わしいと思った相手に対し、隠密裏に対応するでしょう。こちらにも商船はありますからね」

「不確実な期間が長ければ長いほど、傷つくのはわれわれではなく中国のほうですよ」久保が答えた。「〝最初に〟撃沈された商船〈ヴィナシップ・シー〉が、中国の攻撃によるものだという疑惑をリークしてもいいでしょう。それから、われわれの商船を危険の少ない水域に引きあげ、同時に中国との禁輸を実行する。中国は、戦略物資、精密機械、電子部品が輸入できなくなる」

「中国経済にその影響が出るまで、どれくらいかかりますか？」ヒューが訊いた。

その質問は狛村の得意分野だし、入念に研究してあった。「現在の消費量では、中国の戦略石油備蓄は九十日分ですが、石油輸入の減少により、もうかなり備蓄を減らしています」と狛村は説明し、一同の顔を見て、すぐさまつけくわえた。「しかし、それほど長く待つ必要はありませんよ。石油価格は急騰するでしょう。それも中国には打撃になるし、続いて輸送コストが五〇パーセント増加する可能性がある。すべてを合わせると、たいへんな重圧がかかります。石油不足は、中国経済のさまざまな部門《セクター》にあっというまに影響するでしょう」

「それで、最終目標は？」久保が水を向けた。答えはわかっていると、いいたげだった。

「最低でも景気後退、できれば経済不況」自分が画策していることとはいえ、狛村はその言葉の響きを嫌っていた。エコノミストは解決策を示すのが仕事で、壊すのは本来の仕事ではないからだ。

「崩壊はしない？」パクが訊いた。

「しないでしょう、提督」狛村はすぐさま答えた。「それはわれわれすべてにとって、壊滅的です。世界最大の国で、飢饉や騒乱が起きたら、どうなります？　史上最悪の人道的大災害になり、政治的影響は誰にも予測できない」熱のこもった口調だった。いったい何人が死ぬか？　飢饉を終わらせるために、中国指導部はどういう手を打つか？

「領土欲どころではなく、必死になるでしょうね」狛村は説明した。「中国の指導者たちに長期の問題を抱えこませるには、それで充分だと思います」

パクは、考えこむようすだった。「では、中国海軍艦艇を攻撃しないわけですね」

狛村は、肩をすくめた。「むろん、自衛の場合はべつです。国際社会で中国が被害者役を演じられるようなきっかけをあたえてはならない、ということです。中国の潜水艦だけは例外で、わざわざ索敵することはないが、中国の潜水艦はこちらの商船を襲撃することができるので、こちらの潜水艦が遭遇したときには、撃沈すべきでしょう」

「この軍事作戦は、いつ開始すべきですか?」ヒューが尋ねた。

「いま、この瞬間に」狛村は、熱烈な反応を感じた。「中国の空母に大損害をあたえたことで、当初の計画を狂わせることはできましたが、目標を中国が完全に放棄するとは、誰も思っていません。だから、石油供給のバルブを締めるのは、早ければ早いほどいいでしょう」

「そうなると、潜水艦を派遣するだけではだめでしょう」パクがまた反論した。「軍全体の準備が必要だし、商船も退避させなければならない。禁輸を行なうのであれば、重要物資の備蓄も始めるべきだ」

「めだった動きは中国を警戒させる」と、狛村はいさめた。「潜水艦はただちに派遣し、そのほかの探知されやすい行動は、中国商船が沈められるようになるまで控えることを勧めます。商船の沈没が続けば、あなたがたの行動はそれに対する反応だと解釈されます」

狛村は、三カ国の代表団の反応を念入りに見定めた。計画におおむね同意しているのが見てとれた。だが、その後の余波の意味と規模は、やっと明確になったところだった。狛村の計画をあらかじめ聞いていた久保が、もっとも冷静だった。パクは考えこむようすだったが、副官が必死でメモをとっていた。

ヒューは、険しい表情で怒りをにじませていた。「わが国は、〈バインミー〉が空母向けに機雷を敷設してから、戦争状態にあります」と、いい放った。「潜水艦三隻はすべて、一時間以内に出航します。あとの部隊はもうひそかに準備を整えています。この会議が予定どおり進まなかった場合には、独力で戦う覚悟でした。強大な敵と戦って勝ったことは、前にもあります」

ヒューは立ちあがり、軽くお辞儀をした。「ベトナム社会主義共和国は、あなたがたと大義を一つにすることを光栄に思います」

二〇一六年八月二十六日
ノバスコシア州　ハリファックス
海辺荘

マックは、夜の八時か九時に仕事をやめるという、ふだんの日課を維持しようとした。この齢では、前とはちがって深夜まで働くと体にこたえる。だが、世界じゅうのあちこちにいる友だちとの通信は楽しく、関心事や知識を分かち合っていると、ときどき途中でやめられなくなる。
キイボードごしに十数回のやりとりが続くと、通信の相手とピンポンをしている光景をマックは思い浮かべる。打ち合っているのはピンポン玉ではなく、情報だ。この愉快なゲームでは、両方のプレイヤーが勝つ。

イアンK四五七発
「海難事故」宛て
〈ヴィナシップ・シー〉失踪の件

マック
八月十七日から二十日までのあいだのロンドン・ロイズ保険組合の報告には、該当する水域の事件は一件しか記載されていない。韓国船籍のコンテナ船〈ハンジン・マルタ〉が、八月十八日の現地時間一三四九時に、水平線に立ち昇る煙を目撃した。現場に向かった同船は、北緯一一度〇二分東経一一二度三五分で、漂流物を目撃した。生存者はなく、沈んだと思われる船の身許は不明だった。

イアン

マックは、その電子メールを二度注意深く読んだ。〈ハンジン・マルタ〉の船長を探し出し、〝立ち昇る〟煙について質問したかった。爆発、それも大爆発のような表現だった。どれくらいの高さまで、煙は立ち昇っていたのか？　現場からどれくらい離れていたのか？　報告には〈ハンジン・マルタ〉が煙を発見した地点の座標が記されていなかったが、到着まで一時間近くかかっている。おそらく最大速力だっただろう。

それから類推できる。〈ハンジン・マルタ〉コールサインD977の諸元データを呼び出した。全長二八九メートル、全幅三二メートル、最大速力一六・七ノット、建造は……。あとは目もくれなかった。コンテナ船は、悲運に見舞われた船から、一五海里以上離れていた。つまり、煙の高さは三〇メートルないし、五〇メートルだったはずだ。あるいはもっと高かったかもしれない。

マックは軍隊を経験していないが、海上での爆発事故には詳しかった。海に関心があり、ハリファックスに住んでいるとなれば、一九一七年に救援団体の貨客船〈イモ〉と、TNT火薬、ピクリン酸、弾薬綿を数千トン積んでいた商船〈モンブラン〉が衝突した事故のことを知らないはずはない。爆発の威力は、三キロトンと推定された。三〇〇キロメートル以上離れたケープ・ブレトン島でも、爆発音が聞こえたという。

その爆発で二千人が死に、町の大方が破壊された。煙の柱は六〇〇メートル上空に達した。だが、煙の高さが〝わずか〟七、八〇メートルの爆発でも、たいがいの船は木っ端微塵《こっぱみじん》になる。今回もそうだったにちがいない。そんな大爆発の原因が、炭塵であるはずはない、しかし、果たして爆発したのは、〈ヴィナシップ・シー〉だったのか？　マックはデジタル海図を呼び出し、出航時刻をもとに〈ヴィナシップ・シー〉の航路を記入して、計算した。報告にある位置は、〈ハンジン・マルタ〉が爆発を通報した現場から数百海里離れている。だが、〈ヴィナシップ・シー〉が二日前までに航行した距離は、ホーチミン・シティから爆発現場までの距離と一致するとわかった。それだけではなにも立証できないが、説明のできない全損事故が二件、おなじ水域でほぼ同時に起きるというのは、まず信じがたいことだった。

〈ヴィナシップ・シー〉の船主が、二件のつながりを考えなかったのは、どういうわけか？　海難事故は専門誌でもウェブでも、幅広く報告されている。それに、〈ヴィナシップ・シー〉の権利者たちは、数億ドルの値打ちの船が全損した理由の説明を求めるはずだ。

仮に、〈ヴィナシップ・シー〉が助けを求める間もなくハイジャックされたのだとしたら——その可能性は薄いが——位置がちがうのは説明できる。しかし、なんによって木っ端微塵に爆発したのか？　その謎を解きたかったが、謎は謎にしておきたいという気持ちも、どこかにあった。

バイウォーター・ブログに、あらたな書き込みをしようとした。見出しは『ふたつの謎、あるいは同一の謎か？』。これまでにわかっている詳細を書き記して、疑問を投げた。「〈ヴィナシップ・シー〉失踪の原因はいまだ不明である。航行の多い海上交通路なのに、なぜ遭難目撃報告がないのか？　それにくわえて、第二の海難（報告にあり）が起こり、原因（爆発）と位置は明らかになっているが、この全損事故について塡補を要求している会社や国は、いまのところ存在しない。これだけの爆発が起きるには、高性能爆薬か同等の威力の爆発物が四トン以上は必要だと思われる」

マックは、そこで書き込みをやめた。〝武器密輸〟という推理はつけくわえる必要がなかった。とっぴな想像だが、明らかにその可能性はある。もっとありふれたことかもしれないが、かなり複雑な事情がからんでいるにちがいない。それに、仮に武器密輸だったとしても、どうして爆発が起きたのか。

海の探偵仕事をやっているうちに、午前二時近くになっていた。あらたな可能性を意識が探し求め、眠るまでにさらに時間がかかった。

午前八時過ぎに、マックは電話で起こされた。若い女性の声だった。「ヘクター・マクマートリーさんですね？　クリスティーン・レイヤードと申します。ＣＮＮのレポーターです。

〝バイウォーター・ブログ〟の管理者ですよね？」

相手の身許に自信が持てないような口調だったが、自己紹介を聞いて、マックは目をあけ、口のなかに張り付いた舌を動かそうとした。「うう、ああ……」

「お休みでした？　申しわけありませんが、時間がないので。行方不明のある商船とマクマートリーさんのブログについて、報道したいと考えているんです……」

それを聞いて、マックは完全に目を醒ました。「〈ヴィナシップ・シー〉のことですね？」そういってさえぎると、受話器を反対の手に持ち替えた。眼鏡を取るためだった。電話で話をするのに眼鏡はいらないが、ぼやけている視界がはっきりして、ちゃんと目が醒めたという気になれる。

「ええ、そのとおりです」クリスティーンと名乗ったレポーターが、どの船かを相手が察したのに驚きながらも、明るい声でそういった。「報道にブログの書き込みを引用したいんです。〈ヴィナシップ・シー〉が破壊工作の犠牲になったと主張なさっておられますよね」

「ちがいます」マックはすばやく否定した。「そんなことは書いていません」二つの事件がまったく異なる場所で起きたとされていること、どちらも事実が不確かであることをわからせるのに、十五分かかった。

ブログの組み立てを教えこむのに苦労しながら、その海難の調査に世界じゅうの仲間が協力していることを説明したが、クリスティーンは事件ではなく謎として報道しなければならないのが不満なようだった。返事がだんだんいらだたしげになり、話を打ち切りたいのがうかがえた。

そのとき、〈ハンジン・マルタ〉の船長に問い合わせるという手を、マックは思い出した。

5 出撃

二〇一六年八月二十六日　一五〇〇時（現地時間）
南シナ海　海南島沖
米海軍攻撃原潜〈ノース・ダコタ〉

ＵＵＶ（無人潜水艇）発射準備にともない、発令所の動きはあわただしかったが、ジェリー・ミッチェルの意識はべつのところにあった。グアムでの一件が気になっていた。ブリーフィングのあと、作戦将校リチャード・ウォーカー中佐が、ミッチェルにすばやく耳打ちした。「司令が話があるそうだ。時間があれば」

時間がないとはいえない。自分は中佐、シモニスは大佐なのだ。自分は艦長、シモニスは戦隊司令なのだ。いつだって時間はあるに決まっている。

シモニスが司令室で待っていて、ミッチェルがはいっていくと、立ちあがった。「ミッチェル中佐……ジェリー、来てくれてありがとう。すぐにすむ。コーヒーは？」ウォーカーが、香りからしてかなり上等らしいコーヒーを注ぎ、出ていって、ドアを閉めた。

シモニスが、満面に笑みを浮かべた。「あとの艦長三人がいるところでは、いえないことなのでね。贔屓《ひいき》していると見られたくはないが、きみときみの艦《ふね》が戦隊に配置され、たいへんうれしい。恥ずかしい話なんだが、バージニア級の能力には、あまり詳しくない。うちの戦隊はロサンゼルス級が主力なのでね。ましてブロックⅢにはうとい」

シモニスは、ミッチェルに向かって話しているのに、しじゅう目を伏せていた。シャツのボタンでもかけちがえているのかとミッチェルは思い、すぐに点検したが、おかしなところは見つからなかった。だが、シャツの左胸の潜水艦徽章の下の、〝フルーツ・サラダ〟と呼ばれる色とりどりの略綬の列をそっとなでた。当然ながら、自分が受けた数々の勲章を、ミッチェルは誇りに思っている。海軍勲功章と名誉負傷勲章《パープルハート》は、ことに注目された。それを叙勲されたいきさつが明かされないことを相手が知ったとき、そこに謎が生まれる。

シモニスが、デスクの角に尻を乗せた。「きみに楡林と亜龍湾という危険水域を頼んだのは、きみの艦の性能が最高だからだし……」一瞬言葉を切ってからいった。「いろいろ話を聞いているからだ。どれが事実なのかは訊かないが、おおいに期待している」

シモニスはどういう話を聞いているのだろうと、ミッチェルは怪訝に思った。潜水艦隊はいまなお〝沈黙の軍《サイレント・サービス》〟と呼ばれている。だが、それは外部から見ての話だ。内部では噂話が真実よりもずっと速くひろまる。自分があずかり知らないような手柄の話を何度も聞いたことがある。

「わたしの指揮方針を詳しく説明する時間はないが、艦長たちとのざっくばらんな議論を奨励している。ジェリー、きみに意見があるなら、真剣に聞くと約束する——艦の能力、戦術状況、なんでもわたしが知っておくべきだと思うことがあれば」

「ありがとうございます」と、ミッチェルは答えた。シモニスはどういうタイプの司令なのだろうと思った。グアムに来るまで、ほとんど評判を聞いていなかったし、他の艦長にそれとなく訊く時間はない。だが、これが糸口になるかもしれない。

「もう一つ、だいじなことがある」シモニスがいいづらそうな声でいった。やはり目を合わせない。略綬に注意を向けている。

　シモニスが溜息をつき、デスクの向こう側に戻って、腰をおろした。「わたしは、艦隊のたいがいの人間と変わらない。政治は新聞で読む分には結構だがね。戦隊司令をつとめるには、あらたな技倆が必要なんだ。アジアの政治には、目を光らせている。そうでないと、ここでアメリカの政策を効果的に実行できない。PACOM（太平洋軍）その他からあれこれ指導を受けるが、艦の周囲の音響環境を知るのとおなじ程度のことだ」

　ミッチェルはうなずき、「そうですね」と相槌を打った。父親めいた助言なのだろうか？いつの日か、戦隊司令になったときのための。

「パターソン博士だが、きみはだいぶ親しいようだね。わたしにとっては貴重だ。アジアについては最新状況をつかんでいるが、中央政界《ワシントンDC》のことは、よくわからない。きみは消息通《インサイダー》だ。もとの艦長が上院議員で、その奥方が国家安全保障問題担当大統領副補佐官ときている。そのパターソン博士が、みずからやってきて、われわれの任務についてブリーフィングを行なった。正直にいおう、それほどまでに注目を浴びていることが、しっくりこない」

意外ではなかった。スポットライトを浴びるのが楽しい人間もいれば、そうではない人間もいる。シモニスはめだたないほうを好むのだろう。リスクをとるのが嫌いなのかもしれないし、自分の能力が信じられないのかもしれない。どういうタイプの艦長だったのだろう？それに、シモニスがはじめてではないが、ワシントンDCとのホットラインを持っていると思われたことに、少しいらいらした。だが、それでむっとするのは、いまに始まったことではない。

ミッチェルがすぐに答えなかったので、シモニスは話を続けた。「はっきりといわせてもらう。これは重要な任務だし、パターソン博士がすべてを話していないのではないかと、わたしは案じているんだ」

ミッチェルが反論しそうになったのを見て、あわててつけくわえた。「いや、そういう意味じゃない。もちろん、パターソン博士は、故意にわたしたちを騙そうとしているのではないだろうが、背景の事情がよくわからない。わたしたちが知っておくべき政治目標があるのではないか？」

ミッチェルがまごつくと同時に、いくぶん腹立ちを見せると、シモニスはなおもいった。

「博士は、われわれが何かを立証するか、あるいは反証することを望んでいるとは思わないか？　きみと話をしたとき、博士は、〝これを探している〟とか〝これが事実かどうか、突き止める必要がある〟というようなことをいわなかったか？」

ミッチェルは、溜息をついた。えげつない真相をほのめかしているとはいえ、シモニスは率直な質問をしている。それでも、そういう質問をされたのは不愉快だったし、そんなことは考えたこともなかった。

「司令のいうことはわかりますが、それはありえません。博士はこれまで、特別な情報をわたしに教えたことは、一度もありません。長いつきあいですが、裏でたくらむような人ではないです」とにかく近ごろはやらない、と心のなかでつけくわえた。にべもなくいい切った。「わたしの意見では、司令、なにが起きているのかを理解するために、わたしたちに情報を集めてほしいのだと思います。まだ情報が少なく、政治目標も立たないのでしょう——まだ目標を固めるべきではないでしょうね」

シモニスがすぐに答えなかったので、その言葉が信用できるかどうかを判断しているのだと、ミッチェルは気づいた。ワシントンDCに関係していることは、なんであれ立証されるまでは疑ってかかるというのが、シモニスの考えかたなのだろう。

グアムを出航してから四日のあいだ、ミッチェルはそのやりとりのことを、頭のなかで何度も考えた。シモニスは、中国とベトナムの武力衝突のことよりも、上層部がどういう話を聞きたいかということを心配している。ある意味では、恐怖に衝き動かされている。〈ノース・ダコタ〉を指揮しているときも、将来、戦隊を指揮するときも、それを念頭に置こうと、ミッチェルは決意した。恐怖に囚われると、そんなものより有益な意欲が失われる恐れがある。

「発射まで五分です、艦長」現在、当直士官をつとめている、通信士のカート・フランクリン大尉が現況を報告した。ミッチェルが受領通知を返すと、発射手順が開始された。フランクリンがまちがえないかぎり、ミッチェルはひとこともいわなかった。部下に職務を実際にやらせ、独立した思考ができるように仕立てるには、〝指示なき指揮〟が何よりも肝心だ。自分がまるでそこにいないかのように部下を教育するのが、艦長の重要な責務なのだから、いささか皮肉な感じがする。

フランクリンが命じた。「操縦員、停止、ホバリング準備」

先任兵曹が、すぐさま命令を復唱し、速力設定を変更した。「当直士官、操縦装置の反応は正常、停止、速力四ノット」

UUVは五ノット以下の低速で発射できるが、艦がえんこして静止《デッド・イン・ザ・ウォーター》したほうが、なめらかに発射できる。そのいいまわしが、ミッチェルは好きではなく、使うなと戒《いさ》めていた。艦長の特権だ。

フランクリンが、インターコムで伝えた。「魚雷発射管室、こちら発令所、減速している。

ペイロード発射管1に注水」

「ペイロード発射管1に注水、発令所、こちら魚雷室、アイ」静止している時間をできるだけ短縮することが肝心だった。この機動はすばやくやるのではなく、なめらかにやらなければならないと、ミッチェルはつねに注意していた。「発令所、こちら魚雷室。ペイロード発射管1注水、水圧一致。マイノット発射準備よし。全システム異状なし」

「速力二ノット、さらに減速中」操縦員が報告した。

「魚雷室、こちら発令所。速力二ノット、ペイロード発射管1のハッチ、ロック解除、開放」

「ペイロード発射管1のロック解除、開放、アイ。ハッチ開放」

〈ノース・ダコタ〉の艦首にあるペイロード発射管二本は、直径二メートルと巨大だが、その発射管1の開放されたハッチが、水の流れを受け止めていた。発生する抗力はそれほど大きくはない。バージニア級は大型潜水艦で、慣性がかなり大きいので、停止するまでに数分かかった。

「水測員」フランクリンの声は大きくはなかったが、静かな発令所で水測員の耳にははっきりと聞こえた。バージニア級原潜の水測員は、従来のアメリカの潜水艦とは異なり、狭い小部屋で孤立してはおらず、操縦区画に配置されている。物議をかもした設計の変更だったが、艦長から指揮管制チームへの情報の流れを改善するための措置だった。

「聴知《コンタクト》三件、もっとも近いＳ３３は、方位〇七〇、距離一一海里から遠ざかっています。的針一九〇、的速一二ノット」大型ディスプレイに表示された情報と一致していた。商船の航行がもっとも少ない場所を見つけられるように、ＵＵＶの展開範囲には柔軟性を持たせてある。

「速力一ノット、なおも減速」操縦員が報せた。ミッチェルは、吊り合い《ツリム》表示盤を見た。もっとも、当直士官と副長補佐も、それに目を光らせている。まもなく最後の一ノットがゼロになるとわかった。惰性から停止までを、実際に自分でやってみて、速力によってどれくらいかかるかを計ったことがある。潜水艦の操艦は、あてずっぽうではできないのだ。

「艦が静止」フランクリンは、操縦員の報告を確認すると間をおかずに、インターコムで命じた。「魚雷発射管室、こちら発令所。ホバリングしている。マイノット発射」

〝マイノット〟という綽名の大型ＩＳＲ（情報収集・監視・偵察）ＵＵＶは、無音で発射できるよう設計されている。電気式推進器を使い、垂直発射管からするすると出て、機首を下げながら水平深度に達すると、三ノットで西へと航走していった。その針路はあらかじめプログラミングされており、どのセンサーがデータを探知できるかによって異なるが、衛星からのダウンリンクか、音響モデムへの指示か、内蔵の装置を使ってあとで針路を変更できる。〈ノース・ダコタ〉のＵＵＶ二基、マイノットとファーゴによって、ミッチェルの哨区は大幅に拡大する。ＵＵＶのソナーは、バージニア級に搭載されているものほど高性能ではない。

だが、UUV自体はわずかに静粛で、ずっと小さいので、母艦よりもずっと探知されにくい。

マイノットが西へ向かうころには、ペイロード発射管のハッチは閉鎖され、魚雷発射管室の当直員たちは、発射管から排水をはじめていた。フランクリンは、艦を八ノットの哨戒速力に戻し、次の哨戒経由点を目指した、その間ずっと、ミッチェルはひとことも漏らさなかった。

三日後もしくは四日後に、哨区の西端のべつの場所で、マイノットを回収し、二基めのファーゴを発射して交替させる。それまで、潜水ロボットは単独行動し、耳を澄ましては報告する。

「次の経由点は方位〇七五、二二海里」航海長のエド・ロスウェル大尉が、堅苦しく告げた。経由点は右舷側の大型ディスプレイに印をつけて示され、操縦員の計器盤にも指示針路が表示されていた。

経由点は、できるだけ不規則になるように、慎重に選んである。現在の気象、その時刻の音響状況、聴音の対象とする艦船の予想される動きも、計算に入れている。

〈ノース・ダコタ〉は、海南島南端を囲むねじれた長方形の区域内を徘徊し、耳を澄ました。UUVの哨区は、その西端でゆがんだ四角形を描いている。〈サンタ・フェ〉の哨区は、緩衝帯を挟んで東にある。今回は監視のみの任務だが、〈ノース・ダコタ〉も〈サンタ・フェ〉

も、潜水艦を探知したときに、味方艦ではないことがすぐさま確認できるようにしておく必要がある。

深度三〇〇フィートの水中を音もなく進むあいだ、当直員の大半はかなり手持ち無沙汰だった。経由点から次の経由点に向けて回頭するときのほかは、機動は行なわず、深度もあまり変えない。活動が行なわれているのはもっぱらソナー・ステーションだけで、水測員が耳を澄まし、じっと待っていた。

水測士のスチュアート・ガフニー中尉は、部下の作業を見守り、機器が万全の状態であることを確かめていた。機器は万全だったが、水測員は手がかりの音が聞こえるのを待つほかはなかった。

「それじゃ、副補佐官は艦長をほんとうにハグしたんですか？　みんなの見ている前で？」クェラ・リムバーン中尉の質問は、おなじようにソナー・ステーション近くに立っていた副長《XO》に向けられていた。ガフニー中尉のほうを手で示した。「あの人のいうことなんて、半分も信じられないから」噂話の源だというのがばれてびっくりしたガフニーが、隔壁に穴があったらはいりたいというそぶりをした。

シグペン少佐が、澄ました顔でうなずいた。「〝補給の状況を確認するために寄った〟戦隊幕僚の二人から聞いた」ちょっと笑った。「そうだよ。その連中は、艦長がパターソン博士とどれぐらい親しいかを聞き出すためにきたんだ。乗組員仲間で、長年の友人だと教えてやった。艦長が海軍士官学校の生徒だったころに、学校の爆弾事件を解決したときからの知りあいだとね」

「諸君、本人がここにいるんだ」ミッチェルは、いやみをいった。二人はむろん小声で話をしていたが、まったく聞こえないような声ではなかった。それに、整然と作業が行なわれている発令所は、ふだんに増して静かだった。「それに、わたしはそんなことはしていない！」

「でも、艦長、士官学校には行ったでしょう。爆弾事件があったかもしれないし、あったとしても、当然、記録には残されない。連中、好奇心をそそられていましたよ」

ミッチェルは、顔を撫でてうめいた。シグペンのやつ、人をだしにして面白がっている。

リムバーンのほうを向いて、シグペンはいった。「今回ばかりは、スチュアートのいうとおりだ。副補佐官はほんとうに、われらが最愛の艦長をハグした」

ガフニーは、ソナー・コンソールを念入りに注視し、やりとりをわざとらしく黙殺していた。

「わーお」リムバーンが大声をあげた。「キスもしたの？」

「いや、そこまで愛してはいない」

リムバーンが、ミッチェルのほうを向いた。「艦長、奥様はこの関係をご存じなんですか？」真顔で、少し心配そうだった。

「ミッチェル博士は、旧姓のデイヴィス博士だったころ、パターソン博士の結婚式で、花嫁の付き添いをつとめた」シグペンが口を挟んだ。「エミリーはパターソン博士の部下だったんだ。そうですよね、艦長？」

「副長の話も、そこだけは事実だ」ミッチェルは答えた。にやにや笑いそうになるのをこらえた。「副長、どこかに何か検査しなければならないものがあるんじゃないのか？」

「アイアイ・サー。これからやるところです」

注意怠りないリムバーンは、やりとりのあいだも片目で発令所を見ていたが、両目で見るにこしたことはない。リムバーンとガフニーは、ソナー・コンソールのそばに残った。昼間なので、付近の電波を受信できる多機能マストは出していない。聴知《コンタクト》の最初の兆しは、ソナーで捉えることになる。

海南島南端には、大きな貿易港と二カ所の重要海軍基地がある。漁船や小型船舶も頻繁に往来している。〈ノース・ダコタ〉の水測員は、豊富にいる海洋生物と人造の船をたえず選り分け、それからさらに軍艦と民間の船を選り分ける。海洋の音のコンピュータ・ライブラリを使い、軍艦や商船の音響シグネチュアのデータベースも駆使する。それでも、最終的な類識別は、水測員の経験と判断に左右されることが多い。だが、相手が中国の場合は、あんがいやりやすいときもある。

「ソナー感あり、方位三一二、複数の音源、ブレード高回転。同一方位から深信《アクテイヴ》ソナーの発信あり」一瞬の間を置いて、水測員がつけくわえた。「ソナーはSJD－5および7」

ソナー方位が、白い線の塊《かたまり》となって、VLSD（垂直大画面ディスプレイ）に表われていた。

「亜龍湾にまっすぐ向かっているな」ミッチェルは判断を口にした。「きのうとおなじ時刻だ」

やがて指揮管制装置の表示が、線の塊からぼやけた点一つに変わった。距離は二六海里、ほぼ真南を示す矢印が添えられている。「東の海軍基地を出航」ミッチェルはつぶやいた。

水測員が報告した。「的針一七〇、的速一〇ノット。でも、商船とおぼしき低回転スクリューにくわえて、高速の連打音も聞こえます」

「アクティヴ・ソナーということは、護衛艦でしょう」リムバーンがいった。「まだ潜水艦のことが心配なんじゃないですか」

「しかし、護衛なしの商船もかなりの数、亜龍湾を出入している」ガフニーが意見をいった。

「公表している演習の一環かもしれない」リムバーンがいった。「港を出るのを潜水艦が待ち伏せていた場合に備えて、戦時の手順を訓練しているんでしょう。ひょっとすると、模擬襲撃を行なう中国海軍の潜水艦もいるかもしれない」

中国が演習を行なっているのではないことを、ミッチェルは知っていた。グアムでのブリーフィングの詳細は、全乗組員には伝えていない。全貌を知るのは、副長と科長たちと副長補佐だけだ。だが、リムバーンの指摘は的確だった。

「このあたりにべつの潜水艦《ボート》が潜んでいないか、確認しよう」ミッチェルはきっぱりといった。「水測、潜水艦がいるかどうか、念入りに監視してくれ」と指示した。「前回はなにも知らない傍観者だった。待ち伏せているディーゼル・エレクトリック潜水艦に不意打ちをくらうのはごめんだ。それから、中国が船団にまぎれて潜水艦を出航させようとしていないかどうか、確認しろ」

「潜水艦に注意して監視、アイアイ・サー」

「Q、八ノットで船団の前方に出る襲撃進路をとってくれ。船団のレーダー水平線ぎりぎりがいい。マストを出して、盗み聞きしよう」

「アイアイ・サー」リムバーンは対勢図を見たが、すぐに方位角を暗算した。「針路三五〇がいいでしょう。レーダー水平線内に……四十分で到達します」

「たいへん結構」リムバーンが針路変更を指示すると、ミッチェルは彼女を鍛えるために質問した。「そのあとは、Q?」

ちょっと考えてから、リムバーンが答えた。「潜望鏡深度に」自分の腕時計をちらりと見た。「三十四分で到達します。光通信マストを十秒間出し、付近のレーダーの有無を確認。

安全だとわかれば、多機能マストを出して、通信信号をすばやく傍受。数分後には、深度一五〇フィートに戻ります」

ミッチェルは、それでいいというようにうなずいた。「そのあとは？」

今度は、返事があるまで少し長くかかった。「接近し、潜望鏡観測です」と、きっぱりいい切った。

「そのとおりだ。五〇〇〇ヤードまで接近して探知されずに離脱する最善の計画を練ってくれ。魚雷襲撃の接近を行なうのではないことを忘れるな。笑顔のビデオ撮影ができるくらいに接近すればいいだけだ」

当直士官のリムバーンが、方位角と取り組むあいだも、水測員はターゲットの艦船が発する音を分析していた。どの艦船も、スクリュー、タービン、発電機が音――〝音色〟――を発して、それが類識別の手がかりになる。スクリューの連打音は、追跡には欠かせない的速を計算するのにも役立つ。

「当直士官、コンタクトＳ４３は、〇五三Ｈ三型フリゲート、アクティヴＳＩＤ－５とも一致します」

ミッチェルは耳をそばだてた。「〇五三Ｈ三型フリゲート？　江衛Ⅱ型か。旧式だが、ヘリコプターを搭載している。当直士官、ヘリの懸吊《ディッピング》ソナーを計画に入れてくれ。母艦から五〇〇〇ヤードないし一万ヤードで、ソナーを海中におろすかもしれない」

水測員が報告した。「S44は〇五四型フリゲートです。もう一つのアクティヴ・ソナーと一致します」

「こっちは新型だな」ミッチェルはいった。「江凱I型は、曳航アレイ（受聴器）を出している可能性があるし、艦首《バウ》ソナーも高性能だ。ヘリコプター甲板、格納庫もある。向こうには、対潜ヘリコプター二機があるわけだな」

「ヘリコプターが二機とも哨戒していると想定しますか？」リムバーンが訊いた。

「わたしならそうする」ミッチェルは答えた。「この港は、高度の脅威にさらされていると、中国軍は考えている――いや、われわれもおなじだがね。こんな近距離でなにかを探知したら、艦番号を確認する前に攻撃するだろうな」

リムバーンが、解析値を微調整した。「操縦員、面舵、針路〇〇〇。艦長、二十分後に潜望鏡深度に達するよう勧めます。水測、高周波ディッピング・ソナーによく注意して」

ミッチェルは、リムバーンの進言を承認した。ヘリの存在により、この船団への接近はむずかしくなった。艦載ヘリコプターはたいがい、ホバリングしながら海中に〝浸す《ディップ》〟、探知範囲の狭いソナーを備えている。長いケーブルに吊られた球形のソナーで、まず上の水温躍層を聴音し、それから下の層を調べる。ヘリの水測員が、聴音《パッシヴ》でなにも探知できなかったときには、探信《アクティヴ》に切り替える。なにも見つからなかったときには、ソナーを引きあげて、べつの場所に移動する。

ヘリコプター一機でも厄介な問題だが、回避できないことはない。二機がカエル跳びと呼ばれる〝交互跳躍〟戦術を用いると、潜水艦を捜索して探知し、位置を標定する作業が迅速になる。潜水艦が音を出さないようにするには、五ノットか一〇ノットで這うように進まなければならない。だが、ヘリコプターは七〇ノットで巡航できる。魚雷を発射する必要がなく、近づいて覗き見すればいいだけというのが、いまの〈ノース・ダコタ〉の唯一の利点だった。

「当直士官、その方位にべつのスクリュー音を聴知しています。商船の音と混じっていますが、左手に方位が変化しているので区別できます。新コンタクト、S44およびS46」

ミッチェルとリムバーンは、左舷VLSDを見た。もつれた線が減り、くだんの四隻の前に、新手の船が二隻現われていた。水測員が続けた。「S40と41は、商船〈海福一八《ハイフー》〉と〈玉和《ユイホー》〉、いずれも中国船籍のコンテナ船です」

リムバーンが、VLSDの表示を拡大して、隊形を確認した。フリゲート二隻は、縦一列の商戦二隻の左右に位置している。あらたなコンタクトは、その前方にいた。

「掃海艇だな」ミッチェルは、推測を口にした。「きのうとおなじだ。他の艦船よりも静かだし、掃海ソナー（機雷探知機）の音は、これだけ離れていると聞こえない」

「そのようですね」ガフニーが同意した。「でも、水測員がいま確認しています」

「実戦さながらの演習ですね」リムバーンが意見を口にした。

VLSDを見ていたミッチェルは、水測員たちと同時に、変化に気づいた。「当直士官、ターゲット、変針の可能性あり。全周波数がダウン・ドップラー。方位変化。ブレード回転数の変化も探知」

指揮管制装置が船団の次の動きを予測しようとするあいだ、大型ディスプレイのシンボルがぼやけて変化した。的針を示す矢印四本が向かって右を向き、先頭の二本は逆の西に回頭して、やはり長くなった。

「船団は東に針路を変えた」ミッチェルはいった。「掃海艇は仕事を終えて、基地に戻る」

「艦長、水測員が報告することがなくなるじゃないですか」と、ガフニーが文句をいった。

リムバーンが腰をかがめ、ＨＬＳＤ（水平大画面ディスプレイ）の対勢図を見た。「艦長、八ノットではレーダー水平線内には行けません。ターゲットは北を通過してしまいます。二〇ノットに加速すれば、前方に出られますが、艦載ヘリは当然そこを捜索しているでしょう。一五ノットなら、約二時間後にうしろにつくことができます。向こうが機動を行なわなければの話ですが」

「どちらの方策もまずいな、当直士官。二〇ノットではかなり探知されやすいし、きみのいうとおりヘリコプターもいるだろう。それに、うしろにつけるのでは、追跡に時間がかかりすぎる。哨区の東端に近づいてしまう。追いかけっこをしているあいだに、何かを見逃しかねないんじゃないか？」

返事を求めない質問で、ミッチェルは話を続け、リムバーンをやりこめた。「Ｑ、すべての水上交通から充分に離れたところへの針路をとってくれ。戦隊に報告する。ハルゼー艦長の〈サンタ・フェ〉が位置につけるように、事前に報せてもらう。潜望鏡撮影は、〈サンタ・フェ〉にやってもらおう」

報告送信はとどこおりなく行なわれ、ミッチェルはそのときには通信室にも発令所にもいなかった。〈ノース・ダコタ〉が小船団から充分に離れると、強《し》いて士官室へ行き、十五分ほどおしゃべりをしてから、艦長室に向かった。

発令所にミッチェルがいなくても、艦は順調に航走する。理屈のうえでは、艦長がいないほうが、乗組員の自己信頼は高まる。理屈のうえでは。

だが、ミッチェルはなに一つ見逃したくなかった！　たいがいの潜水艦長は、昇級もしくは退役前に長期遠征を一度か二度指揮すればいいほうだ。海軍の他の艦種では、指揮官が艦の行動を潜水艦ほどワンマンで統制できないし、連絡をせずに単独行動することもほとんどない。じつに刺激的だし、ミッチェルは、〝采配をふるう男〟でいるのが大好きだと認めるのにやぶさかでなかった。だが、発令所に居座る艦長は、そこで死ぬ可能性がある。〝あるいは死人みたいに臭う〟というのが、シグペンのいいまわしだ。

艦長に就任するとすぐに、ミッチェルと新任の副長のシグペンは、長時間一緒に過ごして、相手のことをよく知るようになり、〈ノース・ダコタ〉新艦長であるミッチェルの方針を二人でまとめあげた。たいがいジュース類を飲みながらの打ち合わせで、ケーススタディはしばしば〝海の奇談〟と呼ばれたが、貴重な情報であることに変わりはなかった。

艦長に就任する前に、ミッチェルは〝艦長候補生学校〟で学んだ。三カ月間の厳しい教育課程で、最初は教室での学科だったが、すぐに水上艦・潜水艦・航空機が相手の潜水艦の実戦に移った。〝自由演技〟演習で、ミッチェルは魚雷襲撃の接的（ターゲットに接近すること）、追跡作戦、模擬機雷敷設、トマホーク巡航ミサイルの模擬発射訓練を行なった。原潜に対する作戦行動も行ない、それが聞きしにまさる困難な作戦だと知った。

三カ月間、訓練を受け艦長の職務について考えるうちに、技倆は高まり、意識の範囲もひろがった。だが、それまでに三人の艦長のもとで数年勤務して、それぞれの成功の秘訣も見届けていた。今度は自分の流儀を固める番だった。いざというときにやっと流儀が決まるというのでは困る。

ミッチェルが書類仕事に追われていると、電話が鳴った。シグペンからだった。

「艦長、ちょっと発令所に来てもらえませんか？　ＵＵＶの最新データ打ち出しの結果が出たんです」

「なにかあるのか？」ミッチェルは訊いた。

「ご覧になりたいでしょうね」シグペンが、謎めいたことをいった。

主機機関士ラス・アイヴァーソン大尉が当直士官をつとめていて、ミッチェルが発令所にはいると、通常の現況報告をした。深海を潜航、哨戒速力、次の経由点に向かっている。ソナー聴知《コンタクト》は六件。いずれも商船。

作業が行なわれていたのは、発令所の艦尾寄りの一角だった。水雷長のデイヴ・コヴェイ大尉が、あいたコンソールを使い、UUVの活動の対勢図を表示していた。シグペンがその肩ごしに眺めていて、ミッチェルが近づくと場所をあけた。

UUVの不規則な形の哨区が、地図に重ねられていた。その区域に色分けされた航跡《トラック》が何本も描かれ、マイノットのセンサーが探知して追跡している艦船の動きを示していた。だが、一本の航跡だけは、まったくちがっていた。巻いたロープのように、線がもつれている。UUVの航跡は別色で表示され、哨戒の最初の三分の二は、ほとんどぶれることなくのびていたが、そこから急に不規則になり、いっぽうにギザギザを描いたり、急な角度で逆戻りしたりして、でたらめに見える動きを示していた。

「コンタクトに反応しているんです」コヴェイが説明した。もつれた航跡と、出現した艦艇の詳細を示すボックスを、強調表示した。最初の探知、方位、信号の強さ、艦種……。

「潜水艦です」コヴェイが告げた。得意げなようでもあり、興奮しているようでもある声だった。「当然ながら、マイノットは水上艦ではないと察して、すぐにコンタクトを標定するための機動を開始しましたが、接近しすぎないようにしています。興味をそそられるのは、コンタクトが移動していないことです」

ミッチェルは、航跡データを仔細に見た。ブレード回転数は低く、信号の強度も弱い。コヴェイがいった。「音響データは水測員に送ってあります。コンピュータで分析中です」

左舷VLSDを、ミッチェルは見た。問題の潜水艦は海南島の西を徘徊している。マイノットは、迎角データを収集できるくらいに接近していたので、コンタクトの深度を計算できる。そこは格別深いところではないし、潜水艦はほとんど海底すれすれにいて、電池《バッテリー》を節約するために、舵効速度ぎりぎりで、水中に大きな楕円を描き、這うように進んでいた。

ガフニー中尉が、ソナー・ステーションからやってきた。「部下たちがいうには、新しいキロ型、プロジェクト六三六だそうです。ブレード回転数は、三ノットを維持しています」

ミッチェルは、胸騒ぎを感じた。中国のエレクトリック・ディーゼル潜水艦が、どうして海南島の西をうろついているのか？　中国が公表した演習海域ではないし、一般航路からもかなり遠い。「副長、前回の通信のときに、対勢図情報を更新したか？」

「もちろんやりました」シグペンが答えた。「SUBRON15の情報は三時間遅れでした」

「われわれが追跡している中国のキロ型の数は？」

シグペンが、隣りのコンソールに向かい、情報要約を呼び出した。「キロ型一二隻、すべてロシア製で、九四年と九七年に購入されたものです。二隻は旧式の八七七型、あとは新しい六三六型です」ちょっと間を置き、画面をスクロールした。

「それで、三時間前に、二隻が工廠にいて、残りは港内だと報告されています。亜龍湾の基地には潜水艦三隻が配置され、そのままそこにいます。情報が正しければ」

「三時間前の情報が正しいとすると」ミッチェルはいった。「一隻がわれわれに探知されないで、そんな西に移動することはありえない」

「ワープでもしないかぎりは」シグペンが相槌を打った。「一九ノットの最大速力で一時間航走したら、その三分の一のところで電池《バッテリー》があがりますよ」

「となると、中国の潜水艦ではないと想定しなければならない。スチュ、ソナー・ステーションに戻って、信号を解析させてくれ。副長、情報データベースを呼び出し、ほかにキロを運用している国がないか調べてくれ。わかりきっているのは、省いていいぞ」

ミッチェルは、コヴェイと一緒に画面を注視して、表示された情報を存分に読み取ろうとした。この潜水艦の艦長は、特定のパターンをたどっているだろうか?

五分後、シグペンがミッチェルに報告した。「中国以外だと、インドが十隻、ベトナムが最近三隻を購入しています。インドのは初期のプロジェクト八七七.ベトナムのはプロジェクト六三六。今年納入されたばかりです」

ミッチェルは、重々しくうなずいた。「それは憶えているが、そうではないことを願っていたんだ」水測員たちのほうを向いた。そのうしろに立っていたガフニーが、ミッチェルの動きに気づき、急いでやってきた。

「まだ何も、艦長」水測士のガフニーが報告した。「たしかに六三六型のキロです。録音があるシグネチュアとは一致しませんが、中国艦すべてがライブラリに記録されているわけではないので」

「ベトナム潜水艦のシグネチュアはないのか？」ミッチェルは訊いた。

「ありません。ライブラリは自動的に……」言葉を切り、質問の意味を理解しようとした。

「ベトナム艦だと思っているんですか？〈ヴィナシップ・シー〉の報復だと？　でも、それならどうしてここに？」

「さあな、スチュ。データがもっとほしい」

ガフニーは、肩をすくめた。「その……音がきわめて〝澄んでいる《クリーン》〟ことに、水測員の一人が気づきました。ラインの周囲のノイズがほとんどありません」

ガフニーが何をいいたいかを、ミッチェルは悟った。新しい機械はなめらかに動くが、歯車やベアリングはやがて磨耗し、それぞれの機械の音が不鮮明になる。一貫した一つの周波数ではなくなり、その音を中心にした音響帯ができる。民間のエンジニアも、周波数分析をタービンや発電機の問題の診断に使うことがある。〈ノース・ダコタ〉のソナーは感度がいいので、修理を要するほどひどくなくても、そういう音が聞き取れる。

「つまり新しいプロジェクト六三六だな」ミッチェルはいった。「ライブラリにある中国の最新の六三六と、その信号を比較してくれ」

ガフニーが、「アイアイ・サー」と答え、ソナー・ステーションに戻った。比較する準備はすぐにできたが、水測員がディスプレイを吟味するのに数分かかった。ガフニーが戻ってきて、報告した。「ライブラリにある中国の最新艦は、二〇〇七年の納入です。うちの水測員、とりわけアンダーセンが、ちがいを聞き分けました。クリーンな信号が新しい艦を示すとすると、この潜水艦は〇七年の六三六よりも新しい。ずっと新しいことになります」

ミッチェルは、UUVのデータを仔細に見て、その無視できない不気味な可能性以外の答えを探した。「ベトナムのディーゼル・エレクトリック攻撃潜水艦が、海南島沖で位置についている理由が、ほかにあればいいんだが。なにかべつの推理はないのか？」

「ほかにって？　何のほかにですか？」ガフニーはまだソナー信号のことを考えていて、関連がわかっていなかった。シグペンとコヴェイは察していた。

ミッチェルは説明した。「こいつは、〝襲撃開始〟の暗号通信を待っているんだよ」

二〇一六年八月二十六日
ノバスコシア州　ハリファックス
海辺荘

中国の演習、最大規模か？

中国が発表した、三大艦隊（南海・東海・北海）が参加する演習は、中国史上最大のものになるという情報を、複数の通信員（ここをクリック）が寄せている。chinadefense.comとportreporter.comの情報は、大連の北の海軍基地数カ所に異常な活動が見られることを示している。

　演習の性質についての一つの手がかりは、中国船籍の商船隊の動きを監視している台湾のchien585（ここをクリック）が提供した。二十四隻もが通常の輸送業務を離れて、中国の海軍基地に集結しているという。

このため、船団航海あるいは護送演習ではないかとも考えられたが、これほどの規模は前代未聞である。通常の海軍演習では、商船が大船団を組むことはなく、一、二隻が形ばかり参加してその役目を演じるだけだ。今回、人民解放軍海軍は、大規模な商船隊を統制できるかどうかを試そうとしているようにも見受けられる。どこの海軍にとっても容易な任務ではないし、中国海軍は未経験である。中国は明らかに能力を超えることをやろうとしている。

マックは椅子に背中をあずけ、書き込みを読み直してから、Ｅｎｔｅｒキイを押した。中国が演習を大成功させるのを見届けたい気持ちはある。中国海軍は、海洋型海軍になろうと真剣に取り組んでいるように見える。だが、いまの自分が書く記事は、こういうものだ。

蒸気ピストン機関を製造していた会社の名前を確認しようとしていると、電話が鳴った。ネットで調べていたのではなかった。数世紀前の『ブラッシー年鑑』や『アメリカの科学者』が書庫の床に散らばっていたし、まず資料の山から抜け出さなければならなかった。マックは用心深く立ち、急いで子機を取りにいった。五つめの呼び出し音で取ることができた。発信者を確認せず、そのまま出た。「マクマートリーさん、CNNのクリスティーン・レイヤードです。いま、よろしいですか？」

マックがどうにか「ええ」と答えるやいなや、クリスティーンが早口でまくしたてた。「マクマートリーさんが謎の船のことや失踪のことを詳しく知っておられたので、提案なさったとおりにしてみたんです。アジアの支局に、〈ハンジン・マルタ〉の船長を見つけてもらいました。ちょうどカラチに着いたところで、現地の通信員が船長と爆発を見た乗組員数人から話を聞くことができました。たいへん乗り気で話をしてくれたそうです。見張員だった乗組員は、爆発は最初のうち〝白っぽかった〟といったそうです。それから、大きくなって、濃いグレーか黒に変わったと。ブリッジにいた乗組員数人は、爆発を二度聞いたといっています。最初のほうが小さく、二度めがずっと大きかったと」

マックは、距離を推測したことを思い出した。「爆発からどれくらい離れていたかは聞いていますか」

「聞いたと思います」クリスティーンが、しばし間を置いてからいった。「一六海里強だそうです。航海士の海図記入によると」また間があった。「どうして二度、爆発が起きたんでしょう？　それに爆発が白くなるというのは？」

マックは、即座に答えた。「最初の質問の答えは単純ですよ、ミズ・レイヤード。謎の船は爆発性の積荷、おそらくは弾薬を積んでいたんです。どこの国も名乗り出ないのは、だからでしょう。最初の爆発で積荷が誘爆し、もっと大きな爆発が起きたんですよ。レイヤードさん、船の所有者か、どこへ向かっていたかを突き止めたら、特ダネになりますよ」

「クリスティーンって呼んで。わたしたちもそれを狙っているんです。〝白い爆発〟って、どうなんですか？　船からなんらかのガスが漏れて引火したということは？」

マックは眉をひそめて、首をふったが、その反応が相手には見えないと気づいた。「ありえない。それだけの距離で見えるということは、高さが三〇メートル以上だったはずです。そんな勢いで噴出するガスは聞いたことがないし、白いというのは……」

言葉を切った。「白いものが噴きあがるというのは、ガスじゃなくて水ですよ。水中の爆発では、三〇メートル以上の水柱ができる――機雷か、あるいは魚雷の可能性が高い。魚雷が水面下で船に命中して、白い水柱や蒸気がそれくらいの高さに噴きあがるのを写した写真は、いくらでもありますよ」

「魚雷？」クリスティーンが、信じられないというような声を出した。マック自身も、そういう考えが浮かんだのに驚いたが、データとぴったり合う。「機雷はどうなんですか？　第二次世界大戦中の古いのが残っていたとか？」

「忘れ去られた古い機雷が、繋維が切れて浮きあがり、不運な船の航路にあったというんですか？」いいかたが芝居がかっているというのを、マックは心得ていたが、思いつきそのものが芝居がかっている。ほとんどありえない。

「その地域では戦闘がさかんに行なわれたし、わたしはその方面の専門家ではないけどね、クリスティーン。そんなところに機雷原があるはずはないよ。どこかから漂流してきたのではないとは、いい切れないがね」マックは溜息をついた。「しかし、肝心なのは、何十年ものあいだ、その水域で機雷によって沈んだ船は一隻もなかったということなんだ。なんでもありうるが、魚雷が犯人だという推理のほうが、ずっと可能性が高い」

「謎の船に謎の潜水艦ですか」クリスティーンが答えた。「ほかには考えられませんか？」だいぶがっかりしたようだった。「ありえないことや、信じられないことばかりね」

「その疑問にこれから取り組んでみる。とにかく機雷説だけは除外できるようにする」マックは持ちかけた。ミズ・レイヤード……クリスティーンと話をするのは楽しいと思った。これに時間を割こう。蒸気機関の記事よりも興味深い。少しばかり面白い。

「感謝します、マクマートリーさん。ブログのことも報道しますね」

「それじゃ、感謝するのはこっちのほうだね。それと、マックでいいよ」

「また電話します、マック。報道する前に」

マックは、「楽しみにしていますよ」と答えて、電話を切った。

6　妨害者

二〇一六年八月三十日　〇二〇〇時（現地時間）
南シナ海　海南島沖
米海軍攻撃原潜〈ノース・ダコタ〉

「艦長、発令所に！」1MC（総員配置時の最優先艦内通信）の耳障りな音が、ミッチェルを深い眠りから荒々しく引き戻した。全身の筋肉を急に動かして寝棚から跳び出したため、ローファーをはいているときもまだ震えていた。艦長室のドアをあけて、一〇メートルと離れていない発令所へ駆けていった。シグペンが、やはり乱れた服装でふらふらのまま、すぐあとに続いていた。

発令所に跳びこんだミッチェルは、一瞬とまどった。どうして照明が赤くないんだ？　と思った。頭がはっきりしてくると、この艦《ふね》に潜望鏡がないことを思い出した。電子光学《フォトニック》マストは、夜目がきかなくても見える。

「お休みのところをすみません」機関長というナンバー3の地位にあるフィル・ソベッキ少佐がいった。「しかし、かなり剣呑な事態になっているので」

話しながら、ソベッキは若い水兵を手招きした。その手には湯気をあげているコーヒーのカップがある。まだ少しぼうっとしていたミッチェルは、コーヒーをありがたく受け取り、まだ十九歳にもなっていないような水兵にうなずいて感謝を示した。ひと口飲むと、周囲がはっきりと見えるようになった。

「どう剣呑なんだ、機関長《エンジ》?」ミッチェルは、疲れた声で訊いた。

「爆発音を四度、探知しました。二度はほぼ西、あとの二度は南東です」

ミッチェルは、カップからさっと顔を起こした。その報告に愕然としていた。「爆発が四度? まちがいないか?」水測員のほうを顎で示しながら訊いた。

「まちがいありません、艦長」

「わかったことを教えてくれ」ミッチェルは命じた。水測、両方の事象の音声を再生してくれ」

「はい。オリー、交錯した航跡を表示してくれ」

オリヴィア・アンドルーズ少尉が、指揮管制パネルのボタンをいくつか押すと、コンソールの下のほうの画面がGeoplot表示に変わった。「交錯した航跡データを、左舷VLSDに出しました」と、オリヴィアが報告した。

「よろしい」ソベッキが答えた。大型ディスプレイに、対勢図が出た。〈ノース・ダコタ〉の航跡から、二本の方位線がのびている。一本は方位二六六、もう一本は一一〇。距離情報がないことに、ミッチェルはすぐに気づいた。「広開口アレイで距離を測定できなかったのか?」

ソベッキが首をふった。「だめでした。爆発はかなり遠く、三〇海里以上離れています。水測、西の事象の音声を聞かせてくれ」

水測長が復唱して、すぐに海洋の物音が発令所に流れた。最初は、海洋生物やときおり通過する漁船の音しか聞こえなかった。やがて、最初の爆発音が聞こえ、続いてもう一度聞こえた。明らかに爆発で、かなり離れていた。船体側面の聴音ソナーでは測距できない距離だ。次の二度の爆発も、まったくおなじようだった。なんであるかは、疑いの余地がない。ミッチェルの背中を冷たい戦慄が走った。戦争が始まろうとしているのか？

「爆発はどちらも五、六秒の間隔でした、艦長」ソベッキがいった。

「キロ型の魚雷発射の間隔と一致するようですね」シグペンが、口を挟んだ。

ミッチェルはうなずいた。「そうだな。残念だが」西の事象を指差して、尋ねた。「ファーゴはまだキロを捉えているのかな？」

「最新のデータ送信では、捉えています。ちびの無人潜水艇は、しっかり尾行していますよ」ソベッキが答えた。

「予定されている次の通信時刻は？」

ソベッキが、指揮ワークステーションに表示されているメニューを示した。「それまで三時間弱あります」

ミッチェルは、眉間に皺を寄せた。三時間も待つのは、悠長すぎるように思えた。

「もっと早く報告するコマンドを、暗号化したパルスで発信したらどうでしょう」ソベッキが提案した。

「しかし、送信するのはまずい」シグペンが警告した。「探知されてはいけないという厳格な命令を受けています、艦長。ファーゴがいまもキロを追跡しているとすると、キロにパルスを探知される可能性がさらに高まります」

「もっともな指摘だ、副長」ミッチェルはいった。「しかし、擬似乱数ノイズ・パルスが、有効な聴知《コンタクト》と見なされると思うか？　スプリアスノイズだとして無視される可能性のほうが高くないか？」

「艦長、変調パルスと海老の跳ねる音は、わたしには区別できませんが、ベトナム艦のソナーがどう改善されているのかが、われわれにはよくわかっていません。旧式のルビコン・ソナーを全デジタル化したものだというのはわかっていますが、変調パルスを識別できるほど頭がいいかどうかは、わかりません。しかし、それをわれわれは考慮する必要があります」

ミッチェルは無言でうなずき、シグペンの〝われわれは〟という表現が〝艦長は〟を意味していると解釈した。コーヒーをゆっくりと飲みながら、VLSDの情報を食い入るように眺めた。シグペンの懸念と、〝探知されてはならない。わかったな？〟というバローズ提督の厳しい注意が、頭のなかで反響していた。

ベトナム軍は潜水艦に慣れていないし、ロシアはどこの国にもシステムと運用の基礎的な訓練しか提供しないことで評判が悪い。ベトナム海軍のキロ型の改良型ソナーには、理論上は〈ノース・ダコタ〉の発する信号を探知する能力があるが、訓練を終えたばかりの新米水測員はそれが価値のある情報だとは気づかないだろう、とミッチェルは推理していた。

それに、切迫感にずっとせっつかれていた。UUVからのデータがはいるまで三時間弱というのは、いくらなんでも長すぎる。西の攻撃についてUUVは情報を得ているはずだし、それを至急、指揮系統を通じて伝えなければならない。自分が怖れているように戦争に突入しているのだとすると、三時間後や四時間後ではなく、いま報告する必要がある。ミッチェルは肚を決めた。

「機関長、暗号化パルスをファーゴに送り、潜望鏡深度に浮上、衛星ダウンリンクを受信しろ。CT（暗号員）にも準備させろ。いまごろ水上では、通信がさかんに行なわれているはずだ。副長、通信科に次のOPREP－3通信を送る準備をさせろ。監視するよう命じられた戦争がいま始まったと思う。ボスに可及的速やかに《ASAP》報せる必要がある」と、ミッチェルは命じた。

シグペンとソベッキが命令を確認して、発令所はあわただしく活動しはじめた。ミッチェルは、命令をあたえたときに、シグペンの顔を観察した。たとえ反対だったとしても、シグペンはそれを顔に出さなかった。

ミッチェルは、いましばらく発令所にいようかと思ったが、それではまちがった心象をあたえてしまう。乗組員が自信を持つようにするには、信頼していることを示さなければならない。そこで、艦長室にひきかえした。すっかり目が醒めていた。それに、ファーゴのデータを待つあいだに、やっておくことがある。

発令所を出るときに、シグペンが当直口頭伝令にフランクリン大尉を起こすよう命じているのが聞こえた。若い水兵が、折り目正しく「アイアイ・サー」と答えてから、つけくわえた。「副長、コーヒーはいかがですか?」シグペンがシニカルにつぶやいた。「まずいコーヒーなんかいらない。アドレナリンがみなぎっているんだ!」

ミッチェルは、先週の原子炉水化学(水質)管理記録を、三度も吟味していた。内容を理解するために時間をかけて集中することができなかった。重要な記録だというのはわかっていた——原子炉の安全は、どんな潜水艦艦長の情報評価でも、重要な案件になっている——だが、戦争がまわりで起きているときに、そんな日常的なことに集中するのは、きわめてむずかしかった。ありがたいことにＤｉａｌＥＸ電話が鳴り、四度めの吟味をやらずにすんだ。

「艦長だ」ミッチェルは電話に出た。

「艦長、当直長《CDO》です。ファーゴからのデータが届きました。ご覧になりたいでしょう」

「たいへん結構、機関長。すぐに行く」ミッチェルは電話を切り、ほっとして水化学管理記録を未決箱に入れた。あとでやればいい。

わざと悠然とした足どりで発令所に向かい、深く呼吸して気を静めようとした。自信に満ち、落ち着いているように見せなければならない。「絶対におろおろしているように見られてはならない」と、〈ミシガン〉のカイル・ガスリー艦長に忠告されたことがある。「乗組員は、驚天動地の事態になったときはことに、艦長の姿を見て落ち着こうとするものだ」

通信室の前を通るときに、ミッチェルは立ちどまって首をつっこみ、通信文が作成されていることを確認した。シグペン、フランクリン、情報技術兵曹の一人が、大忙しで働いていた。

「どんな進みぐあいだ、副長？」ミッチェルは訊いた。猛烈な勢いで作業しているのは見ればわかるので、ほんとうは訊くまでもなかったが、たまにはシグペンを困らせるのも面白い。どういう反応が返ってくるか、わからないものだ。ガスリーにしじゅう尻を叩かれたことを、長い年月を経たからこそ味わえる好ましさで、ミッチェルは思い出した。

シグペンは、コンソールにのしかかるようにして、画面を指差しながら小刻みに動いていた。「だめだ！　その部分はこっちだ。ちがう、そこじゃない、ここだ！　よし、そこだ。いいぞ！」しきりと口走っている。目をあげて、ミッチェルが戸口にいるのを見ると、一本指を立てて、地団駄を踏んだ。「あと一分ください、艦長。そうしたらなんとか用意できます」

ミッチェルは、にやりと笑い、先へ進んでいった。発令所にはいると、デイヴィッド・コヴェイ大尉が、空いたコンソールでせっせと働いていた。左舷VLSDには、電子光学マストからのデータが表示され、あたりでは電子支援システムの音声信号がずっと鳴っていた。ソベッキは、操舵命令を下したとき、いくぶん緊張しているような声だった。右舷VLSDの航跡ディスプレイには、かなりの数のコンタクトが表示されていた。水上はずいぶん混雑している。

「当直長、報告しろ」ミッチェルは命じた。

「艦長、ファーゴのデータをダウンロードしましたが、艦長がいったとおりでした。一部始終を記録していました。デイヴが、OPREP－3通信用に、まとめを副長に送っています」と、ソベッキが答えた。

ミッチェルが詳しいことを訊こうとしたとき、発令所でにわかに警報が鳴った。

「操舵、電子支援対策《ESM》です。APS－504レーダー、信号強度三、方位〇一三、急速に接近中」

ソベッキがその報告を確認するのが遅れた。すばやく行動すべきだった。中国軍のY（運《ユン》輸《シュー》）－8対潜哨戒機が、危険なまでに近づいている。その水上捜索レーダーが、水面に出しているマスト二本を探知する恐れがある。

「すべてのマストを下げろ！」ソベッキが、悲鳴のような声で命じた。

電子光学マストの操作員と副操縦員が、命令を復唱して制御装置を操り、マストを水面下に下げた。ミッチェルは、発令所にみなぎる緊張を感じ取った。当直員はすべて適切に行動しているが、誰もが神経を尖らせている。

「すみません、艦長、作業に追われていたもので」ソベッキが謝った。「十五分前から、捜索救難機が次つぎと現われるんです。Y－8哨戒機は、二機めです。おそらく警急待機中だったのでしょう」

「きみはよくやっているよ、フィル」ミッチェルは、ソベッキを安心させようとした。「それじゃ、一部始終を聞かせてくれ」

ソベッキが言葉を発する前に、シグペンが話に割りこんだ。「ほら、できましたよ、艦長。これが物語の《リーダース・ダイジェスト》版です。これでよければ、空域が安全になったらすぐに送信します」

ミッチェルは通信文のハードコピーをシグペンから受け取り、すばやく呼んだ。〝特別緊急〟の優先順位を示す〝Z〟交信略符号があるのを確かめると、前置きは飛ばし読みした。いまは書式などどうでもいい。肝心なのは内容だ。

通信文の本文に目を通し、最初の爆発の位置に目を留めた――北緯一七度五四分、東経一〇八度四六分――西に四九海里近く離れている。すばやく文を目で追った。「ISR（情報収集・監視・偵察）UUV（無人潜水艇）音響データは、ベトナム軍のキロ型らしき潜水艦が中国商船に向けてTE－2魚雷二本を発射したことを示している。商船はその後、大連遠洋運輸公司の登録総トン数二万五四二八トンのタンカー〈雁池湖《ヤンシュイフー》〉であると確認された」

ミッチェルは、首をふりながら読みつづけた。通信文の情報の内容はよく書けていた。ただ、それが示唆しているのは、かんばしいことではなかった。もうひと組の爆発の個所を読むと、データが乏しかった。だが、それもまた潜水艦による攻撃である可能性が明白だった。うめいて承認すると、ミッチェルはハードコピーをシグペンに返した。

「送信してくれ」

「アイアイ・サー」シグペンが、いかにもほっとしたように答えた。通信室にひきかえすシグペンに、ミッチェルは声をかけた。

「副長。よくできているぞ、バーニー」

十分後、〈ノース・ダコタ〉が深度一五〇フィートに戻ったので、発令所の雰囲気はやわらいだ。ミッチェルは予備の共用コンソールへ行き、コヴェイ大尉に交戦の経緯を説明してもらった。キロはタンカーの右真横に位置し、距離四五〇〇ヤードで魚雷二本を一斉発射した。あらかじめ周到に計画を立てた、教科書どおりのロシア式攻撃だった。そうとしかいいようがない。

ミッチェル、シグペン、ソベッキが、キロ型の戦術を分析していると、ESMベイから電子兵曹が首を出した。「艦長、副長。興味を持ってもらえるものを探知しました」

ミッチェルとシグペンは狭いESMベイにはいりこみ、ソベッキは戸口から身を乗り出した。「空中に漂う電波からどんな宝物を取り出したのかな、フレミング兵曹?」シグペンが、快活に訊いた。

フレミング一等電子兵曹がにやりと笑い、若い三等兵曹を指差した。「カリンスキー兵曹が、通信文を傍受して集めた材料をずっと分析していたんですが、非常に面白いものを見つけました。ガス、艦長にお見せしろ」

カリンスキーは暗号解読員で、特殊作戦任務支援のために〈ノース・ダコタ〉に配置されていた。言語専門家で、現地の無線通信を聞いて、現場情報をしばしば乗組員に提供してくれる。誰にも聞かれていないと思っている敵の不用意な交信から、これまでも貴重な情報を数多く収穫してきた。

「あ、はい、艦長」若い三等兵曹が、たどたどしくいった。「艦の送信中に、楡林の港湾局発の音声通信を多数傍受しました。たいがいは、どこへ救助に向かえばいいのかという、救助船からの無線でした。それで、そういう救助船の一隻が、二組めの爆発現場に向かうとき、だいぶ混乱していたようです。港湾局の人間がその船の船長をどなりつけて、位置と沈没した船の識別情報をべらべらとしゃべりました。できるだけ急いで書き留めました。これです。おおざっぱに訳してあります」

ミッチェルは、ちぎった紙片を受け取り、急いで書いたメモを見た。一行めは漢字だった。雑に書いたので、子供の金釘流の字みたいに見える。だが、その下には活字体のきちんとした英語があった——激しい興奮を呼び覚ますようなことが、書いてあった。ミッチェルは、それを読みあげた。

「遭難信号、商船〈昌池《チャンチー》〉、北緯一七度二五分、東経一一〇度一〇分。無線の呼びかけに応答なし」ミッチェルは、紙片をシグペンに渡した。「機関長《エンジ》、この船を調べてくれ」

「調べました」フレミングが、大きな声でいった。「やはりタンカーですよ、艦長。商船〈昌池〉、タンカー、登録総トン数二万七一五五トン、所有と運航は南京油運公司」報告メモをミッチェルに渡した。

「よくやった、フレミング兵曹。きみもだ、カリンスキー兵曹。すごく緻密な探偵仕事だな」ミッチェルは、部下の働きぶりがうれしかった。ふたたび〈昌池〉の情報に目を向け、眉間に皺を寄せた。

「タンカー二隻。偶然なのか、意味深長なのか？」ミッチェルは、あけすけに問いかけた。

シグペンが、くすりと笑った。「偶然ですか、意味深長、艦長？　万に一つもありえないでしょうね。作為的な攻撃ですよ。わたしの意見では、意味深長、のほうです」そして、ミッチェルの手からメモを器用に奪い、つけくわえた。「おかげで、もう一通、通信文を書かないといけなくなりました」

「いや、まったくだ」ミッチェルは相槌を打った。

二〇一六年八月三十日　二一〇〇時（現地時間）
南シナ海　海南島沖
攻撃原潜〈ノース・ダコタ〉

ミッチェルは、艦長室で歩きまわっていた。送信した通信文に、戦隊本部からの応答がまったくなかった。定時交信には、中国沿岸部のほかの場所でも攻撃があったことを示唆する断片的な情報が含まれていたが、具体的ではなく、詳細も不明だった。いっそう腹立たしいのは、ファーゴがキロ型を見失ったことだった。キロ型の艦長が何者であるにせよ、なかなか腕が立つ。キロ型は、小規模な漁船団にまぎれこんでから、シュノーケル航走を開始した。UUVの独立探知プログラムでは、個々の船舶用ディーゼル機関を識別できないので、キロ型の最終位置に近いもっとも大きい音源――大型漁船――に忠実にロック・オンした。水測員が最新のデータ送信を分析して、UUVは一時間以上前から漁船を追跡していたと断定した。

「こいつを取り逃がしたくない」先刻、ミッチェルは副長や科長たちにいったばかりだった。

「こいつが下手人だとわかっているし、まだ幕開きにすぎないといういやな予感がする」

「でも、艦長、この二件の攻撃は、〇九三型の〈ヴィナシップ・シー〉撃沈への仕返しにすぎないかもしれませんよね」ロスウェルがいった。

「その可能性もある、航海長《ナヴ》。しかし、その推論では、点と点がうまく重ならないんだよ」と、シグペンが反論した。解析値が正しいときには、武器管制システムのディスプレイに表示される方位点が収束して、垂直に整列する。そのことをいっていた。「これは延々と続く報復の第二ラウンドなんだ。最初に攻撃したのは、機雷を仕掛けたベトナムのほうだった。中国がこの攻撃をそのまま見過ごすわけがない」

「副長のいうとおりだ」ミッチェルは意見を口にした。「しかし、キロ型の艦長の動機は、この際重要ではない。肝心なのはキロ型を発見することだ。至急」

「それからどうするんですか？」シグペンが反駁した。その声に疲れがにじんでいることに、ミッチェルは気づいた。二十時間ほど前の最初の攻撃から、二人ともずっと休んでいない。シグペンが額をさすり、もう少し落ち着いた声で続けた。「攻撃して阻止するわけにはいかないでしょう」

「もっともな疑問だな、副長。たしかに、どうすればいいのか、わたしにもまだわからない。しかし、キロの行動を観察していれば、また重要なことがわかるかもしれない。たとえ商船を沈没させるのを見ているしかなくても。しかし、それにはまずやつを見つけないといけない」水平大型ディスプレイの電子海図を見おろして、海図に描かれた大きな正方形の左端を示した。「だから、哨区の西端へ行って探そう。キロを再捕捉したら、ファーゴを張り付け、こっちは東へ折り返す」

「そうすると、中国海軍基地の見張りがおろそかになりませんか？」コヴェイが、ためらいがちに疑問を呈した。

ミッチェルは、首をふった。「いや、キロを探しに出かけているあいだ、マイノットを残して基地を見張らせる」

コヴェイはまごついていた。「UUVを二艘とも展開するのは、好ましくないと考えていたんじゃないんですか？」

ミッチェルは一瞬、水雷長のコヴェイの言葉にいらだちを感じた。そこで、自分も疲れ切っているのだと気づいた。深く息を吸い、答えた。「最初の計画ではそうだった、デイヴ。状況が変わった。計画はそれに適応させなければならない。よし、マイノットを発進させ、位置につけてくれ。それから、最適戦術速力で西へ向かう」

電話機の電子音で、ミッチェルは意識を取り戻した。水化学管理記録を読むうちに眠りこんでいた。受話器を手探りし、持ちあげた。「艦長だ」ぼそぼそといった。

「艦長、当直長です。お休みのところ申しわけありませんが、キロをふたたび捕捉しました」

「おお、すばらしい。すぐに行く」ミッチェルは、かすれた声でいった。

顔を冷たい水で洗おうとして、副長と共用の洗面所へよろけながらはいっていき、シグペンとぶつかりそうになった。ミッチェルの半昏睡状態の顔を見て、シグペンが面白がり、「ゾンビかと思ったら、これ、生きてるぞ！」と、低い悲鳴をあげた。

ミッチェルは、顔を拭きながらタオルの上からシグペンに邪視を向けようとしたが、だめだった。目が半分しかあかない。「それは、ミスター・シグペン、疑問の余地があるな」やっとのことで、そう応じた。

シグペンが、髪を櫛でとかし終えて笑った。「フィルからですね？」

「ああ。キロを捕捉したそうだ」

「それはよかった！　ちょうどわたしが当直長の番です」シグペンが、大声を出した。

「何時だ？」ミッチェルはわけがわからずに訊いた。まだよく目が醒めていない。

「二三三〇時です。二分前後の狂いはありますが」

「まさか？　そんなに早く？　キロはずっと東に進んでいたのか」ミッチェルは、独りごとのようにそういった。頭がようやくデータを処理できるようになった。

「そのようですね。キロが東に転舵したときに、ファーゴが失探したんです」シグペンが答えた。時計を見て、つけくわえた。「Qと一緒に当直前巡回をしないといけません。二十分後に発令所で会いましょう」

ミッチェルは、返事代わりにそっけなく手をふった。キロのことで頭がいっぱいだった。マウスウォッシュで軽くゆすいで口のなかの古靴下の味を洗い流し、発令所に向かった。戸口をくぐったとたんに、水測長が告げるのが聞こえた。「あらたな聴知《コンタクト》。シエラ79と指定。方位〇五一。ディーゼル機関が始動したようだ」

「たいへんよろしい、水測長」コヴェイが答え、発射班追跡チームに命じた。「シエラ79の追跡開始」

指揮管制装置に向けて歩いていくと、ソベッキとコヴェイがかがんで、一台のディスプレイに注目しているのが見えた。ソベッキががむしゃらにトラックボールを操り、コヴェイがボタンをいくつか押している。二人ともちょっと疲れたようすだった。

「当直長、報告しろ」

「はい。われわれの友だちは、シエラ78です。方位三二〇、距離約八〇〇〇ヤード、右につけています」ソベッキが左舷VLSDを指差した。追跡シンボルの上に、関連データが拡大表示されていた。〈ノース・ダコタ〉がキロ型の右横にいて、少しうしろに下がっているとわかった。格好の位置だ。まもなくバッフルに潜りこみ、その有利な位置から接近できる。

「新コンタクト、シエラ79が、北東にいます。解析値を調べているところです。艦長、コーヒーを持ってきましょうか」

「ありがとう。結構だ、機関長《エンジ》。もう飲み過ぎた」と答えて、ミッチェルはディスプレイで戦術状況を見定めようとした。「ファーゴとは接触したか？」

「まだですが、最終位置からして、ファーゴはまだ水中音響モデムの交信距離外でしょう。あと一時間たたないと、連絡できません」

「そうか。それじゃわれわれがしばらく尾行するしかないな」まったくもって迷惑だというように、ミッチェルは嘆いてみせた。

「あいにくでしたねえ」ソベッキが、シニカルに答えた。二人ともにたにた笑った。どちらも本心ではなかった。優秀な潜水艦乗りなら誰だって、この手の追跡をやりたくてたまらないはずだ。

「当直長」水測長が歌うように呼びかけた。「シエラ79を類識別しました、宋型《ソン》〇三九型ディーゼル・エレクトリック潜水艦、シュノーケル航走しています」

ミッチェルとソベッキとコヴェイは、驚いた顔をした。宋型が展開しているという情報は、なにもなかった。「たいへんよろしい、水測長」コヴェイが肩ごしにいった。「これで事態がちょっとややこしくなった」

「まったくだ」ミッチェルは、相槌を打った。「だが、われわれはいまも戦術状況を支配できる格好の位置にいる」

ソベッキが同意してうなずいた。そして、コヴェイの横から身を乗り出し、追跡チームをくっきりと射線に捉えて、ぶつぶついった。「おい、オリー、シエラ79の解析値はまだか？」

「いま出ます、機関長《エンジ》」アンドルーズがいい返した。「左舷VLSDに表示されます」

推定位置と誤差サークルのなかに、追跡シンボルとともにデータが表示された。宋型は方位〇四八、距離一万ヤード、三ノットで真南に向かっている。

「電池に充填しながら、のろまな太っちょよろしく、ご機嫌でガタガタ進んでいる」と、コヴェイが評した。

ミッチェルは、眉根を寄せた。納得のいかない構図だった。「当直長、キロ型と宋型の距離は？」

ソベッキがトラックボールを動かして、カーソルをキロ型に重ねてから、宋型のほうへ線を引いた。「距離一万二八〇〇ヤードです、艦長」

ミッチェルの眉をひそめた表情が、がっかりしたようなしかめ面に変わった。「ほんとうか？　その距離なら、キロはやかましい音を出している宋型を捉えているはずだぞ！」

「キロのソナーは、われわれの評価よりも性能が劣るのかもしれません」コヴェイがそう意見をいった。

「補聴器をつけたアガサおばさんだって、あんな音は聞き逃さないぞ！」ミッチェルは、皮肉たらたらで言った。ベトナム軍はこの手の戦いは未経験かもしれないが、それほど無能ではないはずだ。

　発令所に立ち、大型ディスプレイを眺めて、ミッチェルはその矛盾と取り組んでいた。コヴェイのいうとおり、改良型のルビコン・ソナーは、宣伝文句ほどに優秀ではないのかもしれない。しかし、その旧型でも、こんなに近くで大きな音を出すターゲットは、探知できるはずだ。ミッチェルは愕然として、ほかの推理を頭のなかでひねり出そうとした。たいして考えが進まないうちに、水測長がふたたと告げた。「ターゲット、変針の可能性あり。シエラ78、周波数から推定。ターゲットは転舵もしくは加速」

「ターゲット、変針確認、的針から推定」アンドルーズが叫んだ。「シエラ78は右に針路変更」

　顔色が変わったのを見られたにちがいない。ソベッキがくすくす笑った。「ほら、うれしそうな顔をして、艦長」とからかった。

　顔を伏せて、ミッチェルは深い溜息をついた。「まあ、これですじは通る。しかし……」

「しかし」ソベッキが茶々を入れた。「キロはまっすぐ宋型を目指している」

「ああ、そう見えるな」

「副長を呼びますか？」

「ああ、頼む。機関長」

　ソベッキが1MCでシグペンを呼ぶあいだに、ミッチェルは左舷の大型ディスプレイに近づいた——戦術的な全体像に意識を集中した。状況はじわじわと悪化している。宋型が針路を変えなかったとして、キロは三十分ほどで射点（攻撃位置）に達する。だが、そのとき自分はどうするか？　襲撃を阻止するのは可能だろうか？　命令はいたって明確だったし、頭に浮かぶ案はすべてその命令に反していた。

シグペンが発令所に来るまで、一分とかからず、それまでには指揮管制システムが、キロ型がまちがいなく完璧な襲撃進路をたどっていることを確認していた。なにが起きるかは明白だった。ベトナムのキロ型の艦長は、中国潜水艦を待ち伏せ攻撃する位置につこうとしている。ミッチェルはめまぐるしく頭を回転させた。タンカー襲撃はたいへんな事件だが、敵国の海軍艦艇を襲撃すると、事態がいちだんと悪化する。それに、〈ノース・ダコタ〉の安全も危ぶまれる。それた魚雷が襲来する恐れがまったくないとはいえない距離だからだ。逃げ出して、両者の戦いから遠ざかるべきか？　その選択肢は気に入らなかったが、こちらの存在を知られることなく、潜水艦二隻をぎょっとさせる方法が見つからなければ、それしかないように思われた。

「艦長、流血を阻止したいという気持ちはわかりますが、われわれの存在を知られずに、なにができますかね？」シグペンが説得しようとした。

「それを考えているところじゃないか、バーニー！」ミッチェルは語気荒くいった。言葉を切り、何度か深呼吸をした。副長は敵ではない。それに、シグペンは立場上、やるべきことをやっているだけだ――ちょっと小うるさいし、いまの状況からして、まっとうすぎるかもしれないが。もう一度意識を集中させ、ミッチェルは問題に取り組んだ。

「わかっている。探信《アクティヴ》ソナーは使えない。ここを撃てという、でかいネオンサインになる。UUVは遠くにいるから、牽制には使えない。自走式デコイは音響魚雷に調定されている」

ミッチェルは、指を折って、選択肢をチェックしていった。

「それに、ADC（音響対策装置）も使えない。電子ノイズで、アメリカ製だとすぐに識別されますから」

シグペンのその言葉で、ミッチェルはにわかに名案を思いついた。「水雷長《ウェプス》、本艦はいまもNAE・Mk3ビーコンを積んでいるはずだな？」

「はい。演習で使いますからね。ADC・Mk4よりもずっと安いですから」

「艦長……なにを考えているんですか？」シグペンが、怪しむように訊いた。

「いたって単純なことだ、副長」ミッチェルは、絵を描くための紙を探した。いままでは対勢図も紙に描かないことを思い出した――バージニア級潜水艦の発令所はすべて電子ディスプレイで、紙を使う余地はない。ポケットからペンを出すと、ミッチェルは指揮管制コンソールのGeoplotディスプレイを示した。

「キロのうしろについてから、追い抜き、二隻のあいだに時限スイッチにしたNAEを投下する。なにが起きているのかを、両者が突き止める前に、北に撤退する」

「でも、NAEを投下したら、われわれの存在がばれますよ。向こうはそれを探知して、われわれがいるのを知るでしょう。それを避けるのは無理です！」シグペンがいい張った。

「ご名答、NAEは探知される――だが、われわれのことはわからない。アメリカの潜水艦だとは思わないだろう！」ミッチェルは、大声でいった。

シグペンは、わけがわからず、不満そうだった。それを顔に出した。「へえ？　そうですか？　話がよくわからないんですが、艦長」

「よし、こういうことだ。NAEはきわめて古いソナー対策装置で、最初の型は第二次世界大戦中に設計された。七十年以上も前だ。電子的ではなく、機械的にノイズを出す。ベトナムも中国も、アメリカにまだそんなものがあるとは思わないだろう。そんなローテクの装置が、よもや使われているとは思わないはずだ。

それに、〈ミシガン〉がイランのキロ型と戦ったときの日誌をじっくり読んだことがあるが、わたしの以前の艦長のカイル・ガスリーが、イラン艦がまさにNAEのような音のソナー対策装置を使ったと指摘している。まだわからないのか？　ベトナムも中国も、ロシア製の装備を使っていて、そのなかには音響対策装置がある！　どっちの艦長も、相手に探知されて、相手がデコイを射出したと考えるだろうな！　どっちもびびって回避機動を始めるだろう。そのあいだに、こっちは北へ逃げる」

シグペンは、まだ納得していなかった。「しかし、われわれが前に出たら、どちらにも探知されますよ。そうじゃないですか？　二、三〇〇〇ヤード離れていればともかく。本艦はほとんど音をたてませんが、それでも近すぎます」

「またまたご名答、近すぎる。キロ型も宋型も、水面に狙いをつけている。宋型は通過する商船に轢《ひ》かれないために、キロ型は攻撃態勢をとるために。いずれのソナーも、俯角と仰角の両方で同時に見ることはできない。そこで、われわれはやつらのソナーの視界の外、海底から近づく。ここは水深が浅いから、われわれのシグネチュアを隠しやすい。それに、海底では音速プロファイルがマイナスになる――すべてわれわれにとって有利だ。信じてくれ、うまくいくよ！」

シグペンが問題点を徹底的に考えているのを、ミッチェルは見守った。まだ半ばのようだったが、ミッチェルの自信に負けたようだった。生唾を呑んで、シグペンがとうとういった。

「艦長の判断でどうぞ」

ミッチェルは、満面に笑みをひろげて、シグペンの腕を叩いた。コヴェイのほうを向いて、命じた。「水雷長《ウェプス》、信号射出器にＮＡＥを一発装塡してくれ。時限スイッチは二分に設定しろ」

「アイアイ・サー」コヴェイが答えた。

シグペンのほうをふりむいて、ミッチェルはうなずいた。「副長、戦闘配置だ」

乗組員が戦闘部署につくと、ミッチェルは計画を発令所の当直員に説明した。自分たちがやることとその理由を全員が理解するよう、格別に念を入れた。下級将校はびっくり仰天するとともに興奮していた。古株の将校は、不安げだった。勝算が大きいとはいえ、まったく危険がない行動ではない。

キロ型を右横に見る位置につくと、ミッチェルは北東への急回頭を命じて、〈ノース・ダコタ〉をキロ型のバッフルに入れた。そこはキロ型の船体の蔭になっていて、艦首の筒型のソナーで音を聞くことができない。ミッチェルは一五ノットに加速するよう指示した。

精確な線を描いて追い抜くのには、かなり手間がかかったが、二十分後にはキロ型は左舷五〇〇ヤードの一〇〇フィート上にいた。船体と海底のあいだは五〇フィートしかなく、ミッチェルは一〇ノットに減速させ、〈ノース・ダコタ〉はキロ型の前に出た。その後の六分間、発令所は水を打ったように静まり返っていた。当直員の息遣いさえ、抑えられていた。

指定の場所に達すると、ミッチェルはNAE射出を命じ、北に転舵して、一二ノットにゆっくりと速力をあげた。シグペンが指揮管制コンソールのストップウォッチを始動し、十五秒ごとにコールしていた。

「十五秒……十、九、八……」ほんのささやくような声だった。

「操縦員、前進原速」ミッチェルは命じた。

「前進原速、操縦員、アイ。艦長、操縦装置の反応は正常」

「たいへんよろしい、操縦員」

数秒後にＮＡＥのスイッチがはいり、内部のボールベアリングのリングが、高速で回転しはじめた。耳がおかしくなりそうなくらい、やかましかった。

キロ型も宋型も、完全に不意を衝かれていた。キロ型は音響対策装置を射出し、加速して南西に逃れた。宋型はシュノーケル航走をやめ、最大戦速で北を目指した。魚雷は一本も発射されなかった。

敵対する潜水艦二隻が、それぞれ逆の方角へ遁走したとわかると、〈ノース・ダコタ〉の発令所で低い歓声が沸き起こった。計画はみごとに功を奏した。

「よくやった、みんな！　完璧に実行したな」ミッチェルは乗組員の働きに満足して、べらべらといった。

「パンツを濡らしたやつもいたでしょうね」イワハシが、うれしそうにいった。

シグペンが首をふった。「なんの前触れもなくメタリカみたいなヘヴィメタを一五〇デシベルで聞かされたら、わたしだって漏らしたかもしれない」

ミッチェルは、まだにやにや笑っていた。「発令所、傾聴。キロが退避機動を終えたあとも、追跡を続ける。落ち着いたらファーゴに尾行させ、われわれは東へ戻る。さあ、仕事を続けよう」

見るからにほっとしたようすのシグペンが、ミッチェルのそばに来た。「おめでとうございます、艦長。計画がうまくいきましたね」

「ありがとう、副長。うまくいくという自信があった」

シグペンが、また首をふった。「あのね、艦長は、知将、知に溺れるというやつじゃないですかね」

ミッチェルは笑ったが、シグペンの忠告は身にしみていた。「ファーゴが追尾を再開したら、離脱して報告しよう。悪い報せばかり送ったあとだから、司令もよろこんでくれるだろうよ」

「どうですかね」シグペンが答えた。疑っている顔だった。「なぜかしら、われらが新しい司令が、そんなによろこぶとは思えないんですよ」

ミッチェルは、不思議そうな顔をした。「どうしてそう思うんだ、バーニー？　どちら側も、われわれの存在にはまったく気づかなかったし、われわれはまた悲惨な戦いを阻止した。誰の基準でも、成功まちがいないじゃないか。シモニス大佐に説明したら、正しい方策だったとわかってくれるだろう」

7　余波

二〇一六年八月三十一日　〇八〇〇時（現地時間）
南シナ海　海南島沖
攻撃原潜〈ノース・ダコタ〉

ミッチェルは、とんでもない考えちがいをしていた。シモニスはすぐさま、ミッチェルにすさまじい怒りをぶつけた。

「なにを考えていたんだ、艦長？　探知されずに観察し、報告しろと命じられていたはずだ！　干渉して姿を現わすとは、もってのほかだ！」

ミッチェルは生唾を呑んだ。厳しい叱責は、まったく予想外だった。シモニスの反応は直截で、かなり感情的だった。新しい上官のリスク許容力を、ミッチェルは大きく見誤っていた。

「司令、どちら側もアメリカの潜水艦が付近にいたことに気づかなかったと、わたしは確信しています。わたしの方法は、戦術的状況と環境をもっともうまく利用したものです。二隻の潜水艦のセンサーは性能が悪く、また自分たちのやっていることに熱中していて、われわれの存在には気づきませんでした」ミッチェルの説明は、シモニスの怒りをいっそう煽《あお》っただけだった。

「きみたちの存在に気づかなかった？　きみの艦を探知しなかったとしても、対策装置には気づいただろうが！」シモニスが、甲高い声でわめいた。「このあからさまな命令違反を、きみはどう弁護するつもりだ？」

ミッチェルは、深く息を吸い、気を静めようとした。自分の主張をわからせる機会は、一度しかない。怒りのこもった声で応じれば、事態をいっそう悪くするだけだ。「司令、報告書に述べたように、ＮＡＥはまずまちがいなく、ベトナム艦と中国艦が搭載しているロシア製のＭＧ－24音響対策装置だと識別されたはずです。ＮＡＥは二隻の中間に置くよう、ことに気を配りました。敵方がデコイを作動させたと、双方ともに思いこんだはずです。二隻とも退避機動を行ない、調査してこちらを捕捉しようとする気配がなかったことが、その推定を裏付けています」

「それに、やつらが音響シグネチュアを録音していたら、事後の分析で対策装置を類別することができる」と、シモニスが反論した。

「司令、較正済みのシステムで信号を録音し、有能なＡＣＩＮＴ（音響情報）アナリストがデータを処理すれば、区別できる可能性がないわけではありません。しかし、ベトナムにはその能力はなく、中国のＡＣＩＮＴプログラムはまだ開発の初期段階で、アナリストは数年の経験しかありません。仮に区別したとしても、最初に考えるのは、ロシアがベトナムに新型のキロを供与したときに、改良型のMG－24を提供したということでしょう」

シグペンが自分の意見をメモに書いて、ミッチェルに体を軽くぶつけ、制御卓の紙片をこっそりと指差した。文が一つだけ書いてある。〝戦いに勝ったかもしれないが、戦争に負ける〟。ミッチェルは、シグペンにかすかにうなずいて、忠告を理解したことを伝えた。

通信室のディスプレイに映っているシモニスは、それとわかるくらい鼻の穴をふくらましていた。忍耐はどこかへ消え失せていた。周到に音量を計算した力強い声で、シモニスがいった。「わたしは理論上の議論には興味がない、ミッチェル中佐。それに、きみの学歴はよくわかっている。だが、ここは研究室ではない。実世界だ。情け容赦がなく、制御できない。きみは戦域にいるんだぞ、艦長。それをわきまえて行動することだな。よし、これからは命令に従うか？　それとも部署から戻し、やる気のある誰かに交替させようか？」

むなしい脅しだと、少なくともミッチェルは思った。〈ノース・ダコタ〉を担当区域から引き抜くことなど、許可されるはずがない。戦争が始まろうとしている矢先なのだ。しかし、その言葉に秘められた意図は、隠しようがなかった。些細なことでとがめられ、規則に従えといわれている。自分の行動がシモニスのあからさまな敵意を招いたため、ミッチェルの自信は揺らいでいた。ぎりぎりで踏みとどまり、ひきかえしたつもりだった。しかし、自信がなくなった。シモニスも副長も、そうではなく、命令の埒《らち》を越えたと確信している。とにかく、シモニスは戦隊司令であり、上官でもあるから、正しい返答はたった一つしかなかった。

「いいえ、それには及びません。指示されたとおり、命令に従います」

「よろしい」シモニスが、満足して答えた。それから、いくらか軽い口調でつけくわえた。

「きみの報告はきわめて貴重だった、艦長。きみの洞察力を失いたくはない」

「状況の進捗を逐一お知らせします」

「たいへん結構。潜水戦隊《SUBRON》15通信終わり」

画面が暗くなると、シグペンが低い口笛を鳴らした。「艦長の報告はきわめて貴重だった。心のこもらない褒め言葉ですねえ」

「〝きみの進言には注意深く耳を傾けるとしよう〟にもうんざりだけどね」と、ミッチェルはささやいた。

「なんですか、艦長?」

「いや、なんでもない、副長」ミッチェルは、シグペンのほうを見て、頬をゆるめた。「きみのいったとおりだった。ちょっとうぬぼれていたみたいだな」

「わたしの記憶が正しければ、知将、知に溺れるとはいいましたが、うぬぼれているなんていいませんでしたよ」

「司令にはその区別がつかないんだろう。かなり……わたしに腹を立てていた」ミッチェルは嘆いた。

「腹を立てていた? そういう表現でいいんですか?」シグペンが、あきれたというように叫んだ。「司令の首の筋肉を見ましたか？〈スター・ウォーズ〉の第一作に出てくるあの男みたいに、ぴくぴく震えていましたよ」

ミッチェルは片手を挙げて、シグペンをさえぎった。「バーニー、頼むから」

「はいはい、すみません」シグペンがすまなそうにいった。

「さて、これでわれわれの受けた命令がはっきりしたな。観察と報告を続けよう——それ以上でも、それ以下でもない。わたしに用があったら、きみが山ほどよこす書類仕事を艦長室で片付けているからな」つかの間の笑みを向けてそういったが、無理して笑っているのが見え透いていた。


ミッチェルが発令所を出ると、イワハシ大尉とジャクリーン・ケイン少尉が、シグペンのところに来た。

「つい聞いてしまったんですが、副長。司令は艦長にだいぶ腹を立ててるんですね」イワハシが、そっといった。

シグペンは顔をしかめ、適切な言葉を探そうとした。ボスが叱責を受けたことはごまかせないが、ボスを支持していることを示さなければならない。「ああ、まあな。艦長が新機軸を打ち出すと、ときどきそういう目に遭う。うちの艦長は、じつに着想が豊かだからね」

ミッチェルの過去がほのめかされたような言葉を聞いて、ケインが質問した。「副長、艦長のことでいろいろ噂を聞いているんです。みんなもですけど。艦長はほんとうに、イランで戦って脱出したことがあるんですか？」

シグペンは、うめきたくなるのをこらえた。いったい何回、その質問を聞かされただろう？　それにどうして答えを知っていると、みんなに思われているのか？　溜息をついて、シグペンは答えた。「ジャックス、ほんとうにはっきりとは知らないんだ。艦長はひとこともいったことがない。しかし、これだけは確実だよ。勲功章やパープルハート勲章は、いくら優秀な幹部将校だろうと——勤務成績がどれだけ優秀だろうと——ふつうにアメリカ合衆国大統領からじかに授与されることはない。つまり、われらが艦長は、そういう栄誉に値する、きわめて異例で重要なことをやったんだ」

シャワーを浴びたあとのミッチェルの左肩に、丸い傷痕を見たことは、いわずにおいた。狭い居住区画で洗面所を共用していると、そういうめだったことに気づかずにはいられないが、それは一身上の秘密でもある。

「艦長、だいぶがっかりしていたみたい」ケインがなおもいった。「だいじょうぶかな？」

「だいじょうぶだ」シグペンは、自信たっぷりにいった。「ときどきは火の粉を浴びるほうが、精神を鍛え、人格を高める。艦長はおとなだよ。乗り越える」〝そう願っている〟という言葉は、口にしなかった。

グアム
SUBRON15本部

ウォーカー中佐は、情報システム技術兵曹のそばにたち、ＶＴＣ（テレビ会議）システムからログアウトして、ビデオカメラと大型薄型ディスプレイを切った。若い技術兵曹が足早に出ていくと、ウォーカーとシモニス司令の二人きりになった。会議が終わるとすぐに、先任幕僚や他の幕僚も会議室から出ていった。一同が〝最終触敵位置《データム》〟から遠ざかろうとした理由が、ウォーカーには痛いほどわかっていた。シモニスはまだ憤然としている。やれやれ。このまま一日ずっと不機嫌だろう。

「感心しないと思っているんだな」シモニスが、唐突に口走った。

質問なのか、それとも事実を述べたのか、ウォーカーにはよくわからなかった。いずれにせよ、含むところのある言葉だ。地雷を踏まないように、気をつけなければならない。「なんですか、司令？」

「ミッチェルの扱いだよ。わたしはボディランゲージを読むのが得意なんだ、中佐。幕僚のほとんどが、新艦長にわたしが厳しすぎたと思っているのがわかった」

「司令、わたしの立場ではどうこういえませんよ。指揮しているのは……」

「やめろ、リッチ！　ごまかすのはやめて、思っていることをいえ！」シモニスがどなった。

追いつめられたウォーカーは、椅子を示した。シモニスがうなずくと、作戦将校のシモニスは、テーブルに手帳をほうり、腰をおろした。

「で？」シモニスが、いらだたしげに促した。

「手短にいえば、そうです。厳しすぎたと思います」

「なぜだ？」

ウォーカーは、深く息を吸った。いいまわしに気をつけなければならない。シモニスは、管理能力の低い戦隊司令ではない。むしろその逆で、みごとにやっている。長い補給線の末端で統制のとれた戦隊を運営し、物事を軌道に乗せて、予定どおり動かしている。いや、シモニスの特徴をひとことでいえば、過酷で要求が多いということだろう。物事が時間どおりに、正しいやりかたで、正当な理由でなされることを望む。承認された計画からはずれることは、望ましくなく、許容されない。シモニスは規則や規定を、法律万能主義のように狭く解釈する。そのせいで、公式の命令は柔軟なもので、状況によってはゆるめる余地があると考える者と、しじゅう衝突している。

「司令、ミッチェル艦長は、受けた命令に一言一句たがえずに従ったとはいえないかもしれませんが、命令の真意には忠実でした。ミッチェルの行動はよく考えられたもので、完璧に実行されました。それに、ベトナムか中国が、アメリカの潜水艦に攻撃を阻止されたという結論を下す可能性は、ほとんどないということにも、わたしは賛成です」

「しかし、NEAを射出したときには、姿を現わしただろうが!」シモニスが、腹立たしげにいいつのった。

「司令、姿を現わせば自動的にそれを犯行の証拠として使えると、無条件に想定していますよ。今回は、それは拡大解釈だと思いますね」

シモニスが唐突に立ちあがり、歩きまわりはじめた。ジェリー・ミッチェルにまつわるすべてが、いらだちの原因となり、感情を逆撫でするように思える。「それでも、ミッチェルは埒を越えたと、わたしは確信している」と、ぶつぶついった。

「ええ、そうですね。でも、新型の音響対策装置ではなく、旧式のNAEを投下したときには、はっきりと命令を意識していたわけですよ。どうもわたしには、ミッチェルのとった手段うんぬんよりも、襲撃を邪魔するというミッチェルの判断に、司令が腹を立てているように思えるんですが」ウォーカーは、自分の観察を口にした。

シモニスは立ちどまり、ウォーカーのその言葉を考えた。図星だった。命令では受動的な見張りになれという指示だったのに、ミッチェルは積極的に関与した。それに、命令には、そういう役割のみに限定すると明記されていなくても、言外の意味はたしかにそういうことだった。作戦全体の組み立てが杜撰《ずさん》だったことを、シモニスは心のなかでののしった。危険な状況に政府があわてて対処するときには、えてして熟慮せずにこういうものができあがる。適当に対応しておけば、権力者たちは選挙の年に、アメリカの深刻な介入を防ぎつつ、きちんとした方策を講じたということができる。軍事面からすれば無意味な対応だし、戦隊のすべてが激戦に巻きこまれる恐れがある。

「意見はよくわかった、リッチ」シモニスは認めた。「そうだな、ミッチェル中佐へのさらなる指示で、また悪さをするのを防げればいいんだが」

シモニスの声が少し静かになったことに、ウォーカーは気づいたが、まだおかしな響きが残っていた。「防げればいい、ですか？　信じていないような口ぶりですね。ミッチェルはあからさまに命令に反したり、無鉄砲なことをしたりする男には思えません。それどころか、どこで話を聞いても、傑出した将校だということです」

シモニスが首をふり、椅子にどさりと座った。「それはわかっている。君の上官のガスリー少将とも話をしたが、褒めちぎっていた。ミッチェルは知力が高く、創意工夫に満ち、慎重に計算し、徹底的で、責任感があるそうだ。わたしの戦隊に配属される新艦長に求めたい資質をすべて備えている」

ウォーカーは、わけがわからなくなった。問題点を突き止めて解決したつもりだったが、自信がなくなった。司令の意識をなにかがさいなんでいる。それは、ミッチェルの新奇な戦術とは関係ない。〈ノース・ダコタ〉の艦長そのものが問題の核心だが、ほかにもなにか関連する要素がある。これまで話題にされていないなんらかの要素が。

「申しわけありませんが、司令の話がよくわかりません。なにが心配なのですか？」少しむっとした口調で、ウォーカーは尋ねた。

シモニスが、うんざりしたような笑みを浮かべたので、ウォーカーはびっくりした。「ワシントンDCだよ」と、シモニスがそっけなくいった。

「ワシントンDC？　よくわかりません」

「今回の作戦は、政府上層部の発案だし、ミッチェルは彼らにとって現地の手先だ。わたしが厳しく叱責したのを、上層部は快く思わないだろう」

ウォーカーは、疑念が顔に出ないようにするのに苦労した。シモニスがワシントンDCの政治を毛嫌いしているのは承知しているが、行き過ぎだ。このことが伝わるわけがない。ただし……。

「司令、まさかミッチェルが向こうとじかに接触するという意味ではないでしょうね？　指揮系統を無視して？」驚きあきれて、ウォーカーは口走った。

「むろん、そんなことはいっていない！」シモニスが、激しくいい返した。「しかし、わたしはこれを指揮系統を通じて報告しないわけにはいかないし、バローズ提督はそれをPACCOM（太平洋軍司令官）に伝える、そこからCNO（海軍作戦本部長）に伝えられ、あちこちを経て、パターソンに伝わるだろう」

「国家安全保障問題担当大統領副補佐官の？」

「そうとも！」

「失礼ですが、司令、パターソン博士がこんな些細な問題を気にかける理由が、どこにありますか？　ミッチェルと親しいのは知っていますが、いまはもっと重要な問題で手いっぱいでしょう」とウォーカーは反論した。

「理由はだな、中佐、パターソンは他人の仕事にくちばしを突っこむという前歴があるからだ。パターソンとミッチェルは、かなり仲がいいし、ミッチェルが厄介なことになると、かならずパターソンがしゃしゃり出てくる」シモニスが立ちあがり、また歩きはじめた。

「そんなわけだから、今回の一件で、上層部からさらなる指図を受けることはまちがいない。政治がらみの指図は、わたしの仕事をきわめてややこしくする。まったく！　ミッチェルがあんなふうに軽はずみでなければいいのに！」シモニスはうめいた。

ついに本音が出た。干渉に成功したミッチェルの計略をシモニスが論難したほんとうの理由は、重大な政治危機のさなかに、実戦とは縁遠い将軍——この場合は提督——の指図に対処しなければならないという不安に根ざしていたのだ。ウォーカーは、皮肉な状況だと思わずにはいられなかった。マイクロマネジメントの達人が、マイクロマネジメントされることを恐れている。おまけに、シモニスの性格と責任感からして、望ましくない指図を受ける結果になると確信しているのに、ミッチェルとの口論を几帳面に報告せずにはいられない。じつにひどい悪循環だ。

大きな溜息を聞いて、シモニスがようやく落ち着いたのだと、ウォーカーは察した。黙ってそのまま待った。なにをいっても、苦い薬を飲み下すのは楽にならない。三十秒たつと、シモニスが唐突に向き直った。「さて、避けられないことを引き延ばしてもしかたがない。バローズ提督の幕僚長に連絡してほしいと先任幕僚伝えてくれ。可及的速やかに《ASAP》提督と話がしたい！」

「アイアイ・サー」と答えて、ウォーカーはドアから跳び出した。

二〇一六年八月三十一日　一三〇〇時（現地時間）
南シナ海　海南島沖
攻撃原潜〈ノース・ダコタ〉

ミッチェルは、未決箱に何日も置かれたままになっていた日誌や報告書と格闘していた。いろいろな意味で、シモニスの厳しい反論は、艦長としての責務すべてをきちんと実行しなければならないという意識を取り戻すのに役立った。それには、面白みのない管理業務も含まれる。それに、たしかに飽き飽きすることもあるが、片付くとそれなりに気分がいい。山のような報告書をどさりと置いて、シグペンの未決箱をいっぱいにすると、意地悪なよろこびを感じる。

最後のフォルダーを取り、なにもない木の面がようやく見えると、ミッチェルは心のなかで快哉《かいさい》を叫んだ。もちろん、長続きしない勝利ではある。母なる自然は、真空とおなじくらい空っぽの未決箱を忌み嫌うので、やがて水が低きに流れるように書類が集まってくるはずだが、とにかくひと段落だった。いや、まだ残っている。最後のフォルダーは、下級将校のリムバーンとガフニーの中期カウンセリング報告書だった。書きこまれている評価にはむろん興味があるが、実際は、二人を科長がどれほど仕込んでいるかということのほうが、気になっていた。三者それぞれにとって、重要なキャリア・マネジメントなのだ。

　書類をすばやく読みながら、ミッチェルは数カ所を細かく訂正し、イニシャルを記入した。それを終えてフォルダーを閉じたとき、ドアにノックがあった。顔をあげると、補給長のスティーヴン・ウェストブルック大尉が、戸口に立っていた。

「失礼します、艦長」ウェストブルックがいった。「来週のメニューを見ていただこうと思いまして」

「はいってくれ、スティーヴン」ミッチェルは答えて、〝補給長《チョップ》〟を艦長室に呼び入れた。

「わたしの未決箱が空だというのに勘付いたな？」

　ウェストブルックは、ミッチェルの乗組員で唯一の幕僚団《スタッフ・コー》（医務・補給・聖職・工兵・法務・歯科・衛生・看護を指す）の一員だった。〝サッポ〟とか〝ポークチョップ〟と呼ばれることもある。補給隊の葉っぱの徽章が、ポークチョップに似ているからだ。潜水艦では、たいがいつづめて〝チョップ〟と呼ばれている。補給長は、スペアパーツから貯蔵食料に至るまで、さまざまな補給品に責任を持ち、海に出て任務を行なうのに必要なものをすべて積みこまなければならない。また、艦の経理も担当し、野球帽、制服のワッペン、菓子類、その他、衣食住に必要な物資が充分に保管されているように気を配る必要もある。航海中は毎日の食事が乗組員の士気を高めるのに重要なので、週ごとのメニューを艦長が吟味して承認する。

「どれどれ、どんな料理を用意するのかな」いいながら、ミッチェルはメニューに手をのばした。

メニューを渡してから、ウェストブルックがいった。「きょうのランチにはお見えにならなかったですね、艦長」

「ああ、そうなんだ。あまり腹が減らなくて」メニューを眺めながら、ミッチェルはもったいぶっていった。

「好物のフライドチキンにマッシュポテトとグレイビーソース添えでしたのに」

ミッチェルは顔をあげた。一瞬、がっかりした表情が浮かんだが、あきらめの色に変わった。「どのみち、ランチを抜いてよかったかもしれない。医務室の体重計は、冷たくあけすけに教えてくれるからね。早くも一・八キロ増えたとね」

ウェストブルックがうなずいた。「よくわかりますよ、艦長。ほっぺたの境界線がひろがらないように、わたしもエアロバイクを漕ぐ時間を十五分ふやしました」

「ああいう機械は嫌いなんだ」ミッチェルは、嫌悪もあらわにうなった。「四十五分漕いでもどこへも行けない。それ以上は我慢できないね」ランナーでハイカーのミッチェルは、静止しているエアロバイクは、ぜんぜん楽しくないカロリー消費手段だと思っている。艦内のおなじパイプやバルブを延々と見つめていると、気分が滅入ってくる。

ミッチェルは、メニューを見ながら、ときどきうなずき、最後の行——翌週の水曜日の夕食のところで読むのをやめた。右肘をデスクに突き、手で頭を支えてうめいた。「うげえ！スティーヴン、性悪のちび助め！」

「はあ？」ウェストブルックが、とぼけて訊き返した。

さも軽蔑するような口調で、ミッチェルはメニューを読みあげた。「水曜の夜は、イタリアン・ナイトで、クリーミー・ベーコン・チキンのペンネに、シーザーサラダ、デザートはティラミス。なにが狙いだ？　心臓発作を起こさせるつもりか？」

「滅相もありません、艦長！　ですが、心臓外科医からリベートがもらえれば、おいしい副業になりますよ」ウェストブルックが、冷たく笑った。

ミッチェルは、サインを殴り書きして、ウェストブルックにメニューを投げつけた。ウェストブルックがメニューをさっとつかむと、ミッチェルは決然とドアを指差してわめいた。

「サタンよ、退け！」

「かしこまりました。承認いただき、ほっとしました」と、ウェストブルックが茶化した。

「出ていけっ！」ミッチェルは目を剝《む》いてどなった。

ウェストブルックは、艦長室を出てから、発令所に通じる艦首寄りの水密戸のほうを向き、シグペンに親指を立ててみせた。シグペンがにっこり笑って、発令所に戻った（潜航中の潜水艦では、扉の開閉の音を避けるため、水密戸やドアは開け放しておくのが通例）。

ウェストブルックが意地悪なメニューを持ってきたにもかかわらず、いまのやりとりで、ミッチェルはずいぶん元気になっていた。そこで、〈シーウルフ〉の副長マーカス・シムコが教えてくれた金言を思い出した。〝独りぼっちで気分が沈んでいるときは、艦内をまわって乗組員と話をしろ。悩める心を癒す香油になる〟。

シモニスに叱責を受けたあと、みずから乗組員とのあいだに壁をこしらえていたのだと気づいた。艦長室に独り座って、自分の過ちを黙然と蒸し返す。有用なほんとうの仕事を達成したのに、部屋に隠れて、叱られた子供みたいに膨れ面をしていた。まちがった答えだ、ミスター、と自分にいい聞かせた。かつての上官の忠告に従い、ミッチェルは艦長室を出て、艦尾へ向かった。

まず動力機械室《エンジンルーム》に寄り、当直員と話をして、どんな調子かを確かめた。司令の叱責はそれが終わったとたんに全乗組員に知れ渡っていた。艦内がそう広くない潜水艦では、秘密はほとんど保てない。ミッチェルは全当直部署をまわり、乗組員それぞれと言葉を交わした。魚雷発射管室でおしゃべりを終えたとき、１ＭＣからけたたましい声が聞こえた。

「艦長、発令所に」

ミッチェルは、上の甲板へ急いで梯子《ラッタル》を昇り、発令所へ駆けていった。通りやすいように、水兵が一人、隔壁にへばりついていた。戸口に近づくと、当直口頭伝令が通してくれた。指揮管制コンソールへ大股で近づきながら、ミッチェルはどなった。「当直長《CDO》、報告しろ！」

ソベッキがまた当直で、すぐさま左舷VLSDを指差した。「艦長、あらたなコンタクトが三つです。すべて潜水艦で、亜龍湾から出撃しています。キロ型二隻、宋型一隻です。まだ見えませんが、港内にもっといるかもしれません。中国は基地から潜水艦をすべて出すつもりのようです」

大型画面の航跡《トラック》データを分析すると、たしかにそのようだった。航跡二本は、〈ノース・ダコタ〉の方角へのび、もう一本は南東へ向かっていた。

「当直長」水測長が呼んだ。「もう一隻いますよ。音からして、キロ型のようです。シエラ92のうしろです」

「よろしい、水測」

「ご近所さんがおいでなすった」コヴェイがいった。「ちょっと混雑してきましたね」

「むむ」ミッチェルは相槌を打った。方策を考えていると、シグペンがうしろから近づいてきた。

「今度はどうなってるんですか？」シグペンが訊いた。ふらふらになっているような声だ。ひと眠りしたほうがよさそうだった。

「仲間がふえたよ、バーニー。おおぜい」ミッチェルは、VLSDを指差した。

大型ディスプレイに、シグペンが目の焦点を合わせた。状況を把握するまで、しばらくかかった。「うひゃあ」

「そういうことだ」ミッチェルは向きを変え、HLSD（水平大画面ディスプレイ）のトラックボールを操った。シグペンとソベッキがそばに来て、ディスプレイを囲んだ。「よし、南に下がって、この連中が動きやすいように場所を空けてやろう。機関長《エンジ》、針路……〇九〇、一〇ノットに加速」

「針路〇九〇に転舵、速力一〇ノットに加速します」

ソベッキの指示で〈ノース・ダコタ〉が回頭するあいだに、ミッチェルとシグペンは中国海軍潜水艦の急激な到来にどう対処するかを検討した。突然、WLY－1音響脅威受信機が、警告音を発した。

「当直長！　あらたなアクティヴ・ソナーが二基作動、方位〇一五と三五〇。高周波システム、おそらくヘリコプターの懸吊《ディッピング》ソナーです」

ミッチェルがふりむくと、左舷VLSDに、最終触接位置《データム》が二つ表示されていた。まだ一万六〇〇〇ヤード以上離れているが、手に負えない状況になりつつある。すぐに危険が迫るような状況ではないが、きちんとした手を打たないと、そうなりかねない。シモニスの声が、頭のなかで鳴り響いた。〝きみは戦域にいるんだぞ、艦長。それをわきまえて行動することだな〟。

「ミスター・ソベッキ、総員配置を発令しろ」

8 拡大

二〇一六年八月三十一日 一四〇〇時（現地時間）
中華人民共和国 北京
八月一日（建軍記念日）ビル 国防部

ふだんの中央軍事委員会は、会議前によく検討された予行演習済みの情報ブリーフィングを、豪華な会議室で行なうという形をとる。だが、今回は地下の作戦室に集められた。

中国人民解放軍海軍司令員威吉恩《ウェイ・ジーエン》上将は、情報幕僚たちがてんやわんやで画面のデータを更新し、襲撃側についていてわかっている乏しい情報を記入するのを、見守っていた。彼らの苦労が威にはよくわかっていたし、なにに取り組まなければいけないかも承知していた。データはあまりにも貧弱で、なおかつ矛盾している。幕僚たちとおなじように、威もいらだっていた。これは自分の問題、自分の戦い、自分の責任範囲だ。対勢図を更新している人びとおなじように、威も無力感を味わっていた。いや、威のほうがそれを強く感じていたかもしれない。少なくとも幕僚たちは、役に立つ仕事をやっている。

総参謀部情報部副部長の一人、希朋《シー・ポン》上校（大佐）が、現在、この作戦室を仕切っている先任情報幕僚だった。希が説明を始めた。「豹《バオ》部長が、出席できないことを陳謝してほしいとのことです。あいにく部長は防諜問題で手が離せません。さきほどわたしが話をしました。みなさんに謝罪し、わたしが代わって説明することをみなさんがご寛恕くださるようにとのことです」

威が苦情を述べる筋合いのことではなかった。通常、ブリーフィングは少校（少佐）か野心的な上尉（大尉）が担当する。だが、委員の何人かは、豹将軍の欠席を意識しているはずだ。

作戦室の壁には地図や薄型ディスプレイがびっしりとならび、肖像画もむろん飾られていた。軍人たちは、奥のほうに固まっている来賓にはほとんど注意を払わなかったが、肖像画に描かれている人物も混じっているはずだった。

「対勢図はあれと、あれです」希が向かいの壁を指差した。「商船の通航と、潜水艦も含めて、存在がわかっている外国海軍艦艇の動きが表示されています。それぞれの白いシンボルが、わが国の商船やタンカーが攻撃された場所です」

威はブリーフィングをほとんど聞いていなかった。その悪い報せはとっくに受け取っていたし、いま行なわれている説明よりもずっと詳しかった。情報部が作戦室でブリーフィングを行なっているほんとうの理由を、威は知っていた。情報部は中央軍事委員会に、先のベトナムによる〈遼寧〉機雷攻撃では不意打ちをくらったが、そういう恥さらしをふたたび避けるためにあらゆる努力を払っているということを示したいのだ。仮に悪い報せが届いたとしても、自分たちの責任ではない、と。

なんとも要領を得ない報告のあと、主席、副主席、参謀本部の全員を含めた中央軍事委員会の委員十二人は、そのまま地階で会議を続けることにして、廊下の向かいの部屋に移った。一度の会議のために五層上に戻るのは、時間の無駄だ。

そこはいつもの豪華な会議室とはちがい、実用一点張りの部屋だった。広さは充分で、よく使われているようだった。壁のポスターでは、中国と外国の兵器を比較していた。まるで教室のようで、希もそこのほうが気楽に話ができそうだった。

「どうぞ、ご質問を」希が促した。

是鵬《シー・ポン》総政治部主任が発言した。「さきほどの説明で、きみはしきりと〝未詳の攻撃者〟といったな。どうしてわれわれのタンカーを沈めたのが何者かを断定できないのだ？」いらだっているのは明らかだった。

希が答えた。「護衛がつかない商船を攻撃された場合、探知する方法がなく、識別は不可能です。聴音ソナーがあれば、潜水艦の音響信号を探知し、類識別を行なって、攻撃者の国籍を明確にできます。しかし、これまでのところ、敵は軍艦を避けています。巧妙な戦略です」

「敵を評価するのか」是が、脅しつけるような口調でいった。

「戦術についてだけです」希がすぐさま弁解した。「敵は正体を明かさず、危険も冒さずに襲撃しています。どこへ反撃すればいいのか、こちらにはわかりません」

「わかりきった対策がある」是が応じた。

「証拠なしにいまベトナムを攻撃すれば、われわれは悪者になる」中央軍事委員会副議長黎巨《リー・ジュイ》上将が反論した。

「やつらが黒幕だ」是が断言した。

「仮にベトナムだったとしても」希が用心深くいった。「独力では行動できないでしょう。プロジェクト六三六を三隻しか運用していないんです。たった三隻で、こんな広い水域でこれだけの被害をあたえるのは、物理的に無理でしょう」

「一カ国ではないと？　ベトナムが他の国と情報を共有しているのか？　アメリカか？」是の声にほんものの恐怖が混じるのを、威は聞きつけた。威は是ほどに心配してはいなかったが、アメリカの海軍力の優勢は、中国にとっていまなお現実だった。アメリカが全力で人民解放軍に対抗したら、中国にとって悲惨な結果を招く。潜水艦部隊だけでも……。

「どの船を攻撃すればいいのかということを、やつらはどうして知ったのだ？」黎上将が質問した。

　希は辛抱強く答えた。黎巨上将は陸軍の将官なので、海事にはうとい。「世界じゅうの船舶のほとんどに、リアルタイムで位置情報がわかるような、自動通信機器が備わっています。その情報は、どこでも手に入れられます。潜水艦がターゲットを鵜《う》の目鷹《めたか》の目《め》で探していた第二次世界大戦中とはちがい、いまではターゲットに即座に狙いをつけられるわけです」

希は溜息をついた。「ある意味では、敵がタンカーのみを攻撃していることは、われわれにとって幸運かもしれません。一つのターゲットから次のターゲットへと移動するのに、時間がかかります。敵が中国商船すべてを破壊しようとしていたら、過去三十六時間の損耗は、はるかに大きかったでしょう」

「これだけでも大損害だ」威はそういった。「それに、わが国の船舶が航海中に、位置情報システムの通信を中断することはできない」皮肉たらたらでいった。「中国のタンカーのみが狙われているとなると、外国の商船隊はよりいっそう明確に識別されることを願うはずだ。位置情報を発信していないだけで、中国船だとわかってしまう」

「偽データを発進したり、船籍をごまかしたりすることはできないか？」是が質問した。

希は首をふった。「タンカーが消えた場所に突然、ほかの船が現われれば、敵国の情報機関はただちにその船を襲撃させるでしょう。豹部長のサイバー戦部隊が、二隻の船の船籍を入れ換える方法を模索していますが、そう単純ではありません」

「では、タンカーに護衛をつけてはどうだ？」温鋒《ウェン・ファン》国防部長が、威の上官にあたる総参謀部参謀長の蘇義徳《スー・イードー》上将に尋ねた。だが、蘇は、専門家の威に答えを譲った。

威は溜息をついた。「潜水艦襲撃に対するありふれた対応策ですが、護衛艦隊をあちこちの港に展開して、商船――今回の場合はタンカー――が充分に揃うのを待って、船団を組まなければなりません。船団が危険水域を通過したら、護衛艦隊は最初の港に戻って、べつの艦隊と役割を交替することになります」

あたりを見ると、蘇も含めた全員が納得してうなずいていたので、威は説明を続けた。

「資源を集中し、護衛艦艇多数を必要とします——現在は、それだけの数がありません。それに船団方式につきものの輸送の遅れによって、石油輸入が二五パーセントも減少します。それも、一隻も失われないとしての話です」

威は、一瞬間を置いてから、つけくわえた。「もちろん、船団を組みはじめれば、われわれが予定している〝演習〟からも護衛艦艇を引き抜かなければなりません」秘密が漏れるはずがない場所ではあったが、威は遠まわしな言葉を使った。「そうなると、中止せざるをえなくなるでしょう」

その言葉を聞いた委員の反応は、まちまちだった。顔をしかめるだけの者もいれば、愕然としたり、怒りをあらわにする者もいた。

威の説明を聞いていた是上将が、希のほうを向いた。「失礼した、上校。われわれの敵はかなり頭がいい。そいつらはわれわれの計画を知っていて、不快な選択を迫っている」

「いくつか手は打ってあります」威が話を続けた。「船舶の航行が多い航路には、哨戒機を飛ばしています。一度に全航路を見張るのは不可能ですが、撃沈された船があれば、水上艦よりも早く現場に到着し、うまくすると襲撃後の潜水艦を探知できるでしょう。たとえ撃沈できなくても、ソノブイを投下し、音響シグネチュアを記録できるかもしれません」

「つまり、やつらの次の銀行強盗を阻止することはできないが、運がよければ、逃走する犯人の車のナンバーを読み取れるかもしれないということだな」総後勤部部長叶欣《イェ・ジン》将軍が、不機嫌にいった。

「犯人の身許がわかればそれでいいのだ、将軍」陳刀《チェン・ダオ》中国国家主席は、作戦室で希がブリーフィングを始めたときからずっと、沈黙を続けていた。「わたしのところのエコノミストは、平均すると、中国が一日に必要とする輸入石油はタンカー一隻に相当するといっている。したがって、過去三十六時間で、十二日分の供給が失われたことになる」強い視線で一同をじろりと見まわした。「それを阻止できる気配すらない。そうなると、わが国の戦略備蓄にさらに大きな負担がかかる」

陳は立ちあがり、会議室の演壇へと進んだ。希があわてでどき、邪魔にならない隅で腰をおろした。「敵はわれわれの最大の弱点を正確に見抜き、そこを攻撃している。それは、われわれの必要とするものを変えるどころか、いやがうえにも強調している。〝演習〟は最大速度で進めよう。それによりわれわれの脆弱性が取り除かれる。敵にべつの考慮すべき材料をあたえることにもなる。

中国には、この襲撃がさらに拡大したとしても耐えられるだけの強さがある。経済プランナーに、さらなる損耗に備えるよう命じ、注意をそらされることなく、われわれが選んだ道を進もうではないか。

希上校、勤勉な作業をありがとう。敵の身許を確認する努力を倍加してくれ。それから、豹部長に、ただちに会いたいと伝えてくれ。いくつか訊きたいことがある。

蘇将軍、現時点では、ベトナムの仕業だということを示せないが、ベトナムが有罪であることを証明できた場合の計画を用意しておかなければならない。ベトナムの経済と軍、ことに潜水艦基地に、手痛い打撃をあたえるような計画を練ってくれ。しかしながら、〝演習〟に必要な部隊はいっさい使用してはならない」蘇がうなずいたが、不安な面持ちだった。

「威提督、演習の時間割を早められる方法がないかどうか、判断してくれ。できるだけ早く地歩を固めるにこしたことはない。きょうじゅうに報告をまとめてくれ」

陳主席が退席すると、委員たちは上の階へ戻った。威は少し希望が湧いた心地になった。計画があるし、役に立つようなことができる。

二〇一六年八月三十一日
南シナ海　海南島沖
攻撃原潜〈ノース・ダコタ〉

ミッチェルは、士官室でもじもじしながら、発令所に行きたい気持ちと戦っていた。シグペンと意見が合わなかったことや、シモニス司令に叱責されたことを、当直員たちは知っている。明るくなろうと努力したが、憤懣は消えていない。乗組員がその気持ちを感じ取り、緊張が高まるのではないかと思った。

バーニー・シグペンが、首を突っこんだ。士官室に艦長しかいないと見てとると、なかにはいってきて、コーヒーを注ぎ、ミッチェルの近くに座った。艦長に居心地が悪くなるほど近くはなかったが、なにを考えているのかがわかるくらいに近かった。

「最近のゴシップは、副長？」

「われわれがここでなにをやろうとしているのだろうと、乗組員の大部分が不思議に思っていますよ。機関員の一人が、うまいことをいいました。〝戦闘の危険はいっぱいあるのに、戦闘のお楽しみはちっともない〟。中国と戦争を始めるなんて、ベトナムは正気じゃないと、たいがいの乗組員が思っています」

「きみはどう思う、副長？」

シグペンが、溜息をついた。「艦長がまた命令を拡大解釈することにしたとき、なにが起きるかが心配です」

言葉を切り、反応を待ったが、ミッチェルがすぐには答えなかったので、シグペンは続けた。「本艦の乗組員は、みんなこういうことは未経験です。それでみんな神経質になっています。わたしも含めて。外部の非常事態にくわえて、艦長と副長がばらばらになるというのは、乗組員にとって、もっとも望ましくないことです」

「わたしがまちがっていたと思うのか？」ミッチェルは、対決している感じではないように、平静にいった。議論ではなく、話し合いをしたかった。

「正しいとか正しくないという話ではありません。艦長はあなただし、采配をふるうのは艦長です。しかし、命令の一言一句に違反していなくても、その真意には反していたと思います。あれをやった理由はわかりますし、うまくいってよかったと思います。誰も死なないほうがいい。ことにわたしたちは。でも、司令が本気で怒りました。お偉方は、わたしたちを遠ざけておきたいというのが、本音じゃないですかね」

しばらくして、ミッチェルはうなずいた。「もちろん、きみのいうとおりだ、わたしは、埒まで行ってもそれを越えずにすむと考えていた。だが、あとで考えると、埒を越えていたし、そう指摘したきみが正しかった。しかし、今後もそういうことが起きないとは約束できない」

シグペンが渋い顔をした。「そうなると、わたしの立場はどうなりますか？ああいうときに注意するのが、わたしの仕事ですが、わたしたちの意見が合わないのを乗組員に見られたくはない。ましてこういうときには」

「それも正しい」ミッチェルは答えた。「反対意見をきみがいうときには、真剣に聞くとわたしがいったら、それを信じるか？　わたしがつねに任務と艦の最善を願って行動するといったら？」

「もちろん信じます」シグペンが反射的に答えた。そして、きっぱりとつけくわえた。「疑いの余地なく、艦長」

ミッチェルは、笑みを浮かべた。「よし。疑うのは艦長の仕事だ。命令は司令によって〝明確化〟されたから、それに従うよう最善を尽くす。しかし、これが異様な状況だというきみの指摘も正しい。受けた指図を放棄しなければならないときには、きみの忠告を真剣に聞くが、決断を下すのはいつでもわたしだ」

「そして、それを実行するために、わたしは最善を尽くしますよ」シグペンが断言した。

「注記を書き加えたり、べつに日誌をつけたいのなら、それもかまわない。わたしのやってきたことのために、肥やしを投げつけられたときには、きみがそれを浴びないようにする」

「ありがとうございます、艦長。しかし、それはマイナス思考ですし、書類仕事はこれ以上ふやしたくないです。なんとかしのぎましょう」

シグペンが立ちあがって、コーヒーには手をつけずに出ていった。ミッチェルは、シグペンのいったことをよく考えた。ほんとうはなにも変わっていないのだが、それぞれの思いをぶつけられたのはよかった。それに、話しかけたのはシグペンのほうだった。いい副長をつけてもらったと、ミッチェルは実感した。

ミッチェルはいまでは、UUVのデータがダウンロードされるときには、かならず発令所にいるようにしていた。UUVは、四時間情報を収集しては報告するというサイクルで、集めたデータを衛星経由で送っていた。そのデータをすぐに見たかったし、情報が手にはいる瞬間を逃さないように、四時間ごとに危険を冒して浅い深度に浮上させていた。むろん、〈ノース・ダコタ〉はそのたびに位置を変えたし、付近に艦船がいないことを確認していた。通信マストを出せば、戦隊からの最新情報も受信できるし、付近の無線交信も嗅ぎ取れる。発令所に行く格好な口実が、三つあるわけだった。

シグペンが発令所の例の片隅でコヴェイ大尉となにやら作業してから、報告した。「艦長、これを見てください」不安げな声だった。

ミッチェルは明るい口調を心がけながら、そこへ行った。「やっとファーゴが給料なみの仕事をしたのか」

シグペンは笑わなかった。ただディスプレイを指差した。「また潜水艦です」

画面には、見慣れた線の組み合わせが映っていた——北のほうには、A地点からB地点へ行く商船のまっすぐな航跡が固まっている。ファーゴの描いている不規則な図形。そして、画面の南西の端から現われた、強調表示されている線が一本。一度西に折れてから、ふたたび北へとのびている。

「九十分前に軌跡《トラック》データが収集されました。その時点から再生しますよ。これが一時間十分前です」シグペンがボタンを押して、脇にどいた。

ミッチェルは、強調表示された線がのびてゆくのを見守った。早回しの再生にしても、動きが速すぎる。再生を一時停止し、データを読んだ。「一〇ノットで航走している。ディーゼル・エレクトリック艦じゃないな」

「われわれもそう結論しました」シグペンが答えた。「中国の原潜でもありません。ACINT（音響情報）をざっと調べたところ、アクラ型改だとわかりました。そうすると〈チャクラ〉にちがいない。インドがロシアからリースされている攻撃原潜です」

「インド？」あまりの衝撃に、ミッチェルは信じられない思いで、ディスプレイを見つめていた。

「一致するのはそれだけです。水測にシグネチュアを確認させましたが、ロシア艦ではありえません。ONI（海軍情報部）の最新データを調べましたが、ロシア太平洋艦隊のアクラ型はすべて港にいるか、当該作戦区域にいます。ですから、インドのアクラ型しか考えられません。そのあとも見てください」ボタンを押し、再生した。

その潜水艦は、もう一度小さく転舵し、商船の航跡に近づいた。コンピュータの助けを借りなくても、襲撃進路だとわかった。魚雷攻撃にうってつけの位置だ。距離が縮まるにつれて、ミッチェルは再生速度を三分の一に落とした。なにも気づいていない商船に潜水艦は忍び寄り、現代の魚雷にとっては至近距離といえる四〇〇〇ヤードから、魚雷四本を発射した。

跡が動かなくなり、襲撃された場所で途切れた。

襲撃を行なった潜水艦は、ターゲットから遠ざかり、西へ向かった。十分後に再生が終わったときもまた、UUVの哨区にいた。

ミッチェルがいま見たのは、襲撃訓練のシミュレーションかビデオゲームであってもおかしくないような画面だった。襲撃がもたらした破壊を想像して、背筋が寒くなったが、超然とした気持ちでもあった。これが現実であるのを意識するには、努力が必要だった。

「魚雷四本、四本命中。これは大きい獲物だな――」いい直した。「大きい獲物だったにちがいない。なんだかわかるか？」

「情報アップデートのおかげで。商船〈海豚座《ハイトウンズオ》〉、登録総トン数四万三七一八トン。タンカーで、中国の天津に向かっていたもようです。積荷は精製済みの石油製品七万五〇〇〇トン。中国船籍。艦長の推測どおりですね。でかいターゲットだから、魚雷を四本も使ったんです。一時間ほど前に遭難信号を途中まで発信しています。緊急位置表示電波発信機も作動しています。生存者や乗組員数についての情報はありません」

ミッチェルは、生存の見込みを推定しようとした。超大型タンカーだから、かなりの損害に耐えられる。どこに魚雷が当たったかによるが、乗組員は着弾の場所から数十メートルもしくは一〇〇メートルほど離れていたかもしれない。しかし、乗組員居住区はスクリューの上だ。スクリューの起こす波を探知する航跡自動追尾式《ウエーキ・ホーミング》のロシア製魚雷だったとすると……。それは自分が気に病むことではない。「戦隊からの情報アップデートにこのことはなにか含まれていたか？」

シグペンが答えた。「いいえ。ですから、われわれが分析しているんです。ファーゴのセンサーの記録は、向こうも同時に受信しているはずなんですが――」時刻を確認した。「十五分前に」

ミッチェルは、思わず笑いそうになった。「それで、戦隊のほうがこれを軽く見ていると思っているのか？」

「戦隊が分析しなければならない情報は、これだけではありませんからね、艦長。これが局地的状況だとすれば、あっちが大きな全体像です」右舷ＶＬＳＤを示した。画像が狭い範囲から南シナ海すべてを含めた全域に拡大された。航路に数十、いや数百のシンボルが表示され、岸に沿って動き、さまざまな海峡を通っていた。太い帯をなしている船舶の航跡が、中央をまっすぐにのびている。その帯は、ベトナム沿岸近くの南西から、台湾の南を通り、北東に向けて進んでいた。

その航路に点々と赤い円があり、それぞれに時刻が記されていた。ミッチェルが見たかぎりでは四カ所にあり、一カ所は〈海豚座〉が撃沈された場所と一致していた。

「八時間でこんなに？」ミッチェルは、信じられないというように訊いた。南シナ海から台湾の南まで、かなり広い範囲に及んでいる。がっかりしてミッチェルは首をふった。襲撃ですでに十二隻が失われた。あきらめの態《てい》でいった。「もうこれは戦争だ。われわれが座視しているあいだに、十二隻も沈められた」ミッチェルの憤懣《ふんまん》が、シグペンに聞き取れた。

ミッチェルは、襲撃された船舶の情報を詳しく見ていった。データを搾《しぼ》り出せるような共通点があるかもしれない。

それほど苦労せずに見つかった。「これを見ろ。全部タンカーで、目的地は中国の港だった」

「つまり石油をどっさり積んでいた」シグペンが続けた。

「とにかく意図はわかった」ミッチェルはいった。「中国の石油輸入を遮断するつもりだ。これはたいへんな事態になるぞ」

二〇一六年八月三十一日　〇四一五時（東部夏時間）
ワシントンDC　ジョージタウン

レイ・カークパトリックは、ジョアンナ・パターソンの自宅に電話をかけた。説明の必要はなかったし、携帯電話で詳しい話をするわけにはいかなかった。また、ひじょうに長い一日で、もう午前三時だったことも、考慮されていなかった。

ジョアンナが着替えて、楽しげに眠っている夫にさよならのキスをしたころに、迎えの車が来た。もちろん道路はがらがらに空いていた。十分間、車に乗っているあいだに、ジョアンナはスマートフォンを確認し、ぼうっとした頭をはっきりさせた。

その十分後、ジョアンナはホワイトハウスの危機管理室にいた。カークパトリックは、挨拶も省いた。「一時間前に、太平洋でＤＥＦＣＯＮ（防衛準備態勢）Ⅲを発令した。演習はすべて中止された。分遣されていた兵員は、原隊に呼び戻された。一人残らず。大統領は命令を下してから、ベッドに戻った。でも、あまり眠れないだろう。きみが退勤したあと、三隻が撃沈された」

「アメリカ船籍の船への攻撃はあったの？」

「いや、中国の港に向かっていた、中国船籍、中国企業所有のタンカーのみだ。だから、市場があいたら原油価格が三倍になるということはないだろう。もちろん値上がりするだろうが、それはわれわれの考える問題ではない。

それに、率直にいって、ＤＥＦＣＯＮⅢになってほっとしている」カークパトリックは、さりげなくそういった。「そのほうがわれわれは対応しやすいし、国際社会にもそれがわかる。だが、悪い報せがある。インドがパーティにくわわった」

コーヒーを注いでいたジョアンナは、ポットを落としそうになった。少しこぼしてしまい、答える前に注意深くポットを置かなければならなかった。「インド政府は、南シナ海についいて近ごろなにも声明を出していないと思うけど」

「一つも出していない」カークパトリックが、落ち着いた口調でいった。「ついていたといえるのかな。〈ノース・ダコタ〉のUUVの最新センサー・データが、〈チャクラ〉による中国タンカー撃沈を記録していた。時間があれば、あとでデータを出して見るといい。そんな時間はないだろうね。SUBRON15は、分析は九五パーセントまちがいないといっている、ミッチェル中佐の乗組員も、おなじ結論に達している。でも、わざわざ来てもらった理由は、ほかにある」

ジョアンナは、インドが危機に関与していることがどう影響するかを、頭のなかで分析しはじめていたところだった。「それよりも悪いことなんてあるの?」

南シナ海と東シナ海の海図の画面を、カークパトリックが指差した。潜水艦四席の哨区が表示されている。「東シナ海のドブソン中佐の〈オクラホマ・シティ〉が、不穏な聴知報告を送信し、SUBRON15がさきほどそれを転送してきた。〈オクラホマ・シティ〉は、きわめてかすかな水中コンタクトを捉え、もう一時間も接近して詳しく調べようとしている。識別される前に、コンタクトは移動したが、中国艦やベトナムのキロ型よりもずっと静かだと、ドブソン中佐は確信している」

「失探したの?」ジョアンナは驚いた。ロサンゼルス級攻撃原潜は、きわめて高性能のソナー機器を装備しているし、ディーゼル・エレクトリック艦なら数時間で電池が切れるような速力で静寂に航走できる。

「ああ、まだ捜索している」カークパトリックは説明した。「それだけじゃない。シモニス司令によれば、ドブソンはカンカンに怒っているらしい。失探したことなどないからだ。さらに重要なのは、これが最初の兆候で……」

息を切らしている海軍士官が二人に近づき、少し手前で立ちどまって、カークパトリックに、一枚のプリントアウトを渡した。「また撃沈です」士官がいい添えた。「タンカー〈大明湖《ダーミンフー》〉、登録総トン数八万四八五五トン、台湾の北の温州沖です」

「ドブソンの哨戒区域ね」ジョアンナはいった。

「もっとも北で起きた、最初の撃沈でもある。ほら」カークパトリックはそういいながら、中国の各艦隊の管区を示した。「それに、東海艦隊の管区で最初の事件だ」

「つまり、ベトナムと……インドが、南西を受け持ち、べつの何者かが北東を？」ジョアンナは、疑問を投げた。

「モンゴルに潜水艦はあったかな？」

「冗談をいっている場合じゃないでしょう」ジョアンナは叱りつけた。

「インドだって似たようなものだ」カークパトリックがいい返した。「そしていま、べつの何者かが？　ベトナムが戦っている理由すら、まだわかっていない。インドとベトナムの共通点は、どちらも中国を脅威と見なしていることだ。ほかに中国を嫌っている国は？」

「数え切れないくらいよ」ジョアンナは答えた。

「たしかに」カークパトリックはむずかしい顔をして、もう一度質問を投げた。「増えた当事国《プレイヤー》は、一カ国とはかぎらないだろう？」

ジョアンナは、わかり切った答えをいう気にならなかった。五里霧中なのが腹立たしく、この先どうなるのか、不安だった。いまの状況がわからないと、どういう結果になるかが予想できない。

撃沈されたばかりのタンカーのことを考えた。プリントアウトには、登録総トン数八万四八五五トン、載貨重量トン数一六万トンとあった。載貨重量トン数は、商船の貨物を積む能力を示す数字だ。

環境問題に何年も取り組んで得た知識が蘇った。一トンあたりの原油は七バレル強。つまり一〇〇万バレル以上もの原油が、東シナ海に流出する恐れがある。卓越風により、太平洋に流れる……。

「どうしてきみを呼んだか、わかるだろう」カークパトリックがいった。「危機対策チームを編成する。むろんきみが指揮をとる。もう国務省、国防総省、ＣＩＡに報告書を出すよう通達した。低レベルではない報告をな。それから、経済会議の顧問も何人か引き抜いてくれ。中国がどれほど痛みを感じているかを知る必要がある。ほかに必要な人材があるようなら、わたしに断わらないで引き抜き、あとで教えてくれればいい」

前にもやったことがあると、ジョアンナは自分にいい聞かせた。それでも寒けをおぼえた。戦争が勃発しかけているのに、どの国がどういう理由で戦っているのかが定かでない。そして、自分がその答えを見つけなければならない。

「わたしの任務は、アメリカの政策を主導する選択肢を大統領に示すことだ。いまのアメリカにとって最善の政策は、実情をしっかりと把握することだと、確信している」カークパトリックは溜息をついて、コーヒーをごくごくと飲んだ。

「徹夜だったのね？」ジョアンナは訊いた。

「ああ。それに、〇七〇〇時には大統領へのブリーフィングがある。ということは」腕時計をちらりと見た。「大統領に示す情報提案を書きあげるのに、三時間もない。こそこそとやる必要はない。国際社会はすぐにタンカー撃沈に反応しはじめるだろう。みんなを起こし、役に立つと思う政府職員に連絡すればいい。わたしは〇六三〇時に戻ってくる」

「少しは眠れるといいわね」

「眠れないよ。こっちも人材を発掘した。なにか役に立つことを彼らがつかんでいるようなら、きみに真っ先に報せる」

9 情勢

二〇一六年八月三十一日 〇七〇〇時（東部夏時間）
CNNヘッドライン・ニュース

CNNの朝の番組で、アンカー二人は精いっぱい沈痛な顔を装っていた。このニュースに明るい顔はそぐわない。「中国沿海で戦争が勃発しました。これまでのところ、一方的で、なおかつ秘密の戦争です」

恐ろしくはあるが、目を奪われる画像が映し出された。「これは中国船籍で中国企業が所有するタンカー〈海豚座〉です。一〇〇万バレル以上の原油を積んで、ペルシャ湾から上海に向かっていました」巨大な船がまっぷたつになり、広い海の水面で大きく傾いていた。一〇〇メートルの範囲にひろがったどす黒い油膜が燃えて、どちらの部分も炎に包まれていた。大きく裂けた船体のなかほどが海に沈み、船首と船尾が持ちあがって、赤い下半分が見えている。船首側も船尾側も、白い上部構造が焼け焦げ、煤《すす》けていた。ぼろぼろの船体をなかば隠している黒煙を避けて、救助船数隻が風上で待機している。

「現地時間で日の出の直前に、〈海豚座〉はすさまじい爆発に見舞われ、炎上して沈没しました。通常、こうした大惨事は調査が行なわれて、原因が特定されるものですが、これは一件だけ独立した事件ではありませんでした」

燃えるタンカーから地図に、画面が変わった。海南島の西にある小さな炎のシンボルが、タンカーの位置を示していた。その地図のべつの場所にも、炎のシンボルが現われた。

「四十時間前から十二隻を超える商船が、爆発して沈没し、助けを求める無線があちこちで聞かれました。すべて中国船籍のタンカーでした。海事専門家はいずれも、何者かが中国のタンカーを魚雷攻撃しはじめたと断定しています」

船体の船首寄りに赤い斜めの帯が描かれた一隻の白い救助船に、画像が変わった。「海での捜索救難を担当する中国海事局は、全艦艇を動員して、遭難した船の救助に向かっています。いずれも大惨事になっています。それとはべつの組織である中国海警局も救助を支援するとともに、中国船への防衛強化を急いでいます。

他の商船も何隻か遭難船に接近して救助を行なおうとしましたが、火災がひどい場合が多く、また乗組員の多くの怪我は一般の船の救護室で対応できる性質のものではありません。これまでの攻撃で少なくとも七十人の商船員が死亡もしくは行方不明で、負傷者はその倍にのぼります」

ヘリコプターから運び出される車輪つき担架《ストレッチャー》の映像が、軍幹部を左右に従えて座っている中国政府高官の映像に変わった。画面の下を漢字が流れていた。「中国政府はタンカー撃沈を〝テロリズム〟であると非難しましたが、攻撃したのが何者であるかは明らかにせず、また明らかにしない理由の説明も拒んでいます。中国国連大使もコメントを拒否し、中国の今後の対応についての推測も語ろうとしません。撃沈の真犯人を名指ししないのは、中国がまだ真犯人を突き止めていないからであるとしか考えようがありません。

保険料がすでに値上げされましたが、これまでのところはこのあらたな戦域に向かう船のみが対象とされています。また、一時間前にロイズ保険組合は、中国船籍もしくは中国企業が保有する船舶の保険は引き受けないと発表しました。

この交戦状態の目的ははっきりしています。世界最大の国とその急成長する経済を、石油不足に陥らせることです。中国の権益に対するサイバー攻撃や中国の製油所への破壊工作など、他の手段が実効されているとの噂がありますが、確認されておりません」

ロイズ保険組合のロゴが、艦隊を組んで航走する中国軍艦の映像に変わった。「中国は〝テロリズム〟だとしていますが、たとえ一隻でも潜水艦を運用できる資源を有するテロ組織は、いまのところ皆無ですし、海事専門家は、この規模の攻撃には数隻が必要だと意見が一致しています。アメリカ海軍は、この謎の潜水艦の身許を推測することを拒み、攻撃を行なったことはないとはっきり否定しました。南シナ海に潜水艦を展開しているかどうかを、アメリカ海軍が認めることはないでしょう。ホワイトハウスは本日、これに関する声明を発表する準備をしています」

大破したタンカーの映像が戻った。「〈海豚座〉の場合、乗組員は遭難信号を発信でき、緊急位置表示ビーコンが作動していたので、救助船が比較的早く到着しました」ヘリコプターがホバリングして、鮮やかなオレンジ色の救命筏に吊り索がおろされているほうに、カメラが向けられた。

「乗組員二十三人の半数以上が救助されましたが、三人が死亡、五人が行方不明です。卓越風と潮流によって、油膜が一日か二日後に雷州半島に到着するものと思われます。

けさの時点では、中国は幽霊潜水艦艦隊との戦争に負けつつあります。攻撃を阻止できるか、敵を識別できるかは、今後のことになります。展開の速いこの危機を、これからも注意深く見守りましょう。攻撃された全船舶の情報は、ウェブサイトでご覧ください」

二〇一六年八月三十一日　〇九〇〇時（東部夏時間）
ノバスコシア州　ハリファックス
海辺荘

マックは、タンカー撃沈についての記事をすべて、あらたな枝ブログにまとめて移した。すさまじい量の送受信にがむしゃらに対応しようとして、すべてのプロジェクトを棚上げにした。アップしたのは、撃沈のニュースだけではない。二十四時間に十一隻が撃沈されたが、最初の三隻のあと、マックはオンライン・データベースを立ちあげて、位置、身許、死傷者などの信頼できる情報を書きこんだ。

公式な情報のみを使い、徹底的に吟味してからアップするように気をつけた。中国政府が正直に事実を述べるとはかぎらないからだ。

宣戦布告はなされていなかったが、事実はすでに戦禍の様相を呈していた。海事関係者のあいだで悪評が高いことが、マックには不利に働いていた。ブログに貢献しようと思っている者たちが、怒濤のように噂を送ってきたからだ。たいがいの人間は、自分のデータが古かったり、不正確だったり、まったくまちがっていたと知って、がっかりした。自分の情報は〝内部の情報源〟から聞き出したとか、〝事情通からヒントを得た推理〟だと主張し、正確だと確信している者もいた。こういった向きは、〝ノー〟という返事は受け付けず、狭量だとか偏見があると、マックを非難した。一人などは、中国に買収されていると非難した！　マックは電子メールで情報をきちんとやりとりするのは好きだったが、これはきちんとしたやりとりとはいえない。

それでも、電子メールを読んで返事をするのをやめられなかった。たまに貴重な情報もある。中国の造船所の火災は、地元マスコミにより間接的に確認された。ロイズの連絡相手は、中国のタンカーへの保険引き受け見合わせを発表することを許可した。それをクリスティーンに電話で教えて感謝されたが、その直後にCNNにもおなじ情報が届いた。

マックは、またクリスティーンに電話していた。めったに局内にいないので、携帯電話の番号を教わっていた。「マック！」クリスティーンは忙しそうだったが、よろこんでいた。「海辺荘から、今度はどんなニュース？」と冗談をいった。

「〈ヴィナシップ・シー〉のことだ」

「先週の話よ、マック」クリスティーンは、少しがっかりしたようだった。「きょうのニュースを見ていないの？」

「それに尾鰭《おひれ》をつけたいわけじゃない」マックは憤慨したふりをしたが、おたがいに冗談だとわかっていた。「つながりがあるんだ、クリスティーン」

「そう？　わたしは専門家じゃないけど、〈ヴィナシップ・シー〉はベトナム船だし、タンカーじゃなかった」

「こっちの話を聞いてくれ」マックは早口にいった。「アジアに何人か情報源がいて、中国のブログやウェブサイトでリークされた情報を教えてくれる。政府や情報部が故意にリークしている可能性が高い。それによれば、〈ヴィナシップ・シー〉のほんとうの積荷は、地対空ミサイル、高射砲、弾薬などで、スプラトリー諸島へ運ぼうとしていたというんだ」

「それで爆発が大きかったのは説明できる」クリスティーンが、うれしそうにいった。

「それはつじつまが合うが、もっと重要なのはその目的地だ」マックは説明した。「新情報をもとに、目的地への進路を引いてみると、沈められた場所がその線上にあるとわかった。つまり、同船が魚雷で沈められたのだとすると、ほんとうの目的地を知っていた者がやったことになる」

「そして、中国は知っていた」クリスティーンが、結論をいった。「要するに、われわれがその船を沈めたと、中国はいっているわけね？」

「間接的にそういっていることになる。スプラトリー諸島の領有権を巡って、ベトナムと中国と他の数カ国が争っている。ベトナムがそこをひそかに武装化しようとしていて、中国がそれをひそかに阻止することを決断したとも考えられる。そして、いまになって中国はその情報をひろめようとしている」

「つまり、タンカー攻撃はベトナムの報復ということ？」クリスティーンが、疑うように訊き返した。「一隻やられただけにしては、大がかりな復讐よね」

「それに、ベトナム海軍だけでは、あれだけの船を撃沈するのは無理だ。ディーゼル・エレクトリック潜水艦が、三隻しかない。分析してみたんだが、三隻ではこれだけのことはできない」

「つまり、ベトナムとその他の国の海軍が力を合わせて、タンカーを撃沈し、中国経済に損害をあたえようとしている可能性が高い」クリスティーンが言葉を切り、こういった。「それじゃ、強力な見出しにはならない」

「五分前よりも知識が豊かになったはずだよ」と、マックは反論した。「これはどう？　秘密の国際協同謀議、対中国で連携」

「そのほうが少しはましね。急がないといけないけど、次の一時間ごとの詳報に入れられると思う。わかっていることをメールで送って。名前が載るようにするから」
マックは、キイを一つ押した。「送ったよ」

二〇一六年八月三十一日　一一五五時（東部夏時間）
バージニア州　アーリントン
地下鉄　ペンタゴン・シティ駅

ローウェル・ハーディ上院議員は、ペンタゴン・シティ駅でイエロー・ラインの地下鉄をおりて、気乗りしないままエスカレーターに乗って地上に向かった。八月のワシントンDCの濃密な熱気が、傾斜のきついエスカレーターを伝わって流れ落ちてきた。店は通りを渡った四ブロック先だと思い、ハーディは我慢した。

〈シネ・アイリッシュ・パブ〉は待ち合わせの場所にはうってつけだが、ハーディが選んだのではなかった。アイルランド風をよそおったうまい食事と、まずまずのアイリッシュ・ビールを出す。あまりやかましくないので話ができるし、静かすぎて目につく恐れもない。

スパイめいたその考えを抑えこんだが、なにしろ謎めいたメッセージだった。おなじ潜水艦乗りで、ジェリー・ミッチェルの友人だと称する人物が、会いたいといってきた。急を要する要件だからと、正午に〈シネ〉で会おうという。名前はなく、連絡できる電話番号だけが書かれていた。勘定はどっち持ちなのだろうと、ふと思った。

赤いカーネーションをラペルに差せとは書いてなかったので、ハーディはそのまま店にはいり、相手が来るのを待った。誰も挨拶をしなかったが、席への案内を待つ列ができていたので、そこにならんだ。自分の順番が来ると、尋ねた。「ハーディで正午に予約しているんだが」

「かしこまりました」明るい声で、女性の案内係が答えた。「お連れさまはもういらしています」

案内されてボックス席へ行くと、一人の男が待っていた。四十代後半か、五十代はじめらしいと、ハーディは判断した。引き締まった体つきで、髪はブロンド、大きな丸顔に〝ロシア人！〟と書いてある。ジーンズとポロシャツ姿だが、変装だというのがみえみえだ。ハーディは不安になったが、いまさらあともどりはできない。

案内係が去ると、見知らぬ男は手を差し出した。ハーディが反射的に手を握ると、男が自己紹介した。「ローウェル・ハーディ上院議員、アレクセイ・イーゴリヴィッチ・ペトロフです」英語に少しなまりがあった。「おいでいただいて、感謝しています」

二人は腰をおろした。ハーディの頭脳はめまぐるしく働いていた。ワシントンDCでは長いので、スパイ・ストーリーがすべて作り事ではないことは知っているが、なんの前触れもなくロシア人と会うことになろうとは？　メッセージには、〝元潜水艦乗り〟とあった。それと、ペトロフという名前が、古い記憶を掻き立てた。それに、ジェリー・ミッチェルの友人だという。

ハーディが名前と記憶を結びつけるあいだ、ペトロフは黙然と座っていた。ようやくハーディはいった。「〈セヴェロドヴィンスク〉の艦長？」

ペトロフが、重々しくうなずいた。「元艦長です。最初にして最後の航海でした。あなたとはお目にかかったことがありませんでしたが、ジェリーがしじゅうあなたの話をします。あなた電子メールをやりとりしているのですが、あなたが上院議員になられたときには、ジェリーはたいそう鼻高々でしたよ。それに、ジェリーも艦長になりましたね」

「ええ、艦長交替式に出席しました」

「いい艦長になるでしょう」ペトロフは、頬をゆるめた。「もっとも、わたしはそんなことをいえる立場ではないが」

「ジェリーが、ロシア海軍はあなたを罰せずに退役させたといっていました」

「艦長を解任され、乗組員十八人を失ったことが、充分過ぎる罰です」ペトロフが、そっと答えた。「わたしも生き残った乗組員も、ラドル艦長とジェリーと、〈シーウルフ〉の乗組員への感謝の気持ちを忘れません」笑みを浮かべてはいたが、目のまわりの皺が憂愁を漂わせていた。

ペトロフが、そういう気分をふり払い、居住まいを正した。「退役してからも、海軍や潜水艦とは密接なつながりを続けています。いまはサンクトペテルブルクの海軍工廠で軍艦造船技師の仕事をしています。アメリカ海軍の友人たちのことを政府は知っていますし、その仕事を持ちかけられたときには、よろこんで引き受けました。お伝えしたいことがあります。公式の連絡ではないですが、この会見は政府の最高指導部の承認を得ています」

ハーディはすでに、ペトロフの言葉を額面どおりに受けとめる肚を決めていた。ジェリーは、ペトロフのことを褒めていた。ジェリーの判断はこれまでずっと信じてきた。だが、ハーディは慎重に言葉を選んだ。「そちらの外務省からこちらの国務省に伝えるのに、差しつかえがあることですね？」

ペトロフが答えるひまはなかった。ウェイトレスが来たので、ハーディはうわの空でハンバーガーとアイスティーを頼んだ。

ウェイトレスが離れてゆくと、ペトロフが説明した。「外務省とも国務省とも関係ありません。その両方が知らないほうがいいことです。じつは、日本の海上自衛隊内部から得た情報が含まれています」

ハーディが驚きの色を隠せなかったので、ペトロフはしばし間を置いて、すまなそうに続けた。「ふつうなら、この手の情報をあなたがたに教えることはないというのは、おわかりですね。しかし、この切迫した事態では、われわれの利害が一致します」

そんなに重要なこととはなんだろうと、ハーディは怪訝に思った。そこで、朝のニュースのヘッドラインを思い出した。「これはもしかして……」いいよどんだ。「中国周辺の海域に関係があることですか？」

ペトロフが身を乗り出し、小声ではあったが、はっきりといった。「日本、韓国、インド、ベトナムが、中国経済を傷つけるための秘密軍事同盟を結びました。四カ国が潜水艦で中国商船を沈め、中国海軍が邪魔をすれば、軍艦も攻撃するつもりでいます」

ハーディは、アイスティーを飲もうとしていた。さいわい、ペトロフの爆弾発言は、飲みはじめる前に耳に届いた。ハーディは急いでグラスを置いた。さまざまな可能性が頭のなかを駆け巡っていた。「巧妙だな。隠し通すことができれば、中国はどこに反撃すればいいのかがわからない」

「そのとおり」ペトロフが答えた。「それに、中国が知ったとしても、韓国と日本は、アメリカの同盟国だから、アメリカは共同防衛にまわらざるをえない。同盟を永遠に隠せはしないが、ある程度の期間あばかれなければ、とてつもない損害をあたえることができる」

「その情報源は、ベトナムその他の国がこういうことをやる理由をいいましたか？」

ペトロフが、首をふった。「わたしもおなじ質問をしましたよ。〝中国の脅威が差し迫っている〟という言葉が返ってきただけです。中国といま戦わないと、いずれ戦わざるをえなくなったとき、中国がもっと強大になるはずだから、ほかに方法はない、と考えているのかもしれません」笑みを浮かべた。「アメリカの中国と対決する意欲を、あまり高く買っていないということもあるようです」

ハーディは、その評価には答えなかった。「それを突き止めたら、中国は激怒するでしょうね」といってから、口をつぐんだ。ランチの席で友人とヘッドラインの話をしているのではない。この男は、外国勢力の非公式の秘密特使なのだ。「情報の信頼性には自信を持っておられると想定してかまいませんね」

ペトロフが、無言でうなずいた。

「この会見のあと、この情報は政府の情報機関にすぐに伝えます」

「政策決定集団《デシジョン・メイカーズ》にじかに伝えていただいたほうがありがたいですね。CIAはそうするだろうし、そうすべきです。ご令室のパターソン博士は、国家安全保障問題担当大統領副補佐官と緊密に仕事をしておられるようですね。査問が終わったあとで、一度お会いしたことがあります。よろしくお伝えください」

「提案はよく考えますが、約束はできません」と、ハーディは答えた。「それに、情報を伝えたあと、それがどこへ伝わるかも、約束できません」

「大統領に伝わるといいですね」ペトロフが答えた。「それに、条件は出しませんよ。でも、情報は事実だと確信しています。これをあなたがたの指導者に伝えるのが、わたしたちにとって最善でもある。ロシアは中国と長い国境を接しています。〝隣りの家が火事になったら、自分の家屋敷に注意しなければならない〟」

「ロシアの諺ですか？」ハーディは訊いた。

「じつは中国の諺です」

ハーディは笑ったが、相手の心境はわかった。内密に伝えれば、ロシアがあからさまにアメリカに協力したと見られることはない。

「この情報を裏付けるようなものは、なにかありませんか？」

ペトロフは、一瞬不思議そうな顔をしたが、やがてこういった。「目につく証拠がほしいのであれば、日本、ベトナム、韓国の今後数日の反応を見守ればいいのではありませんか。いずれも迅速かつ効率的に対応するはずですよ。事前に知っていたことだし、情報を共有していますからね。

それと、謝らなければなりません。わたしが選ばれたのは、アメリカ海軍に人脈があるからなのです。まずラドル艦長に連絡をとろうかと思ったのですが、もう退役していました。オハイオで歴史の先生をやっているようです」

ハーディはうなずき、笑った。「トムはストレスのすくない仕事がしたかったんですよ。しかし、ハイスクールの若者たちでむんむんする教室がそういえるのか、わたしにはわかりません。学校でトムは、ＮＪＲＯＴＣ（海軍幼年予備役士官養成課程）も担当していますよ」

「彼に会えなくてがっかりしています。連絡をとる機会があったら、たいへん尊敬していることと、ご多幸を祈っているとお伝えください。ミッチェル中佐にも。〈ノース・ダコタ〉

がハワイに配属されているのは知っています。彼に会うのは無理なので、パターソン博士かあなたに伝えようと思いました。ご令室はいまたいへんお忙しいようですね。連絡がつきませんでした」

ジョアンナがなにに取り組んでいるかを、ハーディは説明しなかった。「べつだん傷ついていませんよ。みんなとおなじように見られて、うれしいかぎりです」

「よかった。それから、もう一つ」ハードカバーの本を差しあげた。「最近の太平洋があまりニュース種になっているので、ヒースロー空港でここへ来る乗り換えの便を待つあいだに、これを見つけました」その本を、ハーディのほうに滑らせた。離れてみると表紙は濃紺に見えたが、じつはアジアと太平洋の地図だった。金字の題名は『アジアのための海軍』、著者は狛村左陣。

ペトロフがいった。「飛行機で読みましたが、いろいろなことを教えてくれますよ」

二〇一六年八月三十一日　一四一五時（東部夏時間）
ワシントンDC
ホワイトハウス

二人は、カークパトリックのオフィスで待った。

「〈シネ〉でランチしたのに、わたしを呼んでくれなかったの？」ジョアンナは怒り、傷ついているようだった。本気なのかどうか、ハーディにはわからなかった。まともに答えることにした。

「呼べるわけがないよ。それに、忙しかったんだろう？」と、ハーディはいい返した。

「ええ、それでいつものターキー・サンドイッチを食べたの。ホワイトハウスの厨房の出す料理ばかり食べているのよ」不服そうな声だった。「せめて電話して訊いてくれれば、あなたをふることができたのに」

「どういう会見か、見当がつかなかったんだ——まったくわからなかった。まさかアレックス・ペトロフが来るなんて、夢にも思わなかった」

「再会できたら、うれしかったのに」

「めだたないようにしなければならなかったんだよ。きみはすぐに騒いだり、ハグしたりするだろう。ジェリーのときみたいに」

「その話、聞いたの？」ジョアンナは、びっくりした。「戦隊ブリーフィングでの？　グアムの？」

「狭い世界なんだ。噂がすぐにひろまる」ハーディは、さりげなくいった。

ジョアンナが、肩をすくめた。「まあね。ハグは好きよ」

「きみのいいところの一つだけどね」

レイ・カークパトリックが、ドアから首を突き出した。「大統領がお待ちだ」

短い距離だったが、三人とも早足になった。ハーディは、注意を集中しようとした。オーバル・オフィスにはいるのは、これが最初ではないが、この午後に来るのは予定外だった。空気が少し薄いように思えた――頭がぼうっとするのは、そのせいだろうか。

オーバル・オフィスは混み合っていた。マイルズ大統領とミルト・アルバレス首席補佐官のほかに、アンディ・ロイド国務長官、グレッグ・アレグザンダー国家情報長官も待っていた。いずれも険しい顔をしている。

三人が戸口をくぐったとたんに、マイルズが出迎えた。「ジョアンナ、ハーディ上院議員……ローウェル」ファーストネームにいい直して、二人と握手をした。「またもや貴重な働きをしてくれたな」

「ロシア側からわたしに接触したんです、大統領。わたしの働きではありませんよ」

「しかし、彼らがパスしたボールをみごとに運んだ。さあ、かけてくれ」マイルズが中央のソファ二脚を示した。マイルズとハーディが一脚にならんで座り、アレグザンダーとジョアンナがもう一脚に腰をおろした。ロイドが座るスペースも充分にあったが、立ったままだった。歩きまわりたいようだったが、我慢していた。

アレグザンダーがいった。「CIAがいま、きみが受け取った本に挟んであったCDを調べている。ペトロフがいった情報源からの報告が収められていた。ペトロフの話と一致し、名称もわかった。〝沿岸同盟〟だ。それから、その同盟の予定も少しわかった。ただ、彼らがひどく懸念している〝差し迫った脅威〟については、あまりわかっていない」

「差し迫ったというのは、近々あるということだろう？　中国がやるとそれらの国が縮みあがるようなこととは、いったいなんだろう？」マイルズが問いかけた。

「その言葉も合っているのかどうか」ロイドがぶつぶついった。「報告はロシア語ですが、日本語を訳したにちがいないし、英語に重訳しているわけですからね」

アレグザンダーは、ロイドの意見を黙殺して、大統領の質問に答えた。「中国が近々やることで、われわれが知っているのは、南シナ海での大規模演習だけです。ベトナムはそれを懸念して、中国空母を機雷攻撃したわけですよ」

カークパトリックが、ちがう表現を使った。「〝警戒して〟というべきでしょう、大統領。それに、ベトナムが知ったなにかが、他の三カ国を秘密戦争に引きこむ説得材料になったんです」

「演習のほかにどんな重大なことが進められているのかを、なんとか調べあげなければならない」アレグザンダーが断言した。「演習はどんなときでも、牽制や隠れ蓑に使われる可能性がありますからね」

「アンディ、上院議員に訊きたいことはあるか？」マイルズが促した。

ロイドは、即座に首をふった。「いいえ。ありません。きょうはほんとうにお手数をおかけしました、上院議員」

ハーディがうなずきで応じると、ロイドは話を続けた。「ロシアは当然の手を打ったのだと思いますね。われわれとおなじように、中国が戦争をすることは、なんとしても避けたいはずです。中国国内の状況が悪化すれば、難民問題だけでも、ロシアには甚大な影響があります。

日本と韓国は同盟国だし、台湾とは安全保障上の取り決めがあるから、われわれのほうが東アジアでの影響力は大きい。この警告をきっかけに、危機を制御するよう努力し、アメリカ人の安全を護れる態勢をとりましょう。わが国の関与を制限しつつ」

「それがきみの提言だな、アンディ？」大統領は訊いた。

「煎じ詰めれば、そういうことになります。スタッフが最終提言をまとめているところですが、わたしの経験では、そんなところです。戦争はつねに、始めた当事国が見こんでいた期間よりも長引くもので、長引けばそれだけ拡大します。北朝鮮がこの事態に乗じようとしたら、どうなるでしょう？　台湾は巻きこまれることを望まなくても、巻きこまれるかもしれない。それに、戦争は中国経済に大きな負担になります。中国経済が脆弱なのをわれわれは知っています。この〝沿岸同盟〟は、その支柱を蝕むでしょう」

マイルズは、両手を差しあげた。「疑問は数多く、情報は数少ない。この会議の肝心な議題は、コネティカット州選出の高潔な上院議員が届けてくれた、ロシアの親書だ」

ハーディのほうを向いた。「親書の性質からして、みんなはメッセンジャーにいいたいことがあるだろう。しかし、ロシアは自分たちが事実だと思っている情報を提供してくれたのだと、わたしは納得している」大統領が立ちあがると、全員が立った。マイルズは、もう一度ハーディの手を握った。「ローウェル、友人が必要になったら、いつでもここにいるよ」

「ありがとうございます。一つだけ質問が」ちょっと向きを変えて、グレッグ・アレグザンダーに訊いた。「ＣＩＡの研究所は、もう本の分析を終えたでしょう？」

アレグザンダーが、一瞬驚いた顔をしたが、すぐに答えた。「わかっているよ。アレックス・ペトロフからの贈り物だから、研究所がめった切りにしないように気を配るが、終わるまで二、三日かかるだろう。それでいいかな？」

「結構です。ただ、本のほうも読みたいので」

「それじゃ、一冊買えばいいじゃないか」アレグザンダーが、にやにや笑いながらいった。

マイルズ大統領がいった。「ジョアンナ、すぐに戻ってきてくれ。まだ話し合うことがある」

大統領のほのめかしていることを悟って、ジョアンナは夫とともに出てゆき、あとの一同はまた着席した。

ドアが閉まるのを待って、マイルズはアレグザンダーに訊いた。「ペトロフは、いまなにをしているかな？」

アレグザンダーは時計を見た。「ハーディの報告を受けてから、二時間と少したっています。ペトロフはけさ、外交官ビザでダレス空港に到着しました。クリスタル・シティ近辺をざっと調べましたが、見つかりませんでした。大使館には寄っておらず、今夜、九時四十五分にダレス空港を発つ予定です。もっと事情を聞きますか？　なんなら空港で拘束できますが」

「拘束だと？　気は確かか？」マイルズは大声をあげた。「だめだ。その逆だ。ダレス空港に誰か行かせて、ペトロフがなんの問題もなく帰りの便に乗れるように気を配れ。運輸保安局が妙なまねをしたり、無作為の検査をしたりしないようにするんだ。ペトロフには、ステーキ・ディナーの借りができた。せめてすんなりと帰国できるようにしてやれ」

数分後にジョアンナ・パターソンが、書類をどっさり抱えて戻ってきた。それをカークパトリックに渡して、椅子に座った。書類に目を通しながら、カークパトリックがいった。

「どうぞ、ジョアンナ」

「当該地域のすべての軍が、即応体制を強めています。それは意外ではありません。当然の動きです。指摘できるような全体的なパターンはありませんが、ロシアの主張を裏付ける具体的な事例がいくつかあります。ベトナム、韓国、台湾で、空襲に備える演習が行なわれました。

日本と韓国の運用可能なイージス艦はすべて、厳重な護衛つきで海上に出ています。中国本土からの弾道ミサイルおよび航空攻撃から母国を護る位置についています。

ベトナムは、中国との国境の警備を強化し、ＥＬＩＮＴ（電子情報）によれば精強の防空部隊も配備しています。

わたしたちにわかっている範囲では、インドによる異常な軍事行動は見られません」ロイドが意見を差し挟んだ。「めだたないようにしているにちがいない。それで、潜水艦は？」

ジョアンナは、溜息をついた。「母港に姿が見えない潜水艦は多数あり、対中国作戦には充分な数です。でも、各国とも、平時でも潜水艦の位置はできるだけ隠すものです。その尺度だけでは、どこの国も除外できないし、どこが怪しいともいえません」

「動かぬ証拠の凶器はないわけだな」マイルズのいらだちはありありとわかった。「アンディ、四カ国の政府からなにか連絡はないか？　それに、中国からも」

「中国はまだだんまりを決めこんでいます。当該地域の国はすべて、〝この重大な状況に対応する準備をしている〟というような、ありきたりの声明を出しています。いつもなら、なにが起きているかがわからないときの発表ですが、今回は、四カ国が事情を知っていることを、われわれはつかんでいるんです！」

「この〝沿岸同盟〟を知っているという前提で行動すれば、中国にわたしたちの手の内を知られる恐れがあるのではないですか？　攻撃の背後に何者がいるかを中国が知ったときにどうなるか、わかりきっていますよ」ジョアンナが警告した。

カークパトリックが、逃げ腰で答えた。「そこまではっきりと明かさないようにしよう。むろん、中国はベトナムも含めた数カ国に疑念を抱いているにちがいない。それに、襲撃の裏には〝国際的な協同謀議〟があるという説をマスコミも出しはじめているし、ベトナムを当事国の一つだと名指ししている」

「よし、わかった」マイルズが、ほっとしたようにいった。「表口から攻めよう。アンディ、関係四カ国宛ての覚書を作成してくれ。撃沈事件についてなにか知らないかと問い合わせる。四カ国だけに問い合わせていることを明記して」

「正式な第一人称の覚書ですね？」アンドルー・ロイドが、念を押した。

「わたしが署名する」マイルズは答えた。「むろん親展だ。率直に質問する」

「向こうが嘘をつき、知らないと答えたら？」ロイドが尋ねた。

「そんなことはしないだろう。中国に永遠に隠しておけるわけがない。四カ国に問い合わせるのは、われわれが実情をある程度まで知っていることを明確に伝えるためだ。なぜこういうことになったかを、訊き出す必要がある。アンディ、これがおおっぴらな戦争に変わるのを避けるのが、国務長官であるきみの仕事だ」

「ああ、やっぱりたいへんな仕事になるだろうと思った」

マイルズは、一同とともに笑ったが、注意した。「中国が日本か韓国を直接攻撃したら、アメリカは対応を余儀なくされる。そうなったら、われわれには収拾できなくなり、事態がどこまで拡大するか、誰が死に、誰が生き延びるか、誰にも予想できなくなる」

10 決断

二〇一六年九月一日
東京　文京区本郷
東京大学

「博士、アメリカがどう出るかを知る必要があります」檜佐木修兵《ひさぎしゅうへい》は、羽田正《はたただし》外務大臣のもとで外務次官をつとめているが、正確には日本外務省の立場でそういったのではなかった。沿岸同盟の他のメンバーに向けての発言だった。

「前回の会議では、なにも達成できませんでした」檜佐木はこぼした。「同盟がアメリカによって〝発見〟されたことに、遅かれ早かれそうなるとわかってはいても、全員がショックを受けました。この危機は、われわれを不意打ちしました。同盟には共同政策決断プロセスがありません」

共同計画立案プロセスもない、と狛村は心のなかでつぶやいた。狛村は研究室のドアをロックし、モニターで檜佐木の顔を見ながら、ヘッドホンで話を聞いていた。檜佐木はいかにも不安そうで、四十すぎなのにストレスのせいで十は老けて見えた。

「渇きで死にそうなときに井戸を掘っても間に合わない」

「中国の諺ですか？」檜佐木が訊いた。

「日本だ」狛村はいった。「同盟各国の指導者たちは、事前に問題を検討して計画を用意しておくのを怠り、目的もなくぶらぶらするほうが好きなのだ。不意を討たれたのも当然だろう。事後ですら、総意をまとめられないのだから」

檜佐木を叱りつけているのはわかっていたが、叱責する必要があった。

檜佐木は久保海将とならんで、〝作業部会〟の日本政府代表をつとめている。沿岸同盟の諮問機関は、そういう曖昧な名称で呼ばれている。四カ国が二人ずつ代表を出し、同盟各国の行動を調整することになっていた。文官は幅広い政策を設定し、軍人は戦争を行なう。これまではそれがうまく機能していたが、そこでなされた政策決断は、戦争を開始することのみだった。

「きみたちがこれに備える必要があるということを、わたしは前に指摘した」狛村は考えを口にした。「わたしにアメリカの意図が見抜ける特別な洞察力があるわけではない」

「お言葉ですが、先生、そうは思いません。会議では全員が、文官も軍人も、先生の叡智を尊敬しています」

檜佐木の思いとは裏腹に、その言葉は気休めにもならなかった。正直なところ、自著がこういう混乱をもたらしたことを思うと、狛村は暗澹《あんたん》とする。自分の〝叡智〟が人命を奪い、武力行使をもたらした。だが、狛村の論理を受け入れるなら、それはいたしかたのないことだった。問題を明確に見抜く力があるというのは、狛村の学識を賞賛する言葉だった。それでも、狛村は助言を渋っていた。

同盟の政策決断プロセスとは距離を置くつもりだったが、その目論見はついえたようだ。いいだろう。宰相の役割を果たしてほしいと、そこまで乞われるのであれば、全面的に役割を果たそう。

狛村は、質問を投げた。「四カ国がどことどこであるかを中国が突き止めたような気配はあるかね？」

檜佐木が首をふった。「同盟各国の情報機関は、そのような兆候はつかんでいません、教授。それに、中国が知ったのであれば、公にするでしょう」

「奇襲反撃の用意ができていれば、公にするかもしれない」狛村は反論した。「だが、中国はぐずぐずしてはいないだろう。即座にやり返してくるはずだ。それに、中国が証拠を手に入れるのは時間の問題だ」

「しかし、アメリカにどう回答すればいいのですか？」檜佐木が執拗に訊いた。「アメリカは知っています」

狛村は、いらだちと怒りを封じこめようとした。連合戦争はそもそも容易ではないし、檜佐木にはこうした対応の経験がない。行動が無用の注目を集めないように、組織のトップではない人間が作業部会のメンバーに選ばれている。彼らは優秀ではあるが、政府を代表して発言することに慣れていない。

「それに、知っていることが、どれほどの力になる?」狛村はまた問いかけた。「われわれが、〝同盟は存在します。参加してください〟と答えれば、アメリカは拒否するだろう。それではなにも得られない。存在しないと答えれば、嘘だとアメリカにわかる。だが、アメリカが中国に教えることはないだろう」

檜佐木が椅子に座り直し、その論理について考えているのが目にはいった。「つまり、関与を認めて得るものはなく、否定して失うものもないわけですね」

「作業部会でも話し合ったはずだね」狛村はいった。

「話し合いましたが、否定すればアメリカが怒るだろうと、一人が心配し……」

狛村は笑ったが、すぐに笑うのをやめた。「だから、嘘よりも沈黙のほうがいい。まさか、どこかの外交官の発言じゃないだろうね」

「ちがいますよ、教授。海軍の人間です。アメリカは関与しないかもしれないが、公にわれわれを支援するか、同盟と中国の仲介役として、停戦交渉にあたるだろうという、希望的観測を述べる者もありました」

「嘘だろう?」狛村の口調に、檜佐木が苦笑した。

「中国はもうすぐくじけるでしょうか、教授?」檜佐木は、希望が持てる理由を探し求めているようだった。

狛村は即座に答えた。「いや、まだだ。まだそんなに時間がたっていない。中国に手痛い打撃をあたえたことは確かだが、強大な国だし、われわれよりもずっと決意が固い」

狛村は、デスクの書類を示した。「軍事行動が開始されてからずっと、わたしはその質問の答えを求める作業だけをやっている。この危機が通り過ぎたら、同盟の情報部門に、経済データの集めかたを指南しないといけない。この手の〝秘密情報〟は秘密でもなんでもないし、ほとんど役に立たない」

しばらく間を置いた。「失礼した。もっと大きな問題で悩んでいる相手に、愚痴をいってしまった。時間がたてば、われわれの計画はうまくいくだろう」その言葉に確信をこめようとした。

二〇一六年九月二日　一三〇〇時（東部夏時間）
ワシントンDC
ホワイトハウス　危機管理室

ジョアンナ・パターソンは、ブリーフィングを行なっていた。三十分を超えないようにと、カークパトリックに釘を刺されていた。

沿岸同盟の〝回答を拒否する〟という回答が届くとすぐに、マイルズ大統領は国家安全保障会議を招集した。全員が現われた。今回、副長官級は参加しない。国務長官、国防長官、統合参謀本部議長、統合参謀本部副議長、国家情報長官、国土安全保障省長官が、テーブルの上席のほうに集まって座っていた。その他の閣僚も出席し、エネルギー長官、財務長官、商務長官にくわえ、司法長官までもが来ていた。

大統領は遅れていて、先に始めてほしいという伝言があったが、大統領の席が空いているせいで、ジョアンナは気が散った。幕開きの言葉を聞いてもらえない。だが、もう待ってはいられなかった。カークパトリックがうなずき、ジョアンナは演壇にあがった。

「みなさん、中国は戦争のために総動員し、太平洋西部の各国も同様の動きをしています」ジョアンナがリモコンのボタンを押すと、西のインドから東の韓国までの軍の動きが表示された地図が現われた。

「当該地域の現況をかいつまんで説明します。詳しい説明をしている時間はありません。カークパトリック博士がのちほど――」

横手で細長い光が見えて、マイルズ大統領が足早にはいってきた。「申しわけない、諸君。イギリスのキーズ首相との話が、思ったよりも長引いた」ちょっと間を置いて、つけくわえた。「イギリスはわれわれが知っている以上のことは、なにも知らなかった」椅子に収まると、一同に目を向けた。「パターソン博士、続けてくれ」

ジョアンナがまたボタンを押し、地図が中国を中心に拡大した。中国本土各地に部隊シンボルが数多くあり、国境近くにことに集中していた。「主力地上軍を構成する十八個集団軍のうち、二個を除くすべてが動員され、駐屯地にとどまっているのは、そのうち三個のみです。軍区七つの地域部隊はすべて警戒態勢ですし、けさ陳刀主席は予備役を全員部隊に召集する命令書に署名しました」

ジョアンナは、レーザー・ポインターを使った。「成都《チョントゥー》軍区と広州軍区の地上・航空部隊が、南のベトナム国境付近に集結しています。両軍区の第一三、第一四、第四一集団軍が、二十四時間以内にベトナムへ侵攻できる位置に配置されています。台湾海峡沿いには、大規模な部隊集結は見られません、それどころか、第三一集団軍が、西に移動しています。北の国境へは機動性部隊が強化のために多少派遣されていますが、最新鋭の装備を持たない第二線級の部隊なので、予防措置にすぎないようです。

また中国は、スプラトリー諸島の島や礁数カ所を占領しているもようです。サウスウェスト・キーの南小島と西鳥島で戦闘が行なわれたことをＳＩＧＩＮＴ（信号情報）が示しています。いずれもベトナムが領有権を主張している島です。

沿岸同盟加盟国を含む当該地域の各国は、全面的な戦争準備にはいっています。沿岸同盟三カ国で、アメリカ軍武官その他のアメリカ人が〝身の安全のために〟軍事基地にはいることを禁じられました。日本と韓国の共同使用基地は例外です。というより、日本の自衛隊と韓国軍は、共同使用基地からそれぞれの国の専用基地へ移動しています」

地図が急に西に移動し、インドが映し出された。「インド政府は、〝中国には不法侵略行為の前歴がある〟として、北部での警戒態勢強化を命じました。その地域のインド陸軍と空軍は、防御位置に展開しています。弾道ミサイル部隊も分散発射場へ移動を開始しました」

ジョアンナは、地図を東に戻し、太平洋西部全体が映し出される縮尺にした。「南シナ海と東シナ海の商船航行は、この四日間で五〇パーセント減少しました。目的地に到着して、そのまま港内にとどまる船舶もあれば、もっとも近い安全な港を目指した船舶もあります。午前八時の時点で、アメリカ企業の所有する船も十七隻が、そういった行動をとっています」

時間を確認した。よし、ちょうど五分。「ご質問は？」

統合参謀本部副議長ジェイソン・ナギー海兵隊大将が、挙手した。「パターソン博士、あなたがおっしゃったベトナムが領有権を主張している島だが、スプラトリー諸島全体に点々とあるのではありませんか？」

「ええ、将軍」ジョアンナは答えた。「サウスウェスト・キーは北にあり、南小島はその中心部、西鳥島はもっと南です」

「ありがとう、マーム。確認してくれて」ナギーが、かなり強い南部なまりで答えた。「だとすると、二〇〇海里以上の海上戦線だ。それだけ広い範囲の島々を同時に攻めるとなると、強襲揚陸艦が三隻以上必要になりますよ」

「おっしゃるとおりです」ジョアンナはうなずいた。「中国の〇七一型玉昭《ユーギャオ》型ＬＰＤ（ドック型輸送揚陸艦）三隻が、南シナ海責任地域に展開しており、それが攻撃の主力であるとＭＣＩＡ（海兵隊情報支援隊）が判断しています」

ナギー大将が、満面に笑みをひろげた。「そのとおりです。情報支援隊《アクティヴィティ》の連中とは、かなり煮つまった話をしましたが、中国が短時間で必要な資産《アセット》をすべて集めて出撃準備ができたのは、偶然の一致にしてはできすぎているとは思いませんか？」

ジョアンナはまごついていた。ナギー大将は、いったいなにをいおうとしているのか？

「なるほど、ナギー将軍、その三隻は大規模演習に参加する予定でしたが、たしかにできすぎの感がありますね。その海上部隊が手近にあったから、中国は敵国の占有する島を即座に攻撃できたわけですから」

ナギーがくすくす笑った。「ああ、そういう事情でしたか。しかし、わたしは頭の鈍い海兵ですが、それだけの規模の揚陸作戦の立案と準備が、三日や四日でできるとは思えないんですがね」

電球が突然ぱっとついたように、出席者全員が海兵隊大将のいっていることを理解した。

マイルズ大統領が、身を乗り出し、強いまなざしを向けた。「将軍、この侵攻は前から準備されていたといっているのか？　きみがやるとしたら、そういう軍事行動に、どれだけの日にちを必要とする？」

「大統領、わたしが申しあげているのは、あらゆる事柄を計画し、配置し、兵員を訓練し、補給態勢を整えるのには、何カ月もかかるはずだということなんです。まして中国の海軍と海兵隊は、こういうことを一度も経験していません。中国軍は柔軟になり、われわれよりもずっと速く部隊を動かせるという説を、頭のいい人たちが唱えていますね。そういったかたがたの学識には敬意を表しますが、大統領、そんなのは嘘っぱちです」

「中国がもたらす〝差し迫った脅威〟」ペトロフのCDにあった表現を、ジョアンナは思わず口にした。「占有しているスプラトリー諸島の島々への侵攻が予定されていることを、ベトナムが事前に知っていたとすると、中国空母を機雷攻撃したのもわかります――〈遼寧〉は侵攻の旗艦だったにちがいありません」

「なんてことだ!」ロイドが大声をあげた。「だから沿岸同盟は戦争に踏み切ったんだ!」

「ちょっと待て、アンディ。これで説明がつくのは、ベトナムが戦争に踏み切った理由だけだ。あとの三カ国には、なんの利益もない」マルカム・ゲイスラー国防長官が反論した。ゲイスラーは、病弱のジェイムズ・スプリングフィールドの後任の新閣僚だった。

「しかし、利益があるはずだ、マルカム。日本と韓国は、東シナ海で中国とおなじような領土問題を抱えている。尖閣諸島付近で中国が日本領海の石油と天然ガスを採掘したことで悶着が起きている、中国漁船が違法操業し、日本の海上保安庁や韓国の海洋警察庁に取り締まられる事件は、増加するいっぽうだ。おなじ事情が、べつの水域でも見られるわけだよ」

「それに、三カ国の重複している排他的経済水域の問題も、まだ解決されていません」ジョイス・マクヘンリー商務長官がいった。

「わかった。ではインドは?」ゲイスラーは問いかけた。

「そうめだってはいないが、やはり領土問題で揉めている」あくびを押し殺して、ロイドが答えた。「インドと中国は、阿克賽欽《アクサイチン》地域をめぐり、一九六〇年代に戦争をした。中国がインドを叩きのめしたが、最終的には休戦を宣言して撤退した。インドはその屈辱的な事件を忘れていない。中国のチベット支配についても、かなり不快感がわだかまっている」

「それに、インドは、パキスタン、スリランカ、ビルマ、バングラディシュで中国が民間港を開発することに、強く反発しています。〝真珠の首飾り〟と呼び、中国が軍事力を伸張し、脆弱な海上交通路を強化する戦略計画だとして」マクヘンリーが結論を述べた。

「つまり、中国よりも弱く、おなじような不満を中国に抱いている国の同盟が、先制攻撃を行なったという推理には、論理的根拠がある」統合参謀本部議長デューハースト空軍大将が、まとめを述べた。

「合理的な理論だね、将軍」カークパトリックがいった。

「しかし、立証できるのか?」マイルズが問いただした。

「それに、これから取りかかりましょう、大統領」アレグザンダーがいった。そして、ナギーのほうを向いた。「将軍、会議のあとできみの推論について話し合おう。MCIAがこれを実行できるように、詳細を煮つめたい」

「よろこんで」と、ナギーが答えた。

マイルズはいった。「よし、元気づけられたよ。ようやく戦争の根っこに手が届いたようだ。中国の侵略行為がからんでいるというのは意外ではないが、それが不可欠だと中国が考えていることには愕然とした。

アンディと膝詰めでそれを考えることにする」国務長官のほうを向いた。ロイドの目は、まぶたが半分閉じていた。

「アンディ、悪いな」マイルズは、同情した。「徹夜だったんだな。沿岸同盟の反応を説明してくれないか」

ロイドが、大儀そうにのろのろと立ちあがった。ひどく疲れたようすだった。「四カ国とも、マイルズ大統領の覚書に対して、まったくおなじ言葉遣いの返事を同時によこしました。〝貴国の問い合わせには応じられません〟と」いいながら苦笑したが、もちろん面白がってはいなかった。「否定はしなかったが、答えてもいない」

「認めるとでも思ったのか、アンディ？」マイルズが訊いた。

ロイドが、溜息をついて腰をおろした。「もちろん認めたんですよ。同時におなじ反応を示したことで、われわれに重要な意図を伝えたんです。話し合いの糸口をあたえずにね。わたしは外交官です。外交官は話をするのが好きです。どうして戦争を始めたのか、最終目的はなにか、と訊いてもかまいませんよ。もちろん、撃ち合いはやめろともいえますが、やめないでしょうね」

「始めた理由がわからないと、とめるのはむずかしいだろうな」マイルズは、いらだたしげだった。政界入りする前は、アジア学を教えていた。その知識も、必要とする答えを示してくれない。「グレゴリー、アンディの考えに役立つようなことを、インテリジェンス・コミュニティは見つけていないか？」

国家情報長官グレッグ・アレグザンダーが、ためらいがちに答えた。「韓国と日本には情報資源があまりないのです。もっぱら武官や相互の人脈に頼っています。ベトナムとインドの情報源は、それぞれの軍の動員状況の詳細を除けば、ほとんど情報を送ってきませんでした。由々しい事態で、怯えているのがわかります。

中国も怯えていますが、ありようがちがいます。中国の情報源は、危機が迫っているという気配をなにも報せてきませんし、総参謀部の情報機関が〝敵諜報員〟を全力で捜索しているという情報もあります。中国に損害をあたえるような情報を盗んでいる、ベトナムのスパイを探しているのでしょう」

アレグザンダーが、可能性をあれこれ考えているように、しばし間を置いた。「そのため、こちらの手先はほとんど地下に潜りました。情報を要求するよう連絡するのも困難で、返信はとうてい望めません」

「こちらが先にスパイを見つけられないのは残念だな。いろいろと質問に答えてくれるだろうに」デューハーストが、冗談半分にそんなことをいった。

「それはまず無理だろうな、将軍。気持ちはよくわかるが」アレグザンダーが、いらだちを帯びた声で、吐き捨てるようにいった。

とりとめのないやりとりが続いたが、大統領が本題に引き戻した。「これだけははっきりいっておこう。いまはこの戦争はわが国を直接巻きこんではいないが、いずれ経済的な被害は受けるだろう。それに、長引けば長引くほど、被害は大きくなる。長引けば、われわれが直接関与する危険性も増す。そうなると、中国とのあからさまな戦争になり、とてつもない人命と財物の代償を払うことになる。戦闘をやめさせるように、双方に圧力をかける手段はないか？」

ロイドが、溜息をついた。「いっぽうだけが攻撃しているんですから、中国に圧力をかけても無意味ですよ。それに、沿岸同盟に対し公に行動を起こせば、中国に攻撃目標を教えることになります。ですから、推奨される方策がどんなものであれ、紛争とおなじように隠密裏でなければなりません」

ロイドの論証のあとの沈黙は、息が詰まりそうだった。

デューハースト将軍が、ようやく口をひらいた。「一九七一年、インド－パキスタン戦争を終わらせようとして、われわれは空母〈エンタープライズ〉をインド洋に派遣した。それが功を奏した」

「そして、インドとパキスタンは、いまもそのことを恨んでいる」ロイドが応じた。「それに、われわれが一九九〇年代半ばに台湾沖に空母戦闘群を派遣したとき、中国が憤激したことも、忘れてはならない。単なる軍事力の誇示では、今回はなんの役にも立たない。休戦を強いるには、よっぽど優勢な力が必要だ」

「それは事実とはいい切れない」アレグザンダーが反論した。「ミッチェル中佐は、ベトナムのキロ型が中国潜水艦を攻撃するのを阻止した。それを〝局地優勢〟という」

すでに〝ミッチェル事件〟と呼ばれているものに言及されて、デューハースト将軍はひどく顔をしかめた。ロイドが怖い顔をして、カークパトリックはアレグザンダーに叱責に近い言葉を浴びせた。「ミッチェルはついていた。潜水艦同士の戦いに首をつっこむのは、惨事を招くようなものだ」

合点のいかないように、マイルズが質問した。「しかし、レイ、それについてきみが説明したときには、ミッチェルの潜水艦は他の二隻よりもずっと性能が優れていて、きちんと操艦すれば存在がばれる恐れはほとんどないといったじゃないか」

「はい、大統領、勝算はたしかに大きかったですが、それでも発見される危険性がないわけではないし、攻撃される危険性もわずかながらありました。干渉しないほうが、ずっと賢明だったでしょう」

「だが、干渉し、死傷者がふえるのを食い止めた」マイルズは、なおもいった。「戦争が続いている理由の一つは、双方とも血の代償を払っていることだ。やがては当初の理由などうでもよくなり、それまでの死を無駄死にではないようにするために戦いつづけるようになる」

大統領がなにかを思いついて興奮しているのを、ジョアンナは察した。マイルズが続けた。「われわれが存在を気づかれてもかまわないと考えたら、どうなる？　タンカー襲撃であろうと、潜水艦同士の戦いであろうと、われわれの潜水艦がそれらを妨害したら？　襲撃する潜水艦が何者であろうと、委細かまわずに。どちら側の攻撃も妨害することで、中立を示すことはできないか？」

事実を頭のなかで転がしながら、ジョアンナは話を聞いていた。みんなとおなじで、紛争が制御できなくなる前に阻止する方法を見つけたいと思っていた。マイルズの目標にはうなずけるが……どこかに欠陥があるという気がした。意見をいいたかったが、何をいえばいいのか？　口を切るのが怖いわけではなかったが、何をいえばいいのかがわからなかった。それはジョアンナだけではなかった。

大統領ともっとも密接な補佐官のミルト・アルバレスが、マイルズの提案のあとの沈黙を破った。「大統領、米軍部隊がそのように使われた例はないと思います」

ロイドが黙り、次の言葉を探していると、デューハースト将軍がいい添えた。「ＳＵＢＲ

ON15の潜水艦は、戦域で〝観察して報告〟するだけでも、かなりの危険を冒しています。情報がどうしても必要だというのはわかります。だから、引き揚げたほうがいいとは進言しませんでした。大統領のその戦略は、彼らをまっすぐ砲列に向かわせるのとおなじで、危険はさらに増し、得られるものはありません」

ロイドがうなずいた。「将軍に賛成です、大統領。他人の戦いに干渉すれば、潜水艦を失う恐れがあります。それに、双方ともわれわれに激しい怒りを向けるでしょう」

「きみがそれを無視すれば、わたしも無視するんだがね」マイルズは笑みを浮かべてそういったが、口調は厳しかった。「というより、それこそがわたしの狙いだ。アメリカの同盟国二カ国が、われわれになんの説明もなく、秘密戦争を開始した。問い合わせると、だんまりを決めこんだ。この方策は各国も無視できないし、われわれと話し合う気になるかもしれない。

それに、先制攻撃についてのアンディの推論を、グレゴリーの組織が確認する時間を稼げる。それさえわかれば、潜水艦を戦域から引き揚げさせることができる」

「大統領、われわれがそれに合意したら?」ゲイスラー国防長官が、ためらいがちにいった。周囲の反応を見て、即座につけくわえた。「われわれがタンカーを沈めることを勧めるのではありませんが、沿岸同盟各国はしかるべき理由もないのに戦争を始めたわけではないでしょう。この侵略説は正当な事由になります。少なくともベトナムにとっては」

ロイドが答えた。「同感ですが、すべては沿岸同盟が、撃ち合いが始まってもなお、われわれに通知しないことに起因しています。〝太平洋の同盟国〟よりもロシアがくれた情報のほうが多いんですよ」

アレグザンダーがうなずいた。「ロシアが提供した情報は、われわれが思っている以上に重要なのかもしれません。ペトロフがくれた本を読んでみたいと、ハーディ上院議員がいったときには、いったいなんの話かと怪訝に思いました。『アジアのための海軍』は読んだことがなかったのですが、ウェブサイトにまとめや書評がありました。主に太平洋やアジアのウェブサイトです。著者の狛村はエコノミストで歴史学者ですが、これはアジアの海軍力に関する本です。日本や韓国が力を増していることと、アジア地域でのアメリカの影響力が薄れていることを、比較しています。アジア諸国の連合は、〝アメリカの制約なしに〟行動し、地域の脅威に対抗できると、狛村は説いています。それに、中国の脅威について、一章すべてを割いています」

「それがこの同盟の青写真になったのか」ゲイスラーが意見を口にした。

「でも、各国はわれわれとの条約を破棄していない」ロイドが反論した。

「そうすれば意図がばれてしまうからだ」マイルズは結んだ。「筋は通る。撃ち合いが始まったときも、そのあとも、肝心なのは自負心だったんだ。われわれの助けなしに中国をさばくことができるというのを、示しているんだ」

アレグザンダーがうなずいた。「狛村もそう書いていています。〝単独航海〟と題した章があります」

デューハーストがいった。「〝単独〟は無理がある。沿岸同盟は中国経済をすばやく突き崩そうとしているが、アレグザンダー長官のところのエコノミストは、これを数週間、もしくは数カ月続ける必要があると推定している。いくら敵が隠れようとしていても、中国がそんなに長くなにもせずにいるわけがない」

「賛成だ」ゲイスラーがいった。「明確な攻撃目標を得られずに危機的段階に近づいたら、中国は無差別に襲いかかるだろう。だが、必要な証拠をいずれつかむ可能性が高いし、そうなったら中国は集中的に怒りをぶつけるだろう」

マイルズ大統領が立ちあがり、テーブルの一同を睨みつけた。「われわれが検討してきたどの事案想定《シナリオ》も、悪い状況がさらに悪化するというものだ。その流れを変える唯一の方策は、潜水艦を妨害者として使用することだ。だから、そうする。それよりもいい考えはあるか？」

デューハースト将軍がいった。「潜水艦四隻では、戦争をとめられません。そもそもとめられるかどうかもわからない。数日あれば、空母打撃群二個を日本の東の海上に集結させ……」

「どこに対して使うんだ、将軍？　わたしの公の方針は、実情を突き止めることだ。妨害戦略で圧力をかけ、沿岸同盟がわれわれと意思の疎通を図るよう仕向ける。その間、できれば死傷者がふえないようにしながら」

「また〝世界の警察官〟になるのかと、誰かに非難されますよ」アレグザンダーがひとことといった。

マイルズは、鋭く首をふった。「そんなことはない。いまの世界は狭く、この手の紛争は許容されない。隣りの家で争いが起きれば、自分の家族がとばっちりを食うだろう。それなら、その争いをとめなければならない。議会とアメリカ国民を説得するのは、わたしに任せてくれ」

「失礼ですが、大統領、これは持ち出したくなかったのですが、どうしてもいわなければならないようです」カークパトリックが、いいにくそうに切り出した。「大統領が考えておられるこの行動方針は、政治的リスクがかなり高いです。アメリカ軍部隊をこの紛争に投入するのは、選挙運動には大きな打撃になります。敵陣営がこれを大きく取りあげるでしょうし、大統領の支持率はそんなに……われわれの期待するほどには、磐石ではありません」

マイルズが大笑いしたので、一同はびっくりした。「レイ、心配してくれるのはありがたいが、共和党の対抗馬は、わたしがべつの方針を選んでも、おなじように激しく攻撃するだろう。やってもやらなくても糾弾されるに決まっているから、重要なことをやって激しい批判を浴びるほうがましだ」

デューハーストのほうを向いた。「将軍、カークパトリック博士、ヒューズ海軍作戦本部長、ゲイスラー国防長官と打ち合わせて、双方の攻撃を妨害するというミッチェル中佐の戦術を計画にまとめてくれ。われわれの側のリスクを最小限にし、双方の武力行使を制限するのが目的だ」

大統領が話しているあいだ、デューハーストは懸命にメモをとった。手をとめて、見あげると、大統領がつけくわえた。「それから、現地にもっと潜水艦を送りこめ」

二〇一六年九月二日　一四三〇時（東部夏時間）
ワシントンDC
〈オールド・エビット・グリル〉

ジョアンナは夫に電話して、〈オールド・エビット・グリル〉にランチに連れていってほしいと頼んだ。そこはジョアンナのお気に入りの店なので、ご機嫌ななめだというのをハーディは察した。

二人とも好きな店だった——暗く、温かな感じの装飾で、料理がおいしく、やかましくない程度に混んでいる。ジョアンナは残暑から逃れて、店内で待っていた。笑みを浮かべたが、作り笑いのようなかすかな笑みだった。電話をもらったときから胸騒ぎがしていたハーディは、ひどく心配になった。

　すぐに席につき、ハーディは妻の一挙一動を見守っていた。メニューは知り尽くしていたので、すぐに注文した。二人の注文を聞いたウェイターがいなくなると同時に、ジョアンナが問いかけた。「あなた、賛成できない命令を実行したことがある？」

　ハーディは驚いたが、ほっとして訊き返した。「どう賛成できないことかな？　違法、倫理に反する、それともただ愚かしいだけ？」

　その質問を斥けようとするかのように、ジョアンナが首をふった。「違法ではないし、倫理に反してもいない。それが悔しいの。そういうものなら気楽なんだけど」

　ハーディは笑い声をあげそうになったが、興をおぼえたように鼻を鳴らす程度にした。

「中央政界には、そんなことは歯牙にもかけない人間がいる。どういうことかな？」

「詳しいことはいえないの。いまの仕事に関わりがあることよ」

「だとすると、愚かしいが、重要なんだね？」

「ええ、とても重要」ジョアンナは答えた。「でも〝愚かしい〟じゃなくて、〝危険な思いつき〟。正しくないと思っていても、下に伝えていいものかしら？」

　ハーディは、溜息をついた。「昔からあることだよ。わたしが原子力潜水艦の艦長だったころ、目にはいるものすべての主《あるじ》だった。通信室の〝受信箱〟だけはべつだ。自分が何者だろうと、どんな地位にいようと、つねに上官や上司がいて、あれこれ指図する」

「今回はちがうの」ジョアンナは答えた。「この人をしのぐ地位の人はいない。彼が命令し、それがわたしに伝えられ、わたしがほかの誰かに、それをやれといわなければならないの」

「どうしてつらいのか、理由がわからない。わたしは士官学校を出てからずっと、〝指揮系統〟という思考を叩きこまれてきた。すべての命令が合理的とはかぎらないことは、すぐにわかったし、なかには危険な思いつきとはいわないまでも、愚かしいものもあった。軍隊にいれば、合法的な命令には自動的に従うものだ」

「わたしはそんなロボットにはなれない」ジョアンナは反駁した。

「ロボットじゃない」ハーディは断言した。「〝自動的〟といったんだ。つまり、考えないわけではない。自分の意見を持つことは許されるが。采配をふるうのは上の人間だ。ちょっと待ってくれ。彼が自分で思いついたのか、それとも話し合いがあったのか？」

「かなり話し合われた」飲み物が来た。ジョアンナが、ワインをごくごくと飲んだ。

「彼が知らない情報を、きみは知っているのか？」

「いいえ」

「だったら、心配することはなにもない」ハーディは説明した。「決断を下すのは彼だし、能力のかぎりを尽くして実行するのがきみの責務だ。危険な思いつきだと考えているのであれば、なおさらだ。賛成できる命令なんて、朝飯前のものばかりだよ。高いランチが食べられる給料に見合う働きをするのは、こんなときしかない」

「協力したら、たいへんな事態になったときに、自分のせいだと思わずにはいられないでしょう」

「今度は愚痴かな」ハーディの口調はなおも温かだったが、厳しさを帯びていた。「それだから、まずいことになったとき、誰もが命令系統のトップに目を向けるんだ。彼は手柄も非難もすべて一身に引き受ける」

ハーディは身を乗り出し、心をこめてそっとささやいた。「きみのボスにいま必要なのは、全員がおなじ方向を向いて努力することなんだ。それがきわめて危険なことであるなら、なおのこと、きみの力で大きな変化をもたらすことができるかもしれない。きみが実現するんだ。彼の指針を。迷ってはいけない」

座り直すと、ハーディは急に笑みを浮かべた。「それに、物事がどうなるかは、誰にもわかりはしない。何年か前、わたしが〈メンフィス〉艦長だったころに、正気の沙汰とは思えない大統領命令を受けたことがあった。民間人女性二人を北に運んでくれといわれたんだ。驚いたね」

ジョアンナが、しかめ顔を向けた。「そのあとずっと、苦労が耐えないの」

ハーディは肩をすくめ、にやりと笑った。「明るい面もあったよね」

「わかった」ジョアンナは、溜息をついた。「それがわたしの仕事ね。最善を尽くすけど、どういう言葉遣いにすればいいのか、助言して。シモニス大佐は、このことをわたしよりもずっと不愉快に思うはずだから」

「SUBRON15のシモニスか？」ハーディは、ふつうの声で切り出したが、機密の領域に向かいつつあると気づき、声を潜めた。

ジョアンナが、無言でうなずいた。

「やっこさんの潜水艦と関係があるのか？」

「ええ」とだけ、ジョアンナは答えた。

ハーディがすばやく立ち、ジョアンナの手を取った。「行こう。作戦命令が送信されるのを待っているときに、のんびりランチなんかしていられない」ハーディが財布から札を二枚出して、テーブルに置いたのを、係のウェイターが見ていた。ハーディは弁解した。「すまない。急用ができた。それで足りるはずだ」

急いでレストランを出ると、ハーディはいった。「いっていいことと、いうべきではないことについて、少し教えてあげよう」

エアコンの効いた店内から出ると、蒸し暑い空気が衝撃的だったが、ホワイトハウスの通用口までは三ブロックしかなかった。「心配はいらない」歩きながら、ハーディは話をした。「シモニスも手続きは承知している。反対し、いくつか質問するだろう。膨れ面をするかもしれないが、将校にはちがいないから、最後には〝アイ、アイ〟といって実行するはずだ」

二〇一六年九月二日　一六一五時（東部夏時間）
ワシントンＤＣ
ホワイトハウス

シモニス大佐の顔が、すぐさま現われた。グアムは午前六時過ぎだったが、シモニスは近くにいたにちがいない。「パターソン博士……」カメラから視線をそらした。「……こんにちは。ワシントンＤＣでは午後ですね」笑みはなかった。戦隊先任参謀グレン・ジェイコブズ大佐とウォーカー中佐の姿が、うしろに見える。画面の下のほうには、国防総省の海軍作戦本部長バーナード・ヒューズ大将と、ハワイの太平洋潜水艦隊司令官ウェイン・バローズ少将の分割画面があった。画面をあちこち見ているシモニスの目が鋭くなったことに、ジョアンナは気づいた。将官二人に目を留めたにちがいない。

「朝早くから申しわけありませんが、大佐、一刻の猶予もないのです。二〇〇〇時の報告後に、注目すべきことや異常なことはありましたか？」

「いいえ、マーム。全艦、位置につき、命令どおりに行動しています」

「よろしい。国家安全保障会議は、戦術の変更を決断しました。もう少し予防的になることを決めました」

シモニスが困惑と懸念を浮かべて、眉をひそめた。「われわれの艦が充分なデータの収集を終え、戦域のどまんなかから撤退できると望みたいところですが」

「あいにく、大佐、まだいくつか重要な情報が欠けています。沿岸同盟に参加している国はわかりましたが、その事実をいずれの国も認めようとしません。大統領は、同盟が中国にあたえている損害のことも、ひじょうに懸念しています」

シモニスが、間を置いてから答えた。「そういうことでしたら、事態はさらに悪化するでしょう。中国海軍は同盟の潜水艦を撃沈するどころか、追跡することすらできずにいます」

「それで、このあらたな命令になりました。今後は、現在観察している同盟と中国の潜水艦の襲撃に、積極的に干渉することになります。襲撃される目標が逃げられるように、潜水艦の注意をそらし、妨害し、混乱させて、攻撃位置につくのを妨げます」

シモニスがまた言葉を切ったが、めったに見られないような表情を浮かべた——目を丸くして、ぽかんとした顔になった。さまざまな選択肢のプラスとマイナスを考えて、ちがう反応を示そうとしているようだった。結局、ジョアンナの話の内容を確認するにとどめた。

「敵性潜水艦が襲撃を意図して艦船に接近したときに、われわれの潜水艦が故意に介入することを求めているのですね？」

「ええ、目的は襲撃を阻止することです。ターゲットに警告を発するか、あるいは襲撃しようとする敵艦の注意をそらして」ジョアンナは、その説明に満足した。

「そんな戦術は聞いたことがない」まるで独りごとのようにシモニスが答えたが、ジョアンナに聞かせるつもりだということが、ありありとわかった。「その戦術に、どういう利益があるのですか？」

「まず、死傷者を減らせる。中国が多数の艦船を損耗すると、面子を守るためにいまよりも攻撃的な軍事行動をとらざるをえなくなる。次に、沿岸同盟が対話を始めざるをえなくなる」

「たしかに注目は集めるでしょうね。しかし、われわれの潜水艦が探知されるか、敵艦だと誤認されたら、どうなりますか？　攻撃されたら？」

「もう探知されずにいる必要はありませんが、反撃に関する交戦規則は、現状のままです」

ジョアンナは、平静に答えた。

「探知されないほうが望ましいでしょう。見えなければ攻撃できませんからね。敵艦が一隻ではなく、二隻いる可能性があるときに、手をうしろで縛られたまま、わざわざ自分の姿をさらけだすというのは、これまで受けたすべての訓練に反します。潜水艦乗りのやるべきことではない！」

シモニスが言葉を切り、もう少し穏やかな口調でいった。「ミッチェルがやったのを例にして、戦隊の全艦にやれということですね――何度もくりかえして。われわれの潜水艦の戦闘能力と脆弱性について、大統領はきちんとした説明を受けているんでしょうね？」

「説明されています、大佐」ジョアンナは、ゆるぎない口調でいった。「秘話通信で詳細な命令がすぐに送信されます」

シモニスは、見るからに動揺していた。「ミッチェルは運がよかったし、〈ノース・ダコタ〉はバージニア級ブロックⅢの最新艦ですよ――〈テキサス〉よりも一段階上だし、わたしの戦隊のロサンゼルス級改二隻より一世代先進的です。同盟の潜水艦に対して、ロサンゼルス級はおなじような音響面での強みがない。中国艦はまだしも、キロ型六三六型やインドの〈チャクラ〉が相手だと」

「それでも、センサーや武器管制システムでは優勢だし、応援を送ります。少なくとも三隻は派遣します。〈ノース・カロライナ〉が、先刻パール・ハーバーを出航しました」ジョアンナは、深く息を吸った。「ご懸念に感謝します、大佐。みんな感謝しています。ですが、あなたの潜水艦がやらなければならないのは、艦船の撃沈ではなく、襲撃への干渉です」

「撃沈するほうがずっと楽だ！」シモニスはいい返した。「こちらを探知した敵性潜水艦を生かしておいたら、惨事を招く。わたしの艦がどれほどの危険を冒すことになるのか、見当もつかない。この戦術変更による見返りは、わたしの乗組員の生命と引き換えにするだけの価値があるのか？」

シモニスの質問は、ジョアンナの心を直撃した。反応を押し隠そうとしたが、感情が顔に出たかもしれなかった。だが、その備えはできていた。ローウェルに教わっていた。

「大佐、命令は下されました。それを実行するよう、最善を尽くしてくださるのを期待します」

11 亀裂

二〇一六年九月三日　〇六四五時（現地時間）
グアム
SUBRON15本部

シモニスは身じろぎもせず、消えた画面をただ見つめていた。その場にいた幕僚たちも、国家安全保障問題担当大統領副補佐官から伝えられた命令に衝撃を受けて、茫然としていた。気まずい沈黙のなかで、ためらいがちにおたがいと司令の顔を見まわしていた。聞こえるのは、テレビ会議に使用されたコンピュータの冷却ファンの音だけだった。

最後の爆発が起きるのを、誰もが不安のうちに待っていた。シモニス司令が癇癪《かんしやく》持ちなのはSUBRON15では避けがたい人生の実相なので、そそくさと撤退すべきか、それとも踏みとどまって花火大会を見るべきか、誰もが決めかねていた。

かなり居心地の悪い時間が流れたあと、シモニスがゆっくりとうなだれた。深く息を吸ったのは、いつものわめき声の前兆かと思われた。だが、口をひらくと、落ち着いた感情のこもらない声で、声の大きさも抑えられていた。

「ジェイコブズ大佐、離脱して本部と衛星無線リンクを設置するよう、四隻宛ての命令を作成してくれ。時刻は……」腕時計を見るあいだ、言葉を切った。「……現地時間で〇六〇〇時だ。特別緊急にしろ。七分で書け」

「アイアイ・サー」先任幕僚のジェイコブズが答え、情報兵曹についてくるよう合図した。二人は足早に会議室を出た。

シモニスが、もう一度深い溜息をついて、あたりを見まわした。どうにかこうにか次の言葉を発した。「ウォーカー中佐以外は解散」

幕僚たちがぞろぞろと出ていくと、ウォーカーは中央のテーブルへ行き、最後の一人にドアを閉めるよう合図した。テーブルから椅子を引き、静かに座ると、ボールペンと手帳を出して身構えた。ウォーカーの準備ができたころには、シモニスの顔は真っ赤になり、傍目《はため》にもわかるくらいぶるぶる震えていた。

「リッチ、わたしは軍人になってからこれまで一度たりとも、合法的な命令に反しようなどとは思ったことがなかった」シモニスが歯を食いしばり、きしむような声でいった。突然、右腕をのばして突進し、そばにあった木の椅子に殴りかかった。木が割れる鋭い音がして、木っ端が飛び散るほどのすさまじさだった。不意に身を起こしたシモニスが、壊れた椅子を蹴飛ばした。テーブルのまわりで地団駄を踏み、天板を拳で殴りつけて、わめいた。「大統領はいったいなにを考えているんだ？　わたしに命じたのがどういうことなのか、わかっているのか？」

ウォーカーは、嘆かわしげに首をふった。「CNO（海軍作戦本部長）もCOMSUBPAC（太平洋潜水艦隊司令官）も不満げでしたよ。パターソン博士もそうでした」

「まともな頭の持ち主なら、たとえ魚雷発射管室のMk48を使い果たしたところで、たった四隻の潜水艦で五カ国の戦争を阻止することなどできるわけがないとわかるはずだ！」

シモニスは、怒りのあまり両腕をふりまわし、向きを変えては歩きまわった。「それなのに、双方の襲撃に干渉し、挫折させるという目標を掲げて、〝射撃禁止〟という条件つきで、兵器が実際に使われている戦争のどまんなかへ行けと命じられた！　わたしとこの常軌を逸した政策のどっちが正しい？」

「司令、パターソン博士は〝戦争を阻止しろ〟とはいいませんでしたよ。大統領がこの沿岸同盟に外交的な取り組みで危機を解決するよう仕向けるために、事態を少し緩和させるのが目的ですよ」ウォーカーは、慎重に答えた。

怒り狂っているシモニスが、テーブルに両手を叩きつけた。「選挙の年だから、こんな無茶をするんだ、中佐！」わめき散らした。「この命令を実行するには、隠密性《ステルス》という優位を捨てるだけではすまない。これをやるには、敵性潜水艦にわれわれの潜水艦がかなり接近する必要がある。つまり、敵の攻撃により脆くなる。おんぼろのTEST－71魚雷だけじゃないんだ。インドにはUGST、日本には八九式、中国にはYu－16、韓国にはホワイト・シャークがある――すべて最新鋭の兵器だ」

シモニスは両手で頭を抱えて、頭蓋骨が破裂するとでも思っているように強く押さえた。突然、立ちどまって両手を宙に差しあげた。あきらめの溜息が口から漏れて、がっくりとうなだれ、肩を落とした。ウォーカーのほうを向いて、棘々しくいった。「いまからいっておく、リッチ。この馬鹿な雑用で一隻も失わなかったとしたら、奇跡だ」

ウォーカーは黙っていた。ボスと議論しても始まらない。純粋な軍事的観点からすれば、シモニスが正しい。しかし、大統領の決断はつねに政治的要件に基づいている。国内政治、国際政治、あるいはその両方。政治的要件のために、意図的に軍隊を戦地に送り、通常とは異なる作業をやらせなければならないこともある。幕僚の一人であるウォーカーは、状況を醒めた目で見ていた。司令の立場ではなくてよかったと思った。

ドアにノックがあり、気まずい沈黙が破られた。ジェイコブズ大佐がドアをあけて、シモニスにすたすたと近づき、一枚の書類を渡した。それを受け取ったシモニスが、長いテーブルにもたれ、命令文の草稿を読んだ。顔がひくついたのは、気に入らない部分があったからだろう。すばやく注記を書き入れた。ジェイコブズのほうに書類を突き出して命じた。「送信しろ、先任幕僚。二分で」

ジェイコブズが書類をつかみ、文字どおり駆け出していった。廊下を突っ走っていったジェイコブズを見送りながら、ウォーカーは笑みをこらえるのに苦労した。こんな状況でも、シモニスは優先度が〝特別緊急〟の通信を、推奨される十分以内に送信させようとする。手続きに字句どおり従うことしか頭にないのだ。

「さて、終わった」落胆して、シモニスはいった。「二時間後には艦長四人と、命令変更について話し合うことになる。それからレフェリーをやらせるために送り出す」

ウォーカーが、くすりと笑った。「その表現はいささかずれていると思いますね。レフェリーはゲームのルールに保護されています。わたしの調べたところでは、戦争中はルールはあまり守られないようですよ」

「たしかに。誰かが、大統領はまさにそれをやれと命じた。ルールのない戦いのレフェリーをやれと」シモニスが、手厳しく反論した。「それに、当面、四隻は孤軍奮闘せざるをえない」

「しかし、司令、パターソン博士は応援の潜水艦の出動が命じられたといっていました」メモを見ながら、ウォーカーはいった。「〈ノース・カロライナ〉がすでに出航したと」

シモニスが冷たい笑いを浮かべた。「ああ、いった。だが、ちょっと計算してみろ、リッチ。太平洋艦隊には攻撃潜水艦が三十隻いる。その八〇パーセントが運用可能だとして、二十四隻が出撃できる状態にある。運用可能なそれらの艦の三隻に一隻が展開しているとすると、そのうち約八隻が現在航海中だ。したがって、われわれの戦隊は艦隊全体の半数にあたることになる！

〈ノース・カロライナ〉は、きのうパール・ハーバーを出た。最大戦速でも南シナ海まで約六日かかる。展開中の潜水艦一隻を中央軍責任地域から引き抜いて現地へ行かせるのに、一日か二日かかる。入港中の艦はもっと日にちがかかる。それに、誰も空母打撃群の話をしなかったことに気がついただろう？　そうだ。今後一週間ほど、われわれだけでやるしかない。好悪はさておき、この任務を実行するのはわれわれなのだ」

二〇一六年九月三日　〇六〇〇時（現地時間）
南シナ海
攻撃原潜〈ノース・ダコタ〉

SUBRON15とのテレビ会議のあいだ、ミッチェル、シグペン、電子情報技術《IT》先任兵曹以外は、通信室への入室を禁じられた。シモニスが、出席者を最小限に絞るよう命じ、幹部一人と技術兵曹一人だけが、同席を認められた。ミッチェルはその理由を察した。一時間前に受信した新命令には、〝艦長披見のみ音読禁止〟の但し書きがあった。それを読んでから、ミッチェルはシグペンに情報を伝えた。

「うひゃあ、たまげたな！」シグペンがそういって、ミッチェルの艦長室で新命令を読みはじめた。「本気ですかね？」

「本気らしいな」ミッチェルは、とぼけて答えた。

シグペンが、命令書を食い入るように見た。「いいですか、これは艦長のせいですよ」ととがめる表情で、ずばりといった。

「うーん。そうらしいな」眠たげな目つきで、ミッチェルは答えた。

シグペンは、なおも命令書を読んだ。読み進むうちに、表情が劇的に変わっていった。まず左眉をあげ、口をぽかんとあけ、最後にまったく信じられないという表情になった。通信文と艦長の顔を、交互に見た。顔に大きく書いてあった、〝これはまともじゃない！〟。ショックのあまり、読んではいけない命令文を読みあげた。

「〝兵器発射を除くいかなる手段を講じてでも、沿岸同盟もしくは中国の潜水艦による攻撃に干渉し、挫折させ、あるいは妨害することを承認する。完全な隠密性を維持するようにという前回の条件は廃止する。交戦状態にある当事者に存在を明かすようなこの命令を実行するにあたっても、隠密行動は必要であると見なされる〟」

シグペンは、通信文をのろのろとデスクに置き、愕然とした面持ちで虚空を見つめた。

「これは正気の沙汰じゃない！」大声を出してから、ミッチェルのほうをみてつけくわえた。

「艦長は怪物をこしらえてしまいましたよ！」

ミッチェルは両手を挙げて、肩をすくめ、自分の罪を認めた。「どうもそうらしい」

「それ以外のことはいえないんですか？」憤懣やるかたないというように、シグペンが甲高くいった。

「なにをいえばいいんだ、バーニー?」ミッチェルは、しおれて答えた。「状況がわれわれにとってきわめて有利だった一回の出来事を大統領が取りあげて、それを軍事行動の主眼にするとは、夢にも思っていなかったんだ!」

「まったくです。この作戦で、われわれは痛い目に遭うでしょうね」

「その可能性は濃厚だな」ミッチェルは、そっと相槌を打った。

「ど……どうもわからない」シグペンがそうつぶやき、あきらめの態で腰をおろした。「けなすつもりはないんですが、下っ端の艦長風情が、どうしてアメリカ合衆国にそんな影響力を持っているんですかね?」言葉を切り、わけがわからないという顔で、不安げに身を乗り出した。「艦長の意見を大統領はどうしてそんなに重視するんですか? 不思議に思っているんですが、わたしが仕えている艦長は、いったい何者なんです?」

ミッチェルは、しばらく答えなかった。髪をかきむしり、千々の思いにとらわれていた。答えづらいが、正当な質問だ。それに、シグペンには答えを聞く権利がある。ためらいがちに、ミッチェルは話を始めた。「噂は聞いているだろう」

「もちろんですよ。知らない乗組員はいませんよ」と、シグペンが答えた。「でも、わたしは艦長の肩の五セント玉の大きさの傷痕を見ましたからね」

「そんなに大きくない!」ミッチェルは反論した。

「いいでしょう、十セント玉にしましょう。でも、弾痕ですよね!」

ミッチェルは溜息をつき、顔をこすった。許可されていない人間とイランの任務の話をしてはならないと、海軍作戦本部長から直接命令を受けていたが、いまそれを破ろうとしていた。シグペンは許可を受けていない。だが、副長が自信を取り戻す役に立つなら、この命令に違反する甲斐はあると判断した。

「わかった。教えてやろう。しかし、絶対にここだけの話だぞ。いいな？」ミッチェルは、厳しく注意した。「さもないと、歩いてうちまで帰ってもらう！」

「誓います」シグペンがいそいそと答え、念を入れてその仕草まででした。

「いいだろう。ASDS（先進SEAL展開システム）潜航艇が自爆して、わたしはSEAL四人とともにイランに取り残された。それから熾烈な銃撃戦があった。二度はほんとうに信じられないくらい激しかった。二度と経験したくないほどだ。わたしがいまここにいられるのは、SEALたちがとてつもない戦士だったからだ。そのうち、こういう潜水艦にも何人か乗り組んでくれる日が来ればいいと思う。そうすれば、わたしのいいたいことがわかるだろう。

とにかく、その〝訪問〟の最後のほうで、イラン革命防衛隊に包囲され、われわれは林のなかで縮こまっていた。陸側と海側から、完全に包囲されていた。次の行動方針について、わたしは、えー、SEAL小隊長と意見が合わず、結局、階級をかさにきて、海から逃げようと命じた。モーターボートを盗み、ペルシャ湾を猛スピードで横断した」

「すげえ」すっかり心を奪われて、シグペンがささやいた。

「これからがいいところだ。われわれが逃走しているとき、イラン軍が高速攻撃艇三隻で追跡してきた。ふり切るのはとうてい無理だし、〈ミシガン〉はイランのキロ型と水中で鬼ごっこをしていたので、こっちを支援できない。SEALの一人、先任兵曹が、見たこともないようなまぐれ当たりで、一隻を破壊したが、べつの一隻の機銃が銃弾を雨あられと降らせた。手短にいうと、小隊長、その先任兵曹、わたしが被弾した。肩を野球のバットで殴られたみたいで、左腕が動かなくなった」

ミッチェルがそのときの感覚を描写すると、シグペンが顔をゆがめてしかめ面をした。

「すごく痛いんだろうな」

ミッチェルは言葉を切って、被弾したあとの出来事を思い出そうとした。「じつは、副長、そんなにひどく痛かったという記憶がないんだ。たしかに衝撃はすごかった。三〇口径の機銃弾が肩胛骨を突き抜けたんだぞ。しかし、痛みはそんなに感じなかった。治療を受けたときが痛かった。あれはものすごく痛かった」

シグペンの笑い声が、ミッチェルの耳には快く聞こえた。シグペンは平静になり、いつもの生意気な態度に戻っている。

「そんなわけで、高速攻撃艇二隻に追われ、片手でモーターボートを操縦した。二隻が接近して、われわれにとどめを刺そうとしたとき、どこからともなく馬鹿でかいシューーッ！　という音が聞こえた。次の瞬間には、一隻が消え失せていた。シューッ！　消えた！　気づくと、右手にMH－60Rがいて、低空を高速で接近していた。次の瞬間に二発めのヘルファイアが発射され、それで片がついた。そのあと、意識を失ったらしい。駆逐艦〈ディケイター〉の医務室で目が醒めるまで、なに一つ憶えていない」

シグペンは、艦長の話に驚嘆して、しきりに首をふった。「すごい海の物語ですね！」

「ああ、でも、誰にも話してはいけないことになっている」ミッチェルは、明るく笑った。

「しかし、きみのほんとうの質問に答えるには、勲章授与式での出来事を話しておかなければならない。式のあいだに大統領が、わたしが下したいくつかの決断は、イランとの戦争を避けようとする大統領の努力に役立ったと明言した。そんなことはありませんと、わたしは丁重に否定した。あれはチームの作業だったし、作戦全体でのわたしの役割を、大統領はかなりおおげさに表現していると思った。今回も、おなじような状況なんだよ。長年の同盟国が関与している戦争が始まり、アメリカがそれにひきずりこまれようとしている。そこで大統領は考えた。〝ミッチェルがいるじゃないか。前にも手品みたいに……〟」

事情がすっかりわかったシグペンが、顔を輝かせた。「そして、艦長の異例の戦術が、その考えの裏付けになった」

「わたしはそう見ているんだけどね」ミッチェルは、にべもなくいった。

「つじつまが合いますね」うなずきながら、シグペンは答えた。不意に、冷たい笑みを浮かべた。「知将、知に溺れると、わたしは前にいいましたよね」

ミッチェルは、溜息をついた。「ああ、副長、聞いたと思う」

「それで、われわれはこれからどうしますか？」

ミッチェルは、シグペンの〝われわれ〟という言葉に勇気づけられた——バーニー・シグペンは、ふたたび腰を据えて、自分の職務に専念している。「われわれはだな、副長、不測事態対処計画を用意する。SEALからはいろいろなことを学んだが、その一つは、最善を願いつつ、最悪の事態のために計画を用意するということだ。可能性のある事案想定《シナリオ》を選んで、それぞれに対応する戦術を編み出し、次にそれを叩き台にし、穴を探して、みつかったら埋める。これから、それをやらなければならない」


通信室のディスプレイに、SUBRON15本部会議室が映し出され。潜水艦四隻の艦長と副長が、下のほうの分割画面に映っていた。参加者はいずれも、ひどく暗い顔だった。

「諸君」シモニスが切り出した。「もう新しい命令は読んだものと思う。口頭で読むのは控えるが、重要点だけ強調しておく。
一、聴知《コンタクト》した潜水艦はすべて、敵性である可能性がある。諸君の哨区には充分な緩衝地帯をもうけてあるから、相互に干渉する恐れはないだろう。水中コンタクトを探知した場合には、戦っている国のいずれかの艦であることは、ほぼまちがいないから、それに応じて対処するように。
二、兵器発射を除くいかなる手段を用いてでも、沿岸同盟もしくは中国の潜水艦による攻撃に干渉し、挫折させ、あるいは妨害する。隠密性はもはや重要な要件ではない。襲撃中の潜水艦一隻もしくは数隻が離脱し、回避機動を行なうよう仕向けるために、可能なことをすべて行なう。
三、当事国がアメリカの潜水艦を意図的にターゲットにすることはないと予想されるが、予想外の潜水艦の登場に対する反応として兵器が発射される可能性はある。音響優位を利用し、有効な攻撃の危険性をできるだけ少なくするような位置につくこと。もし攻撃されれば、精いっぱい回避機動と対抗手段を駆使してから、反撃を考慮すること。
兵器発射が許されるのは、故意に攻撃してきた艦船を避けるためにあらゆる手段を講じたあとだ。射撃禁止の但し書きは、そういう意味だ、諸君。防御の第一の手段は、速力、電子対抗手段、対魚雷・着弾前破壊《ハードキル》システムだ。Mk48魚雷ではない。明確に理解したか？」

艦長は四人とも了解したという返事をしたが、ドブソンとハルゼーは、命令のその部分に不満を感じているような表情だった。ミッチェルは、望ましくない状況に追いこまれた二人に同情した。二人の潜水艦は旧式で、装備が他の二隻よりも劣っている。

「最後に、諸君」シモニスが結論を述べた。「この命令を実行するにあたっては、極端なまでの配慮と注意を払ってほしい。どの邂逅も、入念に計画を立てる必要がある。環境と隠密性の優位を最大限に利用し、襲撃を妨害できる最適の位置につき、なおかつ逃げ道が確保されているときのみ、姿を現わすようにしろ。質問は？」

もちろん質問はいくつもあり、いずれも〝……たら？〟、〝……れば？〟という仮定の話だった。シモニスは冷静に応じていたが、六つめの質問で、見るからにいらだちをつのらせた。ドブソンが三つめの仮定を口にすると、シモニスはさえぎった。

「諸君、諸君は艦長なんだぞ。きちんと指揮をとれ。可能性のある事案想定《シナリオ》すべてに明確に答えられるわけがないだろう。未知のことが多い、前例のない状況なんだ。指針からはずれるような状況が、つねに起こりかねない。海軍はたいへんな時間と金をかけて、きみらが優れた意思決定の能力を身につけるよう訓練してきたんだ——その能力を発揮しろ！

空疎な言葉で激励するつもりはない。この命令は……容易ではない。他の潜水艦の襲撃に干渉するのは、接的して攻撃する通常の機動よりもはるかに複雑だ。その具体的な訓練を受けていないこともわかっている。しかし、諸君はこの任務を達成するのに必要な技倆をすべて備えている。士官や上等兵曹とよく話し合い、この作業をやる方法を編み出してくれ」

説諭されたドブソンをはじめとする艦長四人は、司令の指示を了解したことを伝えた。そのあと、シモニスは艦長一人ひとりに幸運を祈るといった。最初は〝よい猟果を《グッド・ハンティング》〟といいかけたが、言葉を呑みこんだ。それぞれに別れの挨拶をして、艦長が一人ずつ画面から消えた。ミッチェルは、自分が最後になったことに驚かなかった。

「艦長」シモニスが、いかめしい口調で切り出した。「きみの行動が、意図していなかったにせよ、重大な結果を招いたことは、認識していると思うが」

ミッチェルは、シモニスのその言葉に当惑したが、他の艦長の前で持ち出されなかったことには感謝した。「はい、司令。命令の埒を越えたことを後悔しています。二度とそのようなことにはなりません、司令」

「よろしい。きみの評判はたぐいまれだし、異例の戦術にはかなり腹が立ったが、うまく処理したことは確かだ」

「あ、ありがとうございます」ミッチェルは、わけがわからずに答えた。予想とはまるでちがっていた。

シモニスの顔を一瞬の笑みがよぎった。「おたがい、知り合う時間があまりなかった。おたがいの考えもまだよくわからない。だから、前の事件には、わたしも多少の責任があるだろうな。きみがここへ来たときには、まだよくわからなかったかもしれないが、もうわたしがなにを期待しているか、理解してくれたものと思う」

「はい、司令。わかっています」

「たいへん結構」シモニスがうなずいた。「では、艦長、最後に一つだけ」

「なんでしょうか、司令?」ミッチェルは尋ねた。

「われわれの情報では、インドの改良型アクラが、まだきみの近所にいる。見つけ出し、尾行してくれ。沿岸同盟ではもっとも高性能の艦で、隠密性、機動力、兵装に優れているから、他の三カ国の在来型潜水艦よりもはるかに大きな脅威だ。アクラの行動を封じこめれば、大統領の目標におおいに役立つ」

「了解しました。フジツボみたいにへばりつきます」ミッチェルは、自信たっぷりに告げた。

シモニスが、また笑みを浮かべた。「幸運を祈る、艦長。SUBRON15通信終わり」

二〇一六年九月三日　一四〇〇時（現地時間）
東シナ海
中国海軍江衛Ⅱ型フリゲート〈三明《サンミン》〉：艦番号五二四

馬紅威《マ・ホンウエイ》中校（中佐）は、憤懣をつのらせていた。馬のフリゲートは二日前から、潜望鏡が目撃されたとされる位置へ何度も急行していた。これまでに見つかったのは、流木、椅子、海鳥の死骸などで、どう見ても潜水艦の潜望鏡には似ていない。誤報を無線でたえず伝えてくる商船を、いいかげんに黙らせたいと思っていた。だが、商船がみんな怯えていて、それには充分な理由があることもわかっている。未詳の襲撃者のために、タンカーがこれまでに十八隻撃沈されている。東海艦隊の担当水域では、八隻が魚雷攻撃を受け、一隻の潜水艦も捕らえられないことに、艦隊司令官が激怒している。

馬は双眼鏡を構え、水平線の商船を見た。上海港に向かっているタンカー〈連興湖《リアンシンフー》〉。艦橋《ブリッジ》の航海電測員によれば、一五ノットに近い速力で航走しているという。あの船の最大速力だ。船長は早く安全な港にはいりたいのだろう。賢明な行動だ。

「艦長、ヘリを格納庫に入れました。搭乗員が修理と給油を行なっています」当直士官が報告した。

「よろしい、上尉。次の潜望鏡目撃情報とやらに対応する前に、タンカーのようすを見にいこう」馬は〈連興湖〉を指差した。

「アイアイ・サー」

〈三明〉が右に回頭しはじめた。馬はもう一度タンカーに目を向けた。二隻は先ほどからずっと接近しており、タンカーの船体がもう完全に水平線の上に出ていた。VLCC（二〇万トンないし三〇万トン級のタンカー）ではないが、小さくはない。中国経済が喉から手が出るほどほしがっている原油を満載し、喫水が深くなっている。船体をしげしげと見て、馬は眉をひそめた。かなり錆が出ている。もっと世話をしてやれよ、と心のなかで批判した。

突然、鋭いぎらつきが目を惹いた。水面の一部がぱっと輝いた。タンカーと馬の中間だった。注意深く見ると、ぼやけてみえるちっぽけな物体が、小さな航跡を引いていることがわかった。潜望鏡だ！　外国の潜水艦にちがいない。中国の潜水艦は、この水域にはいることを許されていない。それに、潜望鏡の先端が太陽を反射するようなドジを踏んだことからして、経験の浅い艦長にちがいない。

「右舷前方に潜水艦！　戦闘警報を鳴らせ！」

けたたましい警報の音に、乗組員は奮い立って行動を開始した。乗組員がブリッジの持ち場に走ってゆくあいだも、馬は潜望鏡から目を離さず、その場所を片腕で示した。侵入した敵は、明らかにタンカーへの接的（射点＝攻撃位置につくこと）を行なっている。阻止しなければならない！

「ソナー作動、セクター捜索、方位一一五！　信号員、タンカーに右に転舵するよう伝えろ！　艦隊司令部に攻撃すると報せろ！　位置も伝えろ！」馬はどなった。

「艦長！　ソナー聴知、方位一一五、距離四・三キロメートル」当直士官が叫んだ。

「たいへんよろしい。宜候。操舵員、前進全速。対潜ロケット発射準備」

馬が見ていると、航跡が薄れて消えた。「潜航している！」馬は悲鳴のような声をあげた。

タンカーのことが心配になった。まだ距離があるから、対潜ロケットでは攻撃できない。充分に接近するまで、あと三分はかかる。潜水艦はその前に長距離で魚雷を発射するだろう。いまなにか手を打たないと、タンカーがやられる。だが、なにをすればいいのか？〈三明〉には対潜魚雷がないし、ヘリコプターはすぐには発艦できない。

「対潜ロケット発射！」馬はやけ気味で叫んだ。

当直士官が、驚いた顔をした。「ですが、まだ射程外です」

「そんなことはわかっている！　いいから撃て！」馬はどなった。潜水艦の経験が浅い艦長が臆病で、襲撃を強行せずに逃げ出すことを願った。

艦首の対潜ロケット発射機二基から、一定の間隔で対潜ロケットが撃ち出された。空で優美な弧を描いて水面に落ちたロケットが、一キロメートルほど前方で楕円形を描いた。刺激臭のある煙がブリッジの周囲に湧きあがり、速力があがっているために向かってくる風に吹き払われた。数秒後、短魚雷十二発が爆発して、水面が沸騰した。煙が晴れると、乗組員があわただしく再装填しているのが見えた。

「艦長」ブリッジの電話員がよく通る声で呼んだ。「水測員が、ジャミングを受けていると報告しています。潜水艦の最終位置は方位一一九、距離二・五キロメートルです」

馬は悪態を漏らしたが、うなずいた。潜水艦はノイズメーカーを投下した。予想していたことだが、索敵がかなりむずかしくなった。ブリッジに駆け戻った馬は、対勢図の前で足をとめて、潜水艦の最終位置を見た。右に回頭しているようだ。音響対策装置を投下したあとで潜水艦がとる当然の機動だが、戦闘から離脱しようとしているように思われた。しばし検討してから、馬は行動した。「操舵員、面舵、針路一二五」

「艦長！」電話員が叫んだ。「水測員が、多数の聴音コンタクトが、ジャミング点から遠ざかっていると報告しています！　高速で左へ向かっています。方位〇九八！」

馬はがっかりして、うなだれた――魚雷だ！　左舷張り出しへ走っていって、双眼鏡を構えた。長くは待たなかった。一分とたたないうちに、タンカーの船首の下から巨大な水柱が噴きあがった。二本めが少し遅れて爆発した。ちぎれた船首が、前進するタンカーに押しつぶされて水没した。破裂したタンクから巨大な水柱と黒い原油が噴き出した。三度めの爆発は、船尾のブリッジの真下で起きた。大破した船体が、爆発の衝撃で持ちあがり、重い船尾が文字どおりもげた。船尾の周囲で火の手があがり、真っ黒い巨大な煙が空に向けて湧きあがった。〈連興湖〉は、水中の暗殺者の手にかかって殺された。

怒りをたぎらせながら、馬はブリッジに跳びこんだ。「潜水艦はどこだ？　やつを探し出せ！」

「艦長、水測員が、アクティヴ・コンタクト、方位一二八、距離一・一キロメートルと報告しています」電話員が告げた。

馬はにんまりと笑った。敵は思ったとおりの場所にいた。そして、今回は射程内だ。「対潜ロケット発射！」馬はどなった。

発射機二基から対潜ロケットが発射され、〈三明〉の艦首がふたたび炎と煙に包まれた。短魚雷が爆発するのを、馬は満足げに眺めた。白いきちんとした円を描いて、水面が持ちあがる。ブリッジに戻ろうとしたとき、甲板から体が浮きあがるのがわかった。わけがわからず、足場を見つけようとしたが、足がつく前にまた艦が激しく揺れて、馬は艦橋張り出しの枠に激突した。頭が痛くなり、ぼうっとして、馬は立とうとしたが、手摺を握っていた左手がすべった。両手を眺め、目の焦点が合うと、血まみれになっていた。

遠くで誰かが叫んでいるのが聞こえた。「メーデー、メーデー……」当直士官の声のようだったが、はっきりとはわからない。ようやく立ちあがると、うまく立てないとわかった。艦が左にひどく傾いている。まだわけがわからないまま、馬は艦尾に視線を向けた。そこの光景を見て、小刻みに震えはじめた。〈三明〉は、煙突の前寄りのところから、まっぷたつにちぎれていた。艦尾の半分のほうが早く水没し、引き裂かれた船体のまわりに巨大な泡が見えた。艦尾が垂直に立ち、波の下に突っこむのを、馬は魅入られたように眺めていた。波立つ海をまだ見ているあいだに、船体ががくんと左に揺れた。茫然としていたうえに、手がすべるので、馬は手摺をつかみそこね、落ちていった。背中を水面にぶつけて、息が詰まった。頭痛がすさまじくなった。

馬中校は、必死で水面に浮かぼうとした。水をかくたびに、全身が痛かった。水面に出るまで、果てしない時間がかかったような気がした。咳きこみ、あえぎながら、そばに浮かんでいた救命用具をつかんだ。いちおう安全を確保した馬は、向きを変えてなにが起きているかを見届けようとした。ふりむいたとき、愛するフリゲートが横倒しになり、真上から激突しようとしているのが見えた。

二〇一六年九月三日　〇二二五時（東部夏時間）
ノバスコシア州　ハリファックス
海辺荘

これでもう三日続けて、マックはデスクに突っ伏して仮眠するということをくりかえしていた。まだ意識が朦朧《もうろう》としているときに、新しい電子メールが届いたことを示すチンという電子音が聞こえた。うめきながら右手で眼鏡を探した。デスクのどこかにあるはずだ。見つからなかったので、頭を触ると、眼鏡が耳から落ちそうになっていた。眼鏡をかけて、座り直し、画面を見た。骨がボキボキ鳴り、鋭い痛みが走って、こういうことをするにはもう齢《とし》だというのを思い知らされた。

目の焦点が合うようになると、居眠りしているあいだに電子メールが二十数通届いていたとわかった。だが、ことに注意を惹いたのは台湾の基隆《チーロン》港湾局の仲間からのメールだった。

シップキーパー発
マック宛て
緊急——東シナ海でまた襲撃

東シナ海で事態が過激化している、マック。またタンカーが襲撃された。現地時間一四一二時に、〈連興湖〉がEPIRB《イーパーブ》（緊急位置表示無線ビーコン）を発信した。同船は原油を積み、上海に向かっていた。音声通信はない。船舶データは以下のとおり。

登録総トン：四万三一五三トン
載貨重量トン：七万五五〇〇トン
全長：二二九メートル
全幅：三三メートル
最大速力：一四・八ノット
コールサイン：BOGK

だが、もっと悪いことがある。現地時間一四一四時に、中国海軍の江衛II型フリゲート〈三明〉（FF五二四）が、チャンネル一六でメーデーを発信した。乗組員は半狂乱で、タンカーを襲撃した潜水艦を捕捉しようとしていたときに魚雷攻撃を受けたといっている。二隻はかなり接近していた。この襲撃の背後に何者がいるにせよ、賭け金を吊り上げたことになる。いい結果にはならないだろう。（☹）

マックは、読みちがいではないことを確かめるために、その電子メールを二度読んだ。それから時計を見た。襲撃から十五分しかたっていない！　中国のフリゲートが国際遭難信号の周波数を使ったとすると、世界じゅうの人間がそれを知っていることになる。軍艦襲撃は、とてつもない大ニュースだ。マックはいそいで電子メールの返信を打ちこみ、追って連絡すると約束した。携帯電話をまさぐりながら、サディスティックな忍び笑いを漏らした。こんな深夜にクリスティーンを起こすことになる。短縮ダイヤルのリストをスクロールしているとき、フィリピンの友人から届いていた電子メールが目に留まった。その友人は漁師だが、スプラトリー諸島で起きていることを逐一報せてくれる、貴重な情報源だった。マックは携帯電話を置き、その電子メールをクリックした。

しがない漁民発
マック宛て
噂は事実だった
中国がスプラトリー諸島に侵攻するという噂は、事実だ。ロアイタ（南鑰）島の友人が送ってきた中国の上陸用艦艇の写真を添付する。パグアサ（中業）島の一九海里南東だ。どちらも、タンカー戦争には参加していないフィリピン——そもそも潜水艦がない——

が領有権を主張している。それじゃ、中国はなぜこんなことをする？　ブログにアップしてくれ。それじゃまた。

ファイルをあけたマックは、エアクッション揚陸艇三隻と、そのうしろの中国海軍の〇七一型ドック型揚陸輸送艦を見た。画質は悪かったが、明確に識別できた。動悸が速くなった。〝しがない漁民〟のいうとおりだ。フィリピンが潜水艦作戦に参加していることはありえないのに、中国海兵隊はフィリピンが領有権を主張している島に上陸している。この戦争はどこまで拡大するかわからないぞ、と思った。

携帯電話をつかみ、クリスティーン・レイヤードの番号にかけた。呼び出し音が鳴っているあいだに、いままでは生活のすべてを支配しているタンカー攻撃報道ブログを呼び出して、題を『中国タンカー襲撃』から、『二〇一六年太平洋大戦』に書き換えた。それを終えたとき、眠たげな女の声が聞こえた。

「もしもし」

「クリスティーン、マックだ。ひどく不穏な報せがある」

12 宣戦布告

二〇一六年九月四日　一二一〇時（現地時間）
日本　東京
新宿御苑

二人は昼食の弁当を持って、公園に食べにいった。久保海将は最近、艦隊司令部がある横須賀にいることが多いとはいえ、海上幕僚監部に用事があって出向いたところだった。新宿御苑は昔は徳川家の重臣の屋敷だったが、その後宮中の御料農場などを経て、現在は国民公園になっている。ニューヨークのセントラル・パークとおなじように、東京二十三区内の最大の緑地の一つで、鋼鉄とコンクリートのビルのなかで自然を残している。

食事をする場所には、イギリス風景式庭園を選んだ。東京のあちこちのサラリーマンやOLが、蒸し暑い残暑から逃れようと集まっているようだった。久保と狛村は、午前中はゴルフでもしていたような感じの、ズボンに開襟シャツというカジュアルな服装だった。

この会合は久保が決めたもので、情報の共有や質問が目的だった。狛村は、親友と見なしている久保と会うのをよろこんだ。久保はまず中国の石油事情について質問し、狛村はそれを訊かれたことがうれしかった。これまでの蕎麦屋での〝経済講義〟は、無駄ではなかった。

数日前に檜佐木にいったことと、内容はほぼおなじだった——中国が今週中に屈服することはない。

次は狛村が生徒になる番だった。久保は、盗み聞きされていないことを確かめるように、左右を見まわした。「昨夜、〈けんりゅう〉が、タンカーに接近したときに攻撃されたと報告してきました」

狛村がとたんに驚愕をあらわにした。「報告できたところを見ると、生き延びたのですね。しかし、どうして中国艦に発見されたのですか？」

「中国の潜水艦ではなかったと思われます。更木《ざらき》艦長は、ターゲットの明確な発射解析値を得て、射程のすぐ外にいました。発射管前扉を解放したとたんに、強力なアクティヴ・ソナーのパルスが船体にぶつかりました。耐圧船殻の内側でも音が聞こえるほど、強力だったそうです」

「つまり、かなり接近していたわけですね」狛村はいった。「しかし、潜水艦はめったにアクティヴ・ソナーを使わないと、前におっしゃいましたね」

「そのとおりです」久保が同意した。「しかし、襲撃側が発射解析値に自信がないときには、たまに使われることがあります。〝測距パルス〟を送り、発射前にターゲットの位置を確認します。発射直前であれば、アクティヴ・ソナーで存在がばれても、たいした影響はありませんから」

「それで、発射はあったのですか？」

「更木は、それを確かめるほど、ぐずぐずしてはいませんでした。ノイズメーカーを射出し、魚雷を回避するために急機動をとりました。パッシヴ・ソナーでは、魚雷も他の潜水艦も捉えていません。潜水艦を探知できるような軍艦は、どのようなものでも避けるようにというのが作戦規定ですから、更木の〈けんりゅう〉は未詳の潜水艦を撒くために電池を使い果たし、タンカー襲撃を中止して、われわれに報告しました」

「そして、その潜水艦の気配はもうつかめなかったのですね」

「攻撃はタンカーとほぼおなじ方位からだった。その潜水艦は、タンカーの音で自分たちのノイズを隠していたのかもしれない」

「べつの艦船のそばにいると、潜水艦は事故を起こす危険があるでしょう？」

久保はうなずいた。弁当を食べ終えると、箸を空き箱に入れ、蓋を閉めた。「更木がソナー・パルスの録音を送ってきました。ただちに艦長職を解いてほしいという申し出を添えて」

「他の潜水艦に探知されたからですか。〈けんりゅう〉の音響信号が記録されていて、中国に身許がばれるからですね」狛村は、同情する口調だった。「更木艦長の苦悩は、よくわかります」

「更木はたいへん仕事熱心です。たしかに探知されましたが、解任するつもりはありません。

われわれの身許がばれる恐れはないんです。分析の結果、アメリカのＢＱＱ－５ソナーだと識別されました」

「アメリカ？」狛村は驚いた。それがなにを意味するかを考え、愕然とした。「では、攻撃ではなかった。それではなんでしょう？」アメリカの潜水艦がその水域にいるとわかっただけでも懸念材料だったが、それが中国船の近くにいて、〈けんりゅう〉の襲撃に介入したとすると？

「先生のお知恵を拝借して、事情が読み取れないかと思いまして」

「どうか、先生と呼ぶのはやめてください」狛村は抗議した。「わたしの知恵は役に立つどころか、危険な道を歩ませるきっかけになったんです」

「お願いします」久保はひきさがらなかった。「客観的に考えていただけますし、わたしに推論はあるのですが、幕僚たちが納得しません。それで、ほかから意見を聞きたいのです」

狛村も、とうに食べ終えていた弁当の蓋を閉じて、久保の空き箱と一緒に、ベンチの脇のゴミ箱に投げこんだ。立ちあがり、くねくねと続いている遊歩道を、二人で歩いていった。前方と後方で、二人の食事を見守っていた保安要員が立ち、おなじように歩きだした。

狛村は溜息をつき、聞かされた情報を頭のなかで順序よくたどりながら考えていった。たったいま聞いたことなので、考えられる意味合いをすべて理解する必要がある。ようやく口をひらいた。「アメリカの潜水艦が、日本の潜水艦のタンカー襲撃を阻止した。この世は狂ってしまったのか?」

「幕僚のなかの馬鹿なやつが、アメリカが中国船を護ったのは、同盟を結んだからだというんです」

狛村は、にべもなくいい切った。「いや。それはアメリカになんの利益もありません。これはわれわれが外交覚書にきちんと回答しなかったことへの対応だと思いますね。事件のタイミングが、その仮説と一致する」

「中国船を護る?」久保が質問を投げた。「それで何が達成できますか?」

「中国船を護るというよりは、われわれを妨害しているんです。アメリカを無視するなという意思表示でしょう。こちらが望もうが望むまいが、関与するということです。いつもの伝ですよ」と、狛村はつけくわえた。

「しかし、回答しないことを勧めましたね」久保は抗議した。

「いまもそれは変わりません。アメリカに戦闘にくわわってほしくはないですから」

久保がいった。「いずれ中国は国際社会に示せる証拠を見つけて、われわれの国を攻撃するでしょう。そうなったとき、アメリカの支援はありがたいかもしれません」

「アメリカにも中国にも核兵器があります。アメリカが直接関与し、戦況がこちらに有利になって、中国が敗北に直面すると、自暴自棄の手段をとるかもしれません。アメリカ本土は攻撃せずに、われわれを攻撃目標にすれば、核兵器を使用するのにやぶさかでないという決意を示せます」

久保が一瞬立ちどまってから、また歩きつづけた。「それは考えていませんでした」

「それがわたしの悪夢なんです」狛村は正直にいった。「わたしたちの目標は、中国が効果的な反撃を行なう前に、経済に大きな打撃をあたえることです。その任務に専念して、前進しつづけなければなりません」

「それで、アメリカは干渉を続けますかね？」久保が訊いた。

「その可能性が高いでしょう。中国の損耗にそれがどれくらい影響するかは、実例を見なければわかりません。アメリカの潜水艦を探知した場合、こちらの潜水艦がどう行動するかは、決めてありますか？」

「しごく単純です。絶対に攻撃するな、です」久保が答えた。「作業部会にそう進言しました。それと、アメリカの干渉に対抗するために、出撃させる潜水艦をふやします」

狛村は訊いた。「中国がわれわれの同盟のことを公表した場合にどうすべきかについて、具体案はまとまっていますか？」

「立案中ですが、具体案はあります」

「では、作業部会に、わたしの提言を伝えてください。これまでどおり続けるのがよい、と」

二〇一六年九月四日　一六〇〇時（現地時間）
中国　青島の南　黄海
中国海軍江凱Ⅱ型フリゲート〈塩城《ヤンチョン》〉：艦番号五四六

〈塩城〉は、就役からまだ四年しかたっていない。江悟《ジアン・ウー》中校（中佐）は二代めの艦長だった。ライトグレーに塗装された〈塩城〉の船体は、なめらかな曲線を描いていて、上部構造は敵レーダーに探知されにくい形状をしている。水上・空中ターゲットと交戦できる最新鋭のミサイル・システムを装備している。だが、さらに重要なのは、ヘリコプターと曳航アレイ（受聴器）を搭載していることだった。〇五四A型とも呼ばれるこのフリゲートは、中国海軍のなかでも最優秀の対潜艦だった。

危険なくらい接近しているタンカーの船尾甲板室が、江中校の前方と右の視界をさえぎっていた。北海艦隊司令部の専門家の指導に従い、〈塩城〉はタンカーの船尾にぴたりと張り付いていた。

タンカー〈大慶《ダーチン》四三五〉の構造は、ほとんどのタンカーとおなじだった。長く低い船体、少し高くなった船首、船尾の甲板室。機関室、乗組員居住区、ブリッジはすべて、中央の高い上部構造一カ所にまとめられている。大きな甲板室の蔭に隠れていれば、潜望鏡深度で接近する潜水艦に、ちっぽけなフリゲートは見つけられないかもしれない。さらに重要なのは、フリゲートの機関音がタンカーの騒音にまぎれるはずだということだった。〇五四A型は、潜水艦狩りを重要な任務の一つとしているので、最初から音響シグネチュアが低い。それにくらべると、タンカーのディーゼル機関の音は、新年のお祭り騒ぎみたいに騒がしかった。タンカーの騒音のせいで、フリゲートの艦首ソナーはまったく役に立たないが、二キロメートル後方に流しているパッシヴ曳航アレイが、ちゃんと機能していた。艦首ソナーよりもずっと感度がいいし、前方監視ビームはタンカーの騒音ばかりを拾っていたが、タンカーの船体に向いていない他のビームには影響がない。それが最初の警報を伝えるはずだった。

〈大慶四三五〉と会合した二日前から、江はブリッジの右舷張り出しかソナー室に詰め切りだった。二隻は中国沿岸の海運航路をまず東へたどり、それから北へ弧を描いた。一二ノットというタンカーの最大速度で突き進んでいるので、翌日には大連とその石油基地の埠頭に到着するはずだった。

辛《シン》船長は一分一分を指折り数えているにちがいないと、江は思った。なんの通達もなく、〈大慶四三五〉は謎の潜水艦を釣りあげる餌にされてしまった。江のフリゲートが突然現われ、船尾近くで位置についた。

緊張に満ちてはいたが、退屈な二日間だった。二隻の三〇〇メートルという距離は、充分なように思えるが、船の全長を考えれば、そうとはいえない。江は〈塩城〉のことが心配だった。〈大慶四三五〉がカバだとすれば、〈塩城〉はガゼルみたいに敏捷だが、タンカーが前触れもなしに回頭したら、小さなフリゲートはあおりを食らう。〈大慶四三五〉は全長は〈塩城〉の一・三倍程度だが、全幅は二倍、排水量は八倍に達する。衝突で損害をこうむるだけではなく、任務にも失敗し、不名誉を恥じて拳銃自殺するしかないだろう。

風は東からの陸風で、波はまずまず穏やかだった――風浪階級三程度だ。波が船体を叩く音や海岸線で波が砕ける音のような環境騒音が、魚などの海洋生物の音や付近の艦船の音と入り混じっていた。こうした音は〝周囲雑音〟と呼ばれ、接近する潜水艦のささやきのような音を、こうした乱雑な背景音のなかで聞き取らなければならない。

敵潜水艦もおなじ問題を抱えているわけだが、タンカーの主機の音ははるかにやかましいし、だいいち潜水艦はどこを探せばいいかを知っている。江は何度かその流れを考えた。最初の警報が水中での魚雷発射の音になる可能性もあるのだ。だから、ヘリコプターの機長と副操縦士は、この二日間、機内で睡眠を取っている。コクピットを出るのを許されるのは、用を足すときだけだ。〈塩城〉のヘリコプターは、離艦準備を整え、燃料と兵装も積みこんであった。

江中校は、あらゆる可能性を吟味し、乗組員を訓練し、海軍が提供する乏しい情報を研究した。いまは待つほかにやることはなかった。

ソナー室にいるときに、第一報がはいった。水測員が報告した。「聴知《コンタクト》、方位〇四〇」

〝滝《ウォーターフォール》〟・ディスプレイの画面には、曳航アレイの全周波数帯が縦の線で左から右へずっと表示されている。周波数の異なる音は、画面の上端に明るい線となって現われる。厳密にいうと、〇四〇と三四〇の両方に探知の可能性があったが、あとのほうは近くの海岸だったので、〇四〇にまちがいなかった。

次の瞬間、ソナーがまた届いた音のサンプルを抽出した。次つぎに前のサンプルが押されて、線がのびてゆく。それが〝滝効果〟を生じさせる。現われては消える雑多な音は、かすかな点かゆがんだ小さな塊になるが、一貫している音は線をこしらえて、それがディスプレイを流れ落ちる。

それでも、捕食者を警戒する鯖の群れのような〝生物〟の可能性がないわけではない。しかし、人工の機械音が細くて鋭い線になるのに対し、自然の音は幅広くぼやけた線になる。だから、水測員には特別な訓練が必要なのだ。江は水測員とともに訓練を受けたうえに、理論研究も六カ月やった。

水測員は、コンピュータのディスプレイに表示される音響エネルギーの配分を見ながら、注意深く音を聞いた。この問題を解くには、両方の特技がなければならない。聴知した目標を類識別するのは、手間がかかる精密な手順なのだ。その日の午後には、数十件の聴知《コンタクト》があり、一件ずつ分析され、吟味されて、〝潜水艦ではない〟と断定された。今回、水測員は前よりも時間をかけていたので、江は予備のヘッドホンをつかみ取りたい気持ちを抑えた。ディスプレイを見たかぎりでは、線は細くきわめて明るく光っていた。「自然音ではありません」

江はそれさえ聞けば充分だった。きっぱりとうなずいた。艦内通信の受話器を取って命じた。「ヘリコプターを発艦させ、北東に向かわせろ。離艦したら精確な方位を報せる」その緊急手配をすませてから、江はさらに命じた。「乗組員を対潜戦闘警戒態勢にしろ。訓練ではないと念を押せ」厳しい訓練を何度も重ねていたこともあり、誰かが馬鹿な思い込みをするのは避けなければならない。

水測員たちは、けたたましい警報やソナー室にはいってきた乗組員の騒ぎをいっさい黙殺した。江が電話を切るやいなや、追跡員が報告した。「ターゲットは右に移動、方位変化が速い。近いです」

つまり、まもなく魚雷を発射する。江は幻想をいだいてはいなかった。現代の潜水艦のソナーは、このフリゲートの装備よりもずっと高性能なはずだ。こちらが探知できたぐらいだから、だいぶ接近しているだろう。奇襲の要素だけが頼りだった。

江は鋭く命じた。「データリンクを確認」

追跡員が答えた。「リンク接続、送信しています」

江は、よくやったというように笑みを浮かべた。また受話器を取った。「タンカーに警告しろ。〝潜水艦が貴艦の右舷前方にいる。警戒――〟」

「水中の魚雷を聴知しました、艦長！」魚雷が三本の明るい力強い線となって、ディスプレイに表示されていた。

「――取り消し、回頭しろと命じろ。いますぐに……針路一〇〇だ。操舵員に、タンカーに追突しないよう気をつけろといえ！」江はあらかじめ、魚雷回避機動を辛船長に教えこんでいた。

あいにく、〈塩城〉は直進するほかはない。回頭すれば流している曳航アレイが、転舵したところでねじれ、安定するまで使い物にならなくなる。数分どころか、たとえ一瞬でも、もっとも重要な捜索武器《センサー》が使用不能になるのは困る。さいわい、フリゲートはターゲットにされていない。

戸口に兵曹が立っていた。「ヘリコプターが離艦しました」

よし、迅速にことが進んでいる。訓練どおりだ。江は報告に応答し、水測員たちに指示した。「魚雷と潜水艦の信号を分別しろ。護衛艦がいるとは思っていないはずだから、発射点から急いで遠ざかることはしないだろう」水測員たちがうなずいて、了解したことを示し、早くも捜索に没頭した。

江はソナー室を出て、戦闘警戒態勢をとっているＣＩＣ（戦闘情報センター）へ行った。ヘリコプター管制官の下級将校が、ディスプレイにかがみこんでいた。「まだ距離はつかんでいない。曳航アレイの探知した方位へ直進し、五キロ先で捜索を開始しろと指示しろ」魚雷を発射したとき、潜水艦は最大射程にいたにちがいない。管制官が命令を復唱し、ヘリコプターの誘導を開始した。

江は時間を確認した。魚雷発射から四十五秒。気の毒ではあるが、発射された魚雷が着弾する時間は、貴重な情報の一つだ。たいがいの魚雷の雷速は四〇ノット前後だから、一分間に一・二キロメートルくらいを航走する。魚雷が爆発した時間によって、それを発射したときに潜水艦がどれくらい離れていたかが推測できる。

乗組員たちとともに、江は時間が流れてゆくのを見守った。一秒一秒がはっきりと意識されていた。江は航海レーダーを見た。「タンカーはもう回頭しているか?」

電話員がブリッジに問い合わせた。「いま回頭を始めたところです」と答えた。

江は首をふった。「遅すぎる。間に合わない」魚雷内蔵のソナーが作動したときに、予想進路から離れていることが肝心なのだ。前方になにもないと、魚雷は周回して捜索しなければならず。命中の確率が大幅に低下する。それに、周回しているあいだに、ますます遠ざかれる。だが、〈大慶四三五〉はタンカーの例に漏れず、コンクリートミキサーみたいに動きが鈍い。

ブリッジに駆け戻った江は、タンカーとの距離がじょじょにひらいているのを見守った。回頭させたのは、魚雷の狙うターゲットから遠ざかりたいからでもあった。命中するときに、近くにいたくはない。まして海上では、離れるというのは、数海里離れることを意味する。

まだ数海里の距離ではなかった。さいわい〈大慶四三五〉は新針路で遠ざかってはいたが、水中のなにかにぶつかったような感じで大きく揺れるのが見えたときには、一海里弱しか離れていなかった。周囲の海面が乳白色に泡立ち、続いて白い水柱が噴きあがった。すべて無音の出来事だったが、数秒後に音が伝わってきた。最初は腹に響く低い響きだった。続いて押し寄せた爆発の轟音に、江はよろめき、フリゲートの船体がびりびりと震えた。

完璧な幾何学的図形の水柱がすぐに砕けるとともに、二本めの魚雷が炸裂した。船体中央からわずかに船尾寄りに命中した一本めの爆発で、巨大なタンカーは一メートル持ちあがった。通常の喫水線の下の赤い部分が帯のように見えていた。二度めの爆発は少し船首寄りで、持ちあがった船首材が一瞬水面を離れた。

船体中央に命中した魚雷二本の被害は、喫水線のずっと上まで及び、背骨が変形した馬のように、その部分がへしゃげた。濃い黒煙が渦を巻いて立ち昇り、傾いた甲板を救命艇のほうへ必死で進んでいる乗組員の姿が、双眼鏡で見えた。

何年も訓練を重ねた江が真っ先に考えたのは、内火艇を出して救助に向かわせるということだった。だが、考えると同時にそれを打ち消した。内火艇をおろすには停止しなければならないし、そうすると曳航アレイの作動が損なわれるだけではなく、潜水艦が近くにいて攻撃しようとしていた場合に、格好の的になってしまう。優先すべきことははっきりしていた。江はCICに戻り、時計を見た。四分を少し過ぎている。四・五キロメートルというところか。推測がほぼ当たったので満足し、ヘリコプター管制官と話を始めたとき、水測員が報告した。「三本めの魚雷がタンカーをはずしました。起爆せず、下をくぐりました」

つまり、回頭には若干の効果があったが、充分ではなかった。「よろしい」江は答えた。「ひきつづき追跡しろ。潜水艦捜索も続けろ」

「了解しました、艦長」水測兵曹がふりむいて、ソナー室に戻ろうとしたとき、あいたままの戸口から叫び声が聞こえた。「三本めの魚雷！　方位変化！　変針しています！」

江は胸に氷の塊ができるのを感じたが、すばやく管制官に告げた。「ヘリの誘導を続けろ」向きを変え、ソナー室へ急いだ。なかにはいる前に、戸口から叫んだ。「どっちだ？」

ほっとした声で、返事があった。「右舷、離れていきます！」江はまた息ができるようになった。

魚雷の多くは細いワイヤーにつながれた〝有線誘導〟で、潜水艦から発射されたあと、ワイヤーはずっと繰り出されてゆく。長大なワイヤーを通じて、潜水艦は魚雷の目標検知追尾装置のデータを受け取り、ターゲットが急激な機動を行なった場合には、魚雷の針路を修整する。今回、潜水艦長は三本めの魚雷がはずれたことを知り、タンカーのほうへ戻していた。かなりの距離から発射し、潜航したままなので、確実に仕留めたかどうかがわからないからだ。

「敵潜はどこだ？」江は語気鋭く訊いた。

「南に向かっています、艦長。速力を八ノットに加速」

江は、にんまりと笑った。「よし。その方位をヘリに伝えろ——」

魚雷を追跡していたべつの水測員が報告した。「魚雷がなおも変針しています。タンカー襲撃進路を過ぎ、こっちへ向かってきます!」

誘導ワイヤーは切れることがある。そうなると魚雷は自動的に周回して、自力でターゲットを探す。だが、江はすぐにその考えを捨てた。一か八かに賭けるわけにはいかない。

ふたたび受話器を取った。「ブリッジ、前進全速、面舵、沈みかけているタンカーにできるだけ近づけろ!」

「艦長、曳航アレイが……」

「アレイはいい! いますぐ転舵しろ!」

復唱を待たずに受話器をかけ、ソナー室を急いで出て、CICを抜け、ブリッジにあがった。当直士官が面舵いっぱいを命じていて、船体から黒煙を吐き出している沈没寸前のタンカーが視界を横切った。速力をふやそうとスクリューが奮闘し、急回頭につれて傾いている甲板が細かく震動していた。

「針路……一一五」方位を見てから、江は命じた。当直士官が、不安げな顔で復唱した。ブリッジの当直員が用心のあまり、タンカーに近づき過ぎないようにする恐れがあることを、江は見抜いていた。これまでずっとタンカーの蔭に隠れてきたが、今度はフリゲートを狙う魚雷を瀕死のタンカーに引き受けてもらうつもりだった。魚雷ははるかに大きいそのターゲットに惹かれるはずだ。

「水測、魚雷の現況は？」江は語気鋭く訊いた。

「曳航アレイでは失探しましたが、艦首ソナーが捉えています。こっちへまっすぐ向かっています。かなり強い信号です」

予想が的中した。江はブリッジの左舷張り出しに出た。炎上している巨船が、左舷前方ぎりぎりにそびえ、近づきすぎたかどうかを江は判断しようとした。〈塩城〉は機敏に反応して、一二ノットから加速し、早くも二二ノットに達していた。タンカーよりはずっと敏捷だが、それでも三八〇〇トンの鋼鉄の塊を動かさなければならない。距離を詰めて……。

当直士官が、受話器をかけた。「艦長、魚雷の追尾装置が作動したと、水測が報告しています。雷速も増しました！」

「取り舵いっぱい！　新針路で魚雷と向首！」江は溜息をついた。競走に負けた。目標を検知した魚雷の雷速は四五ノット以上だ。魚雷の描く弧の内側にまわりこむしか、回避する方法がない。

〈塩城〉はなおも加速し、左に鋭く回頭して、タンカーが右側に見えるようになった。冷たい風が江の顔に切りつけ、服をひっぱった。江はブリッジに戻って対勢図を眺め、角度を見定めると、当直士官に命じた。「全員、衝撃に備えろと伝えろ！」

二〇一六年九月四日　一八三〇時（現地時間）
日本
関西地区・新幹線運行管理センター

日本の新幹線鉄道網は、世界一効率的で速い。営業運転速度は時速三二〇キロメートルにも達し、他の低速の貨物列車や地方列車とはべつの専用線路を走る。一九六〇年代前半から運用を開始し、路線をどんどん拡大して、山の多い日本での旅行時間を大幅に短縮し、日本の輸送と商業を飛躍的に変えた。

問題が起きたとき、小幡武《おばたたけし》は関西地区の運行管理センターにいた。大型液晶ディスプレイ三面には、なんの兆候も出ていなかったし、通信スタッフも問題を報告していなかった。中央のディスプレイが、小幡の担当する関西地区を表示していた。関西は、京都、大阪、その他の大都市を擁して、都市化が進み、人口が集中している。その電子地図には、都市と鉄道網だけではなく、地元の交通情報や、火災のような緊急事態、降水量まで表示できる。

新幹線の各列車の位置情報は、列車の発信機と線路沿いのセンサーによってデータ更新される。山陽新幹線は重要路線で、多いときには上下線ともぴったり五分間隔で、一時間に十二本の列車が運行されている。

緊急対応要員と直結している運行管理デスクの電話が鳴ったので、小幡はすぐさま受話器を取った。ディスプレイにはなにも出ていないが、訓練や警報の場合もある。「関西管制、小幡です」

「こちらは淀川消防署の川口《かわぐち》大隊長です。全車両を出動させている。現場指揮官は誰ですか？」切迫した口調だが、いかにもプロフェッショナルらしかった。

「なんですか？」小幡の返事が大声だったので、管制センターの職員たちの注意を惹いた。小幡はすかさずボタンを押して、ラウドスピーカーで音声が流れるようにした。電話の向こうから、サイレンやディーゼル・エンジンの轟音が聞こえてくる。

「現場指揮官は誰かと訊いているんだ。時間がない。あんたらは手順どおりにできないのか。事故を目撃した市民からの通報がきっかけだというのも、ひどい話だ。警報を発令すべきかどうか知りたい——列車二本、いや、三本だ。一本あたり一〇〇〇人の乗客だぞ」

「大隊長、路線の問題はなにも表示されていない」小幡は見るからに困惑していた。

川口が、すぐさま答えた。「ディスプレイがまちがっている。列車衝突について、何十本も携帯電話からの通報があった。新大阪駅の五キロメートル西だ。最初は列車二本だったが、三本めが事故現場に突っこんだという情報がはいっている。それがまったく表示されていないのか？」サイレンのなかで聞こえるように張りあげていた川口の声が、電撃のように小幡の体を突き抜けた。他の職員もおなじ反応をして、がむしゃらにシステムを点検した。

距離と時間を暗算していた小幡が叫んだ。「新大阪行きの列車をすべて緊急停止しろ！　第二回線で連絡するんだ！」無数の疑問が沸き起こり、それを抑えこもうとした。列車の車掌もこことおなじデータを受けているのか？　川口のいうことが事実とすれば、警告して停車させないかぎり、三本めのうしろから四本めも五本めも次つぎと衝突する。「データはあてにするな！　肉声で確認しろ」

「こっちへの情報はないのか？」川口大隊長が語気荒く訊いた。

「あなたに現場指揮官になってもらうしかない。こっちにはなんの情報もない」震える手で、小幡は電話を切った。間に合うように停車できなかったら死ぬ乗客を満載した車両の映像が、頭を離れなかった。

補佐の森中のほうを向いた。顔から血の気が引いている。「代わってくれ。地域長に電話するんだ。重大事故と重大な通信故障だと想定しろ。故障個所を見つける作業を始めさせろ。わたしは現場へ行って、状況を見てくる。ここから五キロのところだ。なにかわかったら報せる」

二〇一六年九月四日　〇六〇〇時（東部夏時間）

CNNヘッドライン・ニュース

アンカーは急いでいるようで、早口でしゃべっていたが、プロフェッショナルらしい平静な口調だった。「おはようございます。CNNにようこそ。ひきつづき、太平洋の危機についてお報せします。中国の民間タンカーに対する潜水艦による隠密作戦に日本が関与していた証拠があるという、中国政府の驚くべき発表からお伝えします」

話しているあいだに画面に現われた画像が、次つぎと変化した。地図、炎上するタンカー、軍艦、潜水艦。「中国は、タンカーとそれを護衛していた軍艦を攻撃した潜水艦の音響を録音したものを発表しました。二隻とも撃沈されましたが、音響シグネチュアはコンピュータ・データリンクにより陸上へ発信され、それを分析して、日本のそうりゅう型潜水艦だと識別されました。

中国は〝ザ・ネット〟に音響ファイルをアップし、数カ国の海軍が、中国の非難が事実であるかどうか、改竄の形跡がないかどうかを調べています。

中国は、ベトナムの潜水艦の関与も非難し、両国にただちに攻撃を中止し、賠償金を支払わないと、〝きわめて重大な結果を招く〟と要求しています。中国は、中国国内のベトナムと日本の資産をすべて凍結し、円売買を禁止しました」

あらたな光景が映し出された。建物を包囲している警察官に護られた中国大使館、不安げな旅客で混雑している空港。「両国の中国大使館は閉鎖され、外交官は退去の準備をしています。中国人はただちに出国するよう命じられました。中国のベトナム人と日本人も同様で、それには数万人の観光客が含まれます。

こうした公表とはべつに、全域で攻撃が多発しているという報告や噂があります。

昨夜早朝、フィリピンの情報源が、スプラトリー諸島のフィリピンが領有する島の近くで中国軍艦艇と航空機が作戦行動し、その直後に携帯電話と無線が途絶したと報告してきました。スプラトリー諸島では、中国、ベトナム、台湾、フィリピンなどの国が、領有権を巡って争っています。オンライン情報源は、中国海軍艦艇にくわえて地上部隊も現地にいることを確認しました。

ベトナム政府は、中国との国境付近で何度も空爆が行なわれ、ハノイとハイフォンが弾道ミサイル攻撃を受けて死傷者が出たと報告しています。ベトナム政府は〝侵略者中国を撃退する〟ために、全国民に応召を命じました。第一波の空爆の中国軍機十数機を撃墜したと、ベトナムは主張しています。

それから、たったいまこの映像が届きました」パイプと貯蔵タンクの残骸が複雑にもつれ、黒煙が噴きあげ、緊急車両が現場を囲んでいる。「広東省にある中国石油化工集団《シノペック》広東製油所の映像です。巡航ミサイルが着弾して、大規模な爆発と火災が起き、多数の人命が失われるのを、複数の目撃者が見ています」

報道を続ける前に息を継ごうとしたのか、アンカーが一瞬の間を置いた。「べつの日であれば、この大惨事は最初にお伝えしていたでしょう。日本の新幹線で初の死亡事故が起きて、数百人の命が失われました。原因不明で停車していた前の列車に、次の列車が最高速度で衝突しました。事故の報せが管制官に届く前に、三本めの列車が事故現場に突っこみました」

ヘルメットと鮮やかな色のベストをつけている救助作業員が、ねじ曲がった残骸のなかで動いている映像が出た。それだけでは列車事故現場だとはわからなかったが、やがて遠くからの撮影に切り替わると、線路とまだ線路に載っている列車の一部が見えた。映像がまた変わり、白い布をかけた遺体の列の前で、僧侶が読経している場面になった。「地域の病院は負傷者で満員で、死傷者の数はふえるいっぽうです」

ワシントンDC
ホワイトハウス　危機管理室

カークパトリックは、テレビを消した。「国際社会が取り組むべき問題を、要領よくまとめてくれたものだ」

ジョアンナ・パターソン大統領副補佐官、ナギー統合参謀本部副議長、ヒューズ海軍作戦本部長が、いちようにうなずいた。ナギーが質問した。「日本の事故がサイバー攻撃だというのは、確認したのですか？」とカークパトリックに訊いた。ＣＩＡのフォスター長官に向けられた質問でもあった。

フォスターが答えた。「ええ、日本もわれわれも、おなじ結論に達しました。管制システムがハッキングされたのです。まず一本めの列車に〝障害物〟情報を送って停車させ、それから通信網を乗っ取り、リアルタイムデータをいっさい遮断して、偽情報を流しこむ。管制官はその動画を見せられているので、問題に気づかない」

ジョアンナが訊いた。「中国が仕掛けたのね？」

「その可能性が高いです」フォスターが答えた。

「電子はふつう足跡を残さないのですが、ハッキングを逆探知し、過去にも中国がサイバー攻撃を仕掛けた場所と関係のあるところへ行き着きました。日本のネットワーク防御はトップレベルですから、誰がやったにせよ、ものすごく優秀な人間にちがいありません」

カークパトリックがつけくわえた。「日本ではこれからもこの手のことがあるだろう。日本はアメリカの同盟国だから、中国は最初は隠密裏に圧力をかけ、日本が降参したというのを待つ。まだ詳細はわかっていないが、中国は日本円を暴落させる動きをもくろんでいると思われる」

ナギー副議長が、分析を口にした。「ベトナムのほうは、そういう障害はない。報道は氷山の一角でしょう。中国はまだ地上軍を投入してはいない。われわれの砂漠の嵐作戦をなぞっているように見受けられます。ベトナムを空爆でしばらく叩いてから、侵攻するつもりでしょう」

ジョアンナは訊いた。「中国が国境を越えるのは、いつごろでしょうか？」

ナギーが、肩をすくめた。「もうじきでしょうが、攻撃開始前に圧倒的な兵力を用意したいはずです。ベトナムはそう簡単には屈服しない。一九七九年には中国と戦って、痛い目に遭わせています。しかし、今回は、侵攻前に中国がたいした損耗もなく、かなりの打撃をあたえています。ハノイの発表には、中国軍の空爆を阻止しようとして失われた戦闘機の数は含まれていませんでした」

「的確な分析だね、将軍」カークパトリックが、にやりと笑った。「馬鹿な歩兵というのは、謙遜《けんそん》がすぎるよ。EP－3電子偵察機と衛星画像で、中国軍の兵員輸送艦その他の艦艇が南シナ海にあふれんばかりにいて、領有権が争われている島や礁を片端から乗っ取っていることがわかっている。飛行場がある島を集中的に奪っているから、これはほんの第一波だろう。中国部隊の動きをインテリジェンス・コミュニティが逆にたどったところ、流れがよくわかった。中国は何カ月も前から準備していたんだ」

「ベトナムは、その作戦を挫折させようとして、空母を機雷攻撃したのね」ジョアンナが結論をいった。

「でも、挫折させられなかった」カークパトリックがいった。「中国は強行した。だが、どっちが先に手を出そうとしたのかを、いまわれわれは知った。だから、とりあえず国務省は中国と中国と国境を接する国を出るよう、アメリカ国民に勧告する――要するに、アジアのほとんどの国だな。次にどこで問題が持ちあがるか、見当もつかないからね」

13　発覚

二〇一六年九月五日　〇八三〇時（現地時間）
東京　文京区　本郷
東京大学

狛村は、懸念と落胆の入り混じった気持ちで、コンピュータの画面を見つめた、お茶の茶碗を取るときに、手が震えた。今回も研究室のドアをロックしてから、CNNのオンラインニュースにアクセスした。その予防措置が、あたりまえになっている。記者会見を見ているところへ、誰かがはいってくるのは望ましくなかった。感情を隠せるという自信がなかった。沿岸同盟が、姿を現わそうとしていた。

前夜の議論は、長く、緊張がみなぎり、激する場面もあった。参加国を明らかにしないことは、いまも同盟にとって有力な武器だと、狛村は口をきわめて主張した。何者を相手にしているのかがはっきりしないあいだは、中国の行動は抑制される。ベールが剝がされて実態が明らかになったら、中国指導部は紛争を好きなように拡大させることができる――一般市民の犠牲はいっそうふえるはずだ。軍関係者の多くは、現在の戦争の状況や参加国を発表すれば、先日の山陽新幹線列車事故のような大災害を防ぐ民間防衛手段を講じることができると主張した。

自衛隊統合幕僚長伊集院《いじゅういん》陸将が、新大阪駅近くで起きた多重衝突事故のことに触れると、狛村の体を震えが走った。夕方のラッシュアワー直前で、十六両編成の列車三本には、合計で三千二百人以上が乗っていた。現在の死者は二千七百人を超え、生存者も大部分が重傷なので、その数字はさらにふえるものと予想されている。現場から足をひきずる程度で逃げられたのは、ごく少数だった。

新幹線をよく利用する狛村は、時速三〇〇キロメートルの列車が他の列車に激突したときの惨状を、頭から追い払うことができなかった。事故の仮報告書は、機械的故障は見られないとしている。ブラックボックスがすみやかに回収されたが、列車はいずれも正常に運転されていた。ただし、自動列車制御装置に異状が見られた。最初の〈のぞみ〉は、線路に障害物があるという警報を受けて停止した。あとの車両二本は、その警報を受信しておらず、他の列車に接近していることを警告する信号も受信していなかった。

このほとんどありえない故障は、人為的な破壊工作だというのが、唯一の考えられる結論だった。つまり、何者かが新幹線の制御ネットワークにハッキングで侵入し、三本の列車に送られる信号を改竄したのだ。タンカー戦争に日本が関与しているという中国の発表とほぼ同時に事故が起きたことからして、中国がサイバー攻撃を仕掛けたことは、ほぼまちがいなかった。インドのサイバー戦専門家もおなじ意見だった。

　新幹線へのサイバー攻撃では、たしかに大きな犠牲を払ったが、沿岸同盟が国際社会に加盟国を明かせば、核兵器という霊鬼《ジン》がはいった壺の栓を抜くことになると、狛村は力説した。インドが同盟国であるとわかれば、アメリカが同盟にくわわるのとおなじマイナス効果がある。インドは核兵器保有国だから、中国は非核国に核兵器を一度使用することで、同盟に〝強い意図〟を示そうとするだろう。第二次世界大戦の心理的な傷痕が残っているから、日本が核攻撃される可能性が高い。狛村は、その傷のことを痛いほど承知していた。狛村の母は、長崎に原爆が投下された二十年後に、被爆が原因のガンで亡くなっていた。

「狛村博士」ベトナム外務大臣ヴ・キム・ビンが、慇懃に応じた。「博士の懸念はよくわかっておりますが、用心深すぎると思います。超大国が核兵器を使わずに戦争に負けた実例が、三つあります。アメリカと中国は、わが国との戦争に負け、ソ連はアフガニスタンで負けました」

「外務大臣、ご高説はもっともです。しかし、この紛争は、大臣がおっしゃった戦争とはまったく異なります」狛村は反論した。「いずれの戦争でも、超大国は国家存亡の危機にさらされてはいなかった。誇りは傷ついたかもしれないが、祖国に被害はなかった。わたしたちは、故意に中国経済を攻撃しています。現在の紛争は、はるかに規模が大きいし、危険性もはるかに大きい」

「ですから、この軍事行動は早急に終えなければならないと思うのです、教授。それには、中国に対する圧力を強めなければならない。この理由一つでも、戦争とその背後にある事情を国民に知らしめる必要があります」羽田正外相が口を挟んだ。

「羽田外相に賛成です」やはりテレビ会議で参加していた、インドのカンワール・ネール外務大臣がいった。「その点と関連して、インド共和国はマラッカ海峡とロンボク海峡の完全封鎖を行なう用意があります。それにより、中国への中東とアフリカからの石油供給を完全に遮断できます。封鎖はばら積み貨物船にも適用し、工場向けの原材料も届かないようにします」

「みなさん、共通の大義にみなさんが傾注しておられることに、勇気づけられます」ヴが、かなり感激している口調でいった。「わが国は中国の不法侵略行為の矢面に立ち、多大な損害をこうむっています。同盟国日本の損害に心より同情しますが、中国がさらに痛みを感じるようにしないと、そうした損害はこれからもふえるいっぽうでしょう」

「ヴ外相」伊集院陸将が、口を挟んだ。「中国が当初から予定していたスプラトリー諸島侵攻を開始したという噂は、確認されましたか?」

「はい。諜報員には逃げおおせるようにと命じたのですが、逃げる前に勇敢にも報告してきました。変更された予定表と、ハンサ(スプラトリー)諸島全域の多数の島への水陸両用戦を開始せよという中国海軍の命令書の写しを、そのスパイが送ってきました。当然ながら、飛行場のある島が当初のターゲットです。

これは断片的な報告なのですが、シトゥ島とイトゥ・アバ島は、たちまち奪取されたもようです。チュオンサ島——失礼、西鳥島のことです——では、奮戦しましたが、残念ながらまもなく陥落しました」

「なにか支援は行なえないのですか？」伊集院の声には、懸念がにじんでいた。

ヴが、あきらめの態で肩をすくめた。「中国侵攻部隊と交戦するために海軍の一個戦隊を派遣しましたが、たとえ上陸を阻止できたとしても、われわれの海軍は壊滅的打撃を受けるでしょう」

不吉な沈黙が一同を覆った。論議は尽くされ、もういうべきことはなかった。木を打つ鋭い音が、沈黙を破った。羽田が木槌を台に置いた。「もう意見が出ないようでしたら、沿岸同盟結成を公表するという動議の採決を取りたいと思います」

三対一で公表が可決されるのを、狛村は黙って見守った。反対したのは韓国だけだった。傭兵にひとしい〝北〟の軍を、中国がけしかけるのを怖れたのだ。羽田正外相は、補佐官に翌朝の記者会見を手配するよう命じた。

早朝になってようやく、狛村は東京の自宅マンションに帰った。リクライニング・チェアにどさりと座って、ネクタイをゆるめ、酒をごくごくと飲んで、グラスを空にした。継ぎ足し、なにも考えずにテレビのリモコンを取った。液晶テレビがつき、たちまち新幹線事故のニュース映像が現われた。救急隊員数十人が遺体袋を自衛隊のトラックに運ぶ映像を見て、狛村はあえいだ。カメラがトラックにズームし、荷台に薪のように詰まれた黒い厚い遺体袋が映し出された。狛村は震えながらあわててテレビを消し、暗がりで酒を飲んだ。

「おはようございます。わたしたち四カ国が中華人民共和国に対して行なってきた秘密戦争について国際社会に伝え、敵国がわたしたち四カ国に及ぼそうとしている脅威について警告するのが、この記者会見の目的です」羽田正外務大臣の言葉を聞いて、ぼうっとしていた狛村は目が醒めた。椅子に座り直して、外務省のトップが公式発表を続けるあいだ、身を乗り出していた。

「多くのかたがたが、次のように質問なさることと思います。〝なぜこのようなことをするのか?〟と。端的に申しあげれば、降伏するほかに、万策尽きたからであります。この二十年間、中国は、経済とテクノロジーが驚異的な速さで成長するあいだ、横暴なふるまいを続けてきました。しかも、ここ数年、その横暴なふるまいが、軍事という形で進められるようになってきたのです。

中華人民共和国は、われわれに領土の一部を割譲せよと要求してきました。そうした領土内で天然資源の探鉱を行ない、領海内で操業したと称してわれわれの漁業従事者を逮捕し、従わなければ重大な結果を招くと、われわれの国を脅迫してきました。金を出さないと

〝北〟の暴走を制止しないと、われわれの加盟国に強請《ゆす》りをかけることまでしています。中国は世界じゅうのテロ組織に武器を供給し、経済的・政治的利益のために現地国の住民の苦難を助長させています。わたしたち四カ国は、問題を平和的に解決しようと、外交努力を続けてきました。しかし、中国の答えはつねにおなじです。要求を呑めば平和をやろう。国際社会は、かつてこれとおなじ話を聞いたことがあるはずです」

羽田が言葉を切り、ナチス・ドイツを示唆して、感情に訴えるその言葉が意識にしっかりと植え付けられるのを待った。沿岸同盟各国の国民と、できれば国際社会の心に、その言葉を届けなければならない。

「最近、わたしたちは、南シナ海で続いている領土問題を、中国が軍事的な争いによって解決しようともくろんでいることを突き止めました。わたしたちになにができたでしょう？弱い者いじめの共産国の恫喝《どうかつ》におとなしく従い、貢物を差し出すのか？　中国を助長させれば、さらに厚顔無恥なことをやりかねません。この不法侵略行為は、入念に練られた軍事行動の端緒に過ぎず、ひきつづき東シナ海と黄海でも領土を奪うという狙いがあります。

わたしたちは、恐怖に怯えて、短期の平和を確保するだけのために、中国が自分のものではない領土を奪うのを座視するべきでしょうか？　それとも、民主主義の指針や固有の領土や国民を護るために、立ちあがるべきでしょうか？　その選択に直面して、わたしたちは共同で、弱い者いじめをする国に対抗することにしたのです。自分たちの国と国民を護るために」

狛村は、羽田の弁舌にすっかり感心した。日本国民の正当な義憤を煽るために、動議、文化、政治すべてについて正しい言葉遣いで刺激した。他の沿岸同盟加盟国の国民と、ことによると西欧でもおなじ効果が期待できるかもしれない。羽田の話の趣意はアメリカやロシアの一部でも共感を得るだろうが、米ロの政府が直接関与する必要があると思うほどの説得力はなかった。

羽田はそのあとで、中国の脅威について沿岸同盟が把握していることを詳細に述べ、一連の出来事をぼかして説明してから、南シナ海での現在の水陸両用戦と結びつけた。諜報員の安全が脅かされないように情報は伏せてほしい、というベトナムの要請には反していた。しかしながら、スプラトリー諸島の大部分を占領して支配する九月の大規模軍事作戦を、中国が何カ月も前から立案していたことが、それで明らかにされた。選択肢は先制攻撃か降伏かの二つしかなかった——そして、同盟は前者を選んだ——という言葉をくりかえして、羽田は日本の主張を締めくくった。

ベトナムと韓国の外相が、続いて短い演説をして、羽田の声明をそれぞれの国が了承していることを示した。だが、外相の代理として記者会見に出席していたインド大使が、最後に爆弾発言を行なった。

「沿岸同盟は中華人民共和国と戦争を行なっているため、南シナ海、東シナ海、黄海のすべての海上交通路は、残念ながら戦域と見なされます。この水域を通過する船舶はすべて、危険を冒すことになります。中国の港を目指す船舶はすべて、警告なしで攻撃され、撃沈されることになります。攻撃はもはやタンカーだけにかぎられません。

最後に、インド海軍はマラッカ海峡およびロンボク海峡をただちに全面的に封鎖します。中華人民共和国へ向かう船舶はすべて臨検され、船籍と積荷目録を確認されます。その他の極東の目的地へ向かう船舶はすべて、遠回りをすることになります。停船や臨検を拒む船舶があり、一度の警告で従わない場合には、ブリッジを砲撃します」

二〇一六年九月四日　一九五〇時（東部夏時間）
CNNヘッドライン・ニュース

日本での記者会見がニューヨークのスタジオに転送されると、アンカーウーマンがかなり面食らった。世界じゅうが耳にしたことを理解するのに、一瞬とまどったが、プロデューサーがカメラの向こうで懸命に手をふったので、すぐに気を取り直した。

「じつに……驚くべきことです！　わたしたちは歴史が作られるのを目にしました！　結成されたばかりの沿岸同盟の代表が、中華人民共和国のあいだで戦争状態にあると宣言しました。一週間以上も海のなかで行なわれていた隠れた紛争が、明るみになったのです。しかしながら、わが社のクリスティーン・レイヤード記者は、異色のブログを通じて、この事態の最新情報を把握していました。その不思議なウェブサイトについて、これからクリスティーンの話を聞きます。こんばんは、クリスティーン」

「こんばんは、ジャッキー」

「クリスティーン、あなたが利用していたその驚くべきウェブサイトのことを、テレビをご覧のみなさんに説明してくれますか？」

「いいですよ、ジャッキー。この二週間、そのブログは何度か名前を変えて、現在は『二〇一六年太平洋大戦』と題しています。ブログ管理人のヘクター・マクマートリーさんは、著名な海事問題研究者なのですが、ベトナム商船〈ヴィナシップ・シー〉失踪について興味深い記事を書いておられたのを、わたしがたまたま見つけたのが、最初のきっかけになりました。結果論ながら、その船はこの戦争の最初の犠牲者だったわけです。わたしはマクマートリーさんに連絡をとり、そのあとずっと、信じられないほど精確な情報や推論をいただいています。わたしたちのふだんの情報源よりも、ずっと早く情報が届きます。マクマートリーさんに、スカイプで番組に参加していただき、南シナ海の状況についてお話ししてくださるようお願いしました。こんばんは、ヘクター。ご協力、ありがとうございます」

「こんばんは、クリスティーン」マックが答えた。デスクの向こうのテレビに、自分の顔が映っているのが見える。なにもかもが、奇妙な感じだった。最初に思ったのは、締めるネクタイの色をまちがえたということだった。顔がピンクに見える。だが、色を選べるほど持っていない。ネクタイは何年も締めたことがないし、昔はやったのは、もっとけばけばしい色合いだった。

「ヘクター、駐日インド大使が、マラッカ海峡とロンボク海峡の封鎖を宣言しました。この二本の航路にはどういう意味がありますか?」

「いずれも中国の生命線です。マラッカ海峡は世界でもっとも船舶の航行が多い海のハイウェイで、海上交通の二五パーセントないし三〇パーセントが毎年そこを通過します。中国を出入する多数の船がそこを通ります。しかし、マラッカ海峡は重要航路であるとはいえ、水深が二五メートル程度という浅さなので、タンカーは通れません。タンカーはもっと深いロンボク海峡を通ります」

「つまり、インドがその二海峡を封鎖すると、中国は中東の石油の供給を絶たれるのですね?」

「それだけではすまないんです、クリスティーン。中国が中東とアフリカからの石油その他の天然資源の供給を絶たれると、こうした重要な原材料を運ぶ船は、フィリピンを迂回し、東シナ海まわりで中国本土に向かわなければなりません――その航路は日本の自衛隊が効果的に監視できます」

「ヘクター、沿岸同盟が中国商船を効果的に封じこめることができた場合、世界経済にどのような影響がありますか?」

「少なくとも原材料や輸入物資のコストが上昇し、すべての方面にありがたくない衝撃をあたえるでしょう。保険料や燃料コストには、すでにかなりの影響が出ています。戦争が長引けば長引くほど、それが悪化します、世界貿易の九〇パーセント近くが海上輸送であることを、みなさんはもっと認識する必要がありますよ、クリスティーン。

これからも、それは悪化するいっぽうでしょうね、中国は世界最大の製品輸出国で、世界第二位の原油輸入国です。中国の商船は産業というエンジンの生命維持に必要な血液を運んでいるんです。沿岸同盟が中国の貿易を効果的に締め付けるのに成功したら、中国経済は内部破裂を起こすでしょう。その衝撃波は恐るべき速度で全世界に伝わります。世界的な大恐慌が起こらないともかぎりません」

「あまり元気になるような筋書きではありませんね、ヘクター。中国にできる――」

「失礼、クリスティーン」アンカーウーマンがさえぎった。「東部夏時間で九時にマイルズ大統領が声明を発表するということです。政権がとる行動について、国民に報せるのだと思います。あなたさえよければ、マクマートリーさんに質問したいのですが」

「どうぞ、ジャッキー」

「マクマートリーさん、いまお話しになったような経済へのマイナスの影響が、マイルズ大統領の再選をどのように左右するとお考えですか?」

マックは、くすりと笑った。その質問は地雷だった。踏むつもりは毛頭なかった。

「ジャッキー、わたしはカナダ人だし、隣国の大統領選挙についてのわたしの意見など、なんの重みもありませんよ。意見をいう権利もない。わたしの意見には、ロトくじのはずれカードほどの値打ちもないでしょう」

クリスティーンは、マックの返事を聞いてにやりと笑った。むずかしい質問を、うまくさばいた。カメラのうしろでプロデューサーが、片手で首を切る仕草をしていたので、インタビューを切り上げることにした。

「それでは今夜はこのへんで、あらためて、貴重なご意見をありがとうございました、ヘクター・マクマートリーさん」

「どういたしまして」

「あとはお任せします、ジャッキー」

テレビの画面から自分の顔が消えるとすぐに、マックはいまいましいネクタイを引きはずした。インタビューが終わってやれやれと思い、深く息を吸った。こんな精神的重圧はひさしぶりで、二度とごめんだと思った。突然、クリスティーン・レイヤードの顔がコンピュータの画面に現われた。「すばらしかった、マック! プロデューサーはおおよろこびよ!」

マックは、椅子で跳びあがりそうになった。クリスティーンが不意に現われたために、動揺していた。額の汗を拭い、指をふって叱りつけた。「クリスティーン、わたしはもう若くないんだ。そんなふうにびっくりさせたら、心臓発作を起こすかもしれない。次のインタビューまで生かしておくつもりなら、二度とこんなことはしないでくれ」最後のほうでは笑みを浮かべて、怒っていないことを伝えた。

クリスティーンが、ぎょっとした顔になった。自分の花形コメンテイターが死んでしまうというのは、考えるだけで恐ろしかった。「ごめんなさい、マック！ インタビューがあんまりうまくいったんで、すごく興奮しちゃったのよ」

「みたいだね」マックは苦笑まじりに答えた。カフェイン抜きのコーヒーでもどう？ と提案しかけたとき、クリスティーンの次の言葉で、また心臓が縮みそうになった。

「プロデューサーが、もっと集中的なインタビューをしたいっていうの。すぐにでもニューヨークに来られない？」

「なんだって？」マックは言葉を失った。

「中国商船、タンカー撃沈、沿岸同盟の戦略について、特番をいくつか組みたいっていうの。それに、また動きの早いネタが出たら、そばにいてくれると助かるし。それにはニューヨークに来てもらうのがいちばんだから」

「絶対にだめだ！」マックはぴしりと答えた。

今度はクリスティーンが驚く番だった。「どうしてだめなの、マック？　マンハッタンの最高級ホテルを用意するわ。タイム・ワーナー・センターのうちのスタジオ近くの」

「クリスティーン、わたしはハリファックスの繁華街へ行くのもいやなんだ。まして、ノバスコシア州の十倍の人口の大都会なんて滅相もない！　コンクリートは大嫌いなんだ！」

「約束する。なにも心配いらないから。ちゃんと面倒を見させるから」クリスティーンが反論した。

「それじゃ、わたしのブログは誰が更新するんだ？」

「おうちにいるときとおなじように、ここでもやれる。必要なIT支援があるオフィスを用意します」

マックは眼鏡を取り、目をこすった。ひどく疲れていて、機嫌が悪くなりはじめているのがわかった。「お嬢さん、わたしの資料はすべてが電子じゃないんだ。それどころか、ハードコピーってやつをしょっちゅう使う。古風な趣のあるこういう古い〝本〟というやつをね」分厚くて重い『ジェーン年鑑：商船』を持ちあげて見せた。

「必要なものは、なんでも運ぶから」クリスティーンが、哀願する口調になっていた。

「無理だね」マックはせせら笑った。

「マック、お願い――」

マックはすばやく片手を挙げて、クリスティーンを制した。

「レイヤードさん、わたしはずっとここにいて、グループ・ブログを更新しつづける。それが好きだし、わたしの使命でもある。きみもプロデューサーも、それに合わせるようにするんだね」

二〇一六年九月四日　二〇一五時（東部夏時間）
ワシントンDC
ホワイトハウス　オーバル・オフィス

ミルト・アルバレス首席補佐官は、ノックしてからドアをあけた。オーバル・オフィスでは、マイルズ大統領とロイド国務長官が安楽椅子に座り、中国と対決する戦略を練っていた。

「大統領、中国大使が見えました」

「ああ、よかった、ミルト。お通ししてくれ」マイルズは、立ちあがりながら答えた。

「ずいぶん遅かったですね」ロイドが、ぶつぶついった。

「丁重にな、アンディ」にやりと笑って、マイルズはいった。

アルバレスが踵《きびす》を返して、ドアを大きくあけ、駐米中国大使を招き入れた。楊錦平《ヤン・ジンピン》大使は、小太りで、丸顔にいつも愛嬌のある笑みを浮かべている。熟練の外交官で、駐英大使や国連大使などを歴任している。

「ようこそ、大使。オーバル・オフィスに歓迎します」マイルズが、北京語で挨拶をした。楊の笑みがひろがった。腰を曲げてお辞儀をすると、こういった。「母国語で歓迎されるとは、名誉の至りです、大統領。発音もかなりお上手ですね」

マイルズは、悲しげに首をふりながら笑った。「いかにも外交官らしい如才のなさですね、大使。しかし、わたしの北京語の先生は、そうは思っていないんですよ、鼻濁音がまるで吐こうとしているように聞こえるというんです」

楊が、腹を抱えて大笑いした。マイルズが聞きたいと思っていた、心からの笑い声のようだった。この先、楊との話し合いは、いやがうえにも緊張したものになるはずだ。しょっぱなからそういうふうにはしたくなかった。楊が進み出て、マイルズ、そしてロイズと握手をした。椅子を示し、英語に戻って、マイルズはいった。「どうぞおかけください。コーヒーはいかがですか。それともお茶にしますか？」

「いや、結構です、大統領」楊が重々しくいった。「むずかしい話し合いを控えているのは、おたがいにわかっていますし、早く始めたほうがありがたいですよ」

年配の立派な政治家の顔から笑みが消えるのを、マイルズは見守った。ほんとうにこの会見がいやなのだろう。自分がいうように命じられていることに、承服していないのかもしれない。「率直にいってくださって、感謝します、大使。しかし、たとえきつい表現を使うことになっても、おたがいの問題を話し合いたいと思います」

楊の笑みが、かすかに戻った。上着のぐあいを直すと、背筋をのばして口を開いた。「まず、しばらく連絡がとれない状態にあったことをお詫びします。しかし、双方がおなじ情報を把握することが必要だと、わたしの政府が考えたのです。沿岸同盟の代表たちの声明発表はご覧になりましたね？」

「ええ。ロイド長官と一緒に記者会見を見ました」

「どうお感じになりましたか？」

「わたしたちはきわめて危険な状況を抱えています。流血を阻止する手段を講じないと、それがいっそう悪化する可能性が高いでしょう」

楊の目が鋭くなり、マイルズを注意深く観察した。「よろしければ、大統領、〝わたしたち〟とは誰を指すのか、教えていただけませんか？」

「国際社会です、大使」マイルズはずばりと答えた。

「それは高潔なお考えですね、大統領。しかし、最初に攻撃されたのがわたしたちだったことを、忘れてはいませんか」楊が反論した。

「沿岸同盟が最初の一弾を放ったという意味でしたら、理屈のうえではそのとおりです。しかし、あなたがたがスプラトリー諸島の島と礁のおおかたを奪取する計画を、その前に進めていなかったら、ベトナムが空母〈遼寧〉を機雷攻撃することはなかったでしょう。現在、あなたがたが実行している計画のことですよ」

楊の顔には、なんの反応も浮かばなかった。みごとなまでにプロフェッショナルの外交官だ。しかし、かすかな逡巡が見えたので、マイルズは準備してあった攻撃計画を強行することにした。

「じつはですね、大使、われわれは三叉の矛《トライデント》作戦のことをかなり知っているんですよ。気の利いた作戦名ですね。三叉の矛とは、スプラトリー諸島の三方面を同時攻撃するからですね、北、中央、そして南を。最初はわからなかったのですが、貴国の〇九三型潜水艦が〈ヴィナシップ・シー〉を魚雷攻撃し——」

「やめてください、大統領！ 抗議せざるをえなくなりますから！」楊が憤慨してさえぎった。

「大使閣下」マイルズは、快活に応じた。「その襲撃の一部始終を、こちらの原潜が目撃しているんです。そちらの潜水艦が港を出たときからずっと、尾行していたんですよ。〇九三型がYu-6魚雷二本を発射したことも、大きな二次爆発があったことも、知っています。お望みなら、ソナーの記録や武器管制システムの記録のコピーを提供しますよ。

そういうことですよ、大使。中華人民共和国は、この事件では〝なんの罪もない被害者〟ではないんです。先に発砲したのは沿岸同盟かもしれないが、それはあなたがたの計画を突き止めていたからで、殴られる前に殴っただけのことです」

「わたしたちはたいへんな損害をこうむりました、大統領。沿岸同盟よりもずっとひどい。

とうてい容認できません」

「それも事実ではありません、大使。ご存じのはずです」楊が鼻から深く息を吸う音が、マイルズに聞こえた。嘘をついているという非難に、屈辱を感じたのだ——よし。中国がやったことは取るに足らないと、本気で思っているのかどうか。目当てのチャンスがめぐってきたと、マイルズは知った。

「じつは、わたしたちは、第四技術偵察局が山陽新幹線の事故を起こしたことを知っているんですよ。新幹線の管制システムにハッキングで侵入し、一般市民二千七百五十人が死亡する事故を起こした。六一四一九部隊のサイバー侵入専門家はきわめて優秀だと聞いていますが、電子の指紋を残してしまったんです」

楊は黙っていたが、やがて生唾を呑みこんだ。アメリカ大統領は、予想していた以上に情報を把握している。劣勢に追いこまれたいま、いい逃れようとしても無意味だと、楊は思った。

「どうしろというんですか？　降伏しろとでも？」楊は冷笑を浮かべた。

「いいえ、大使。しかし、この紛争を終わらせる鍵は、あなたの国が握っている。侵攻した島から部隊を引き揚げ、休戦を要求したらどうですか。アメリカはそれを全面的に支援し、同盟国に受け入れるよう強く圧力をかけます。戦闘が中止されたところで、争いを解決するような仲裁策を提案します」

「つまり、アメリカの同盟国がわが国にあたえた損害をそのまま引き受け、アメリカのお情けにすがれというんですね。それではわが国にたいした利益はないと、指導部は考えるでしょう」

「うまみのある解決策ではないというのは認めますが、それ以外の方策ではもっと悲惨なことになりますよ」マイルズは説得した。「こうした情報を、わたしたちは同盟国にはいっさい流していません。イギリスですら、わたしたちの知っていることを知らされていません。わたしは貴国に、〝優先拒否権〟を提示しているんです。

また、アメリカと同盟を結んでいる非交戦国の保有する領土に侵攻したことにより、あなたがたがわたしをこのような立場に追いこんだことを遺憾に思います。具体的にいうとフィリピンのことですが、貴国を脅かす能力などまったくない。中国が現在の路線を続行するようであれば、わが国が中立を維持できるとは思えません。中立でなくなった場合には、いまお話ししたような情報はすべて中国に不利なように使われるでしょう。西欧はまちがいなく沿岸同盟陣営に肩入れするはずです。ニュース報道はご覧になっていますね。すでにそういう行動に多くが賛意を示しています」

「こんどは脅しですか、マイルズ大統領？」楊が、腹立たしげに叫んだ。

「いいえ、大使。できるだけ誤解の余地がないようにしているだけです。この問題に関するアメリカ合衆国の姿勢を指導部に忠実に伝えるのが、大使の役割でしょう。その責務をきちんと行なってくれるように、明確に述べる必要があるのです。

このことも考えてください。中国はアジア各国との貿易がすでに激減しています。そのうえに、アメリカと西欧が中国との貿易を控えるようになったら、中国経済は内部崩壊を起こすでしょうね。中国は大混乱に陥り、世界各国もそれに巻きこまれる。わたしもあなたがたとおなじように、そういうことが起きるのは望ましくないと思っています。そうなったら、経済と政治に痛烈な打撃をあたえ、わが国も含めて、世界のほとんどの国に影響が及ぶでしょう。ロシアが中国を援助するとは思えません。ロシアはアメリカと中国の凋落を歓迎するはずですよ」

楊が見るからに動揺していることに、マイルズは目を留めた。いまの発言に楊は怒りを示していた。しかし、気まずい一瞬が過ぎると、了解したというしるしにうなずき、楊は立ちあがった。「大統領の真摯なお言葉を中央委員会に伝えます」

「ありがとうございます、楊大使」と答えて、マイルズも立ちあがった。「こういう赤裸々な物言いは、好きではありません。外国政府の代表にこのようなぶしつけな態度で接するのは、わたしのふだんの流儀に反します。ですが、現状ではそうするしかありませんでした」

楊がうなずいた。落胆した顔で、急にだいぶ老けたように見えた。楊が差し出した手を、マイルズはしっかりと握った。「ごきげんよう、大使」

楊が付き添われてオーバル・オフィスから出ていくとき、ロイドが身を乗り出してささやいた。「情報をずいぶん鷹揚に教えましたね、大統領。そうする必要があったのですか？」

マイルズは、溜息をついた。「わかっている、アンディ。その決断はいずれわたしたちに跳ね返ってくるだろうが、中国の企みを一つ残らず詳しく知っていることを、楊に確信させなければならなかった。その情報は、わたしが使える数少ない武器の一つだ。楊が少しは怯えてくれたのならいいんだが」

「慰めになるかどうか、楊はずいぶんみじめなようすでしたよ」と、ロイドがいった。

マイルズは笑みを浮かべて、友人の肩を叩いた。「ああ、気の毒に、われらが友人の楊はひどく不幸せそうだった。それに、今夜はもっとみじめな思いをするにちがいない」

二〇一六年九月五日　一一〇〇現地時間
南シナ海
インド海軍攻撃原潜〈チャクラ〉

ギリシュ・サマント大佐は、中央指揮所を見まわした。ロシアが設計したアクラ型潜水艦の発令所では、なにもかもがしかるべき状態だった。戦闘配置についてからもう何時間もたつのに、乗組員は警戒怠りなく、求められているとおり任務にいそしんでいる。中国との戦争が始まってから、まだ六日しかたっていないが、〈チャクラ〉はすでにＶＬＣＣ一隻を含むタンカー四隻を撃沈していた。だから、自分たちの戦果はまずまずのものだと、サマントは考えていたが、タンカーは仕留めやすい餌食だ。いまはもっと大きな獲物を狩っている。この大物は捉えづらく、反撃してくる恐れがある。サマントは、集合武器管制コンソールがある左に目を向けて、先任将校が兵曹二人と一緒にかがみこんでいるのを見た。三人は熱心に議論していた。声が大きく、興奮気味だった。兵曹一人が円形ディスプレイを指差し、ターゲットの操艦が未熟であることを指摘した。サマントは、規律に反する態度に、眉をひそめた。

「現況は、先任《ナンバー・ワン》?」サマントは、叱りつけるような口調で訊いた。

「はい、艦長。聴知《コンタクト》47は、四ノットでほぼ西に進んでいます。距離は推定一万四〇〇〇メートル、遠ざかっています。接的のため、針路を三一〇に変更することを勧めます」

「たいへんよろしい、先任。操舵員、面舵一五度、針路三一〇」

射撃解析値は不正確にちがいないと、サマントは睨んでいた。元《ユイアン》型〇四一型潜水艦は通常動力型としては最新鋭だし、時速一〇キロメートルでバッテリー航走するのを探知できたとは思えない。それでも、適切な方位に向けて、勧められた針路変更を命じた。〈チャクラ〉が新針路に向けて回頭するあいだに、頭のなかで計算した。

ギリシュ・サマント艦長は、インド海軍で最高の潜水艦乗りだという評判だが、それにはれっきとした理由があった。どの教科でもクラスのトップで、乗り組んだ潜水艦のすべてで最高の勤務評定を受けている。だが、なんといっても最大の業績は、インド海軍将校としてはじめて、〝ペリッシャー〟と呼ばれる英海軍の潜水艦指揮官教育課程を修了したことだった。このクラスの生徒は五人で、外国の将校はサマントだけだった。過酷な六カ月の教育課程を終えたのは、サマントも含めた三人だけだった。あとの二人は〝死滅させられた《ペリッシュド》〟。修了に際してサマントは、整然とした頭脳と重圧に耐える冷静さが群を抜いていると称揚された。

一年ほど前に、〈チャクラ〉の二代目艦長に選ばれたとき、サマントはそれが自分の軍歴の頂点になるだろうと考えた。ところが、インドが沿岸同盟に加盟し、突然、自分の艦が戦争のさなかに押しこまれた。未来の展望が一変したいま、平時に達成したことなど、もはや重要ではない些事に思えてきた。インド海軍でもっとも優秀な潜水艦乗りであるだけでは、充分ではなかった。そこでサマントは、インド海軍きっての戦果をあげる艦長になろうと決意した。やる気満々になり、できるだけ早く数多くの艦艇を撃沈しようとした。タンカーを撃沈すれば、戦果の総トン数はふえるが、戦闘艦、ことに潜水艦を撃沈するほうが、ずっと輝かしい栄光になる。この中国艦を逃してはならない。

指揮デスクで射撃解析値を見ているうちに、サマントは胸騒ぎをおぼえた。方位変化が早過ぎる。先ほど思ったことを、それが裏付けた。コンタクトはかなり近い。「先任、コンタクトの距離を七〇〇〇メートルに短縮、ターゲットの針路と速力を再計算しろ」

「アイアイ・サー」マーヒル・ジャイン少佐が答えた。すぐさま報告しに戻ってきた。「艦長、ターゲット新針路は二八〇、速力三ノットです。右舷側方アレイもコンタクトを捉えています。新距離は七八〇〇メートルと推定されます」

サマントの顔は、仮面のように無表情だった。距離の推定が正しかったとわかったが、側方アレイの情報は、一つの事実を確認したにすぎない。よろこぶのはまだ早かった。それはターゲットを撃沈してからだ。「たいへんよろしい、先任。目標調定に備えろ。操舵員、面舵一五度、針路三四〇。当直士官、戦闘無音潜航を開始」

攻撃原潜〈ノース・ダコタ〉

「ターゲット変針、S《シエラ》29が右に針路変更」シグペンが報告した。

ミッチェルは、左舷の大型ディスプレイを見た。たいした想像力を働かせなくても、インド艦が何をしようとしているかは想像がついた。「さて、これでまちがいないな。やつはまっすぐ元型に向かっている」

「ええ、艦長。ということは、こちら側に向けて回頭しているわけですよ」シグペンが、念を押した。

「ああ、それもあるな」ミッチェルは認めた。この遭遇の幾何特性（位置関係）は最悪だった。アクラ型と並行して回頭するのが賢明だが、そうすると元型にぶつかってしまう。〈ノース・ダコタ〉は、インド艦の右斜めうしろ六〇〇〇ヤードを追尾しているため、右回頭ではじきに中国艦に近づいてしまう。それに、最悪の場合、敵対する潜水艦二隻のあいだにはいってしまい、両者の攻撃の巻き添えを食う危険が高まる。

「当直士官、アクラと並行して回頭、ただし速力は五ノットに落とせ。副長と相談しないといけない」

「アイ、艦長。面舵、アクラと並行、五ノットに減速」イワハシが復唱した。ミッチェルはうなずいて、邪魔にならないようにどいた。イワハシが針路変更を行なうとき、シグペンが向きを変えて、指揮管制コンソールに近づいた。

「本艦、ひでえ位置ですよ、艦長」シグペンが嘆いた。

「まったくだな、副長。しかも、アクラが発射位置につく前に、もっといい位置につくのは望めそうにない。そうだろう?」

「たしかに。オカマを掘るか、離脱して代案《プランB》をやるしかないですね」

「あとのほうがいいと思うね、バーニー。二隻が撃ち合いを始める前に離れよう」

「もっと速力を落として、アクラを先に行かせればいいですよ」シグペンが意見をいった。

対勢図ディスプレイの自分たちの艦のアイコンを指で押さえ、手前に引いて、距離をあけることを強調した。

ミッチェルは、シグペンの提案を考えた。アクラ型との問題は解決するが、元型のほうはどうする。減速しても、望ましい角度に離脱するのには間に合わない。中国艦の艦長は、〈ノース・ダコタ〉の干渉にインド艦が反応したときに、魚雷を一本は発射できるはずだ。その時点で〈ノース・ダコタ〉は、魚雷の漏斗《ろうと》状の目標捕捉範囲を出ていない可能性がある。

「それではアクラから充分に遠ざかれない、副長」ミッチェルはいった。「もっと右へ行こう。インド艦と四五度の角度で離れれば、発射位置から早く遠ざかることができるし、曳航アレイの後方ビームでターゲットを両方捕捉しておける」

「それがいいでしょう、艦長」シグペンがうなずいた。「そのあとでマイノットを持ってきて、艇首機雷探知機のパルスをアクラにぶつける。それで怯えて離脱するだろう」

対勢図ディスプレイに目を戻すと、マイノットはアクラ型の左斜めうしろ五〇〇〇ヤードにいて、少し深度が小さいとわかった。インド艦と中国艦の両方が高周波パルスを探知するよう仕向けるには、アクラの真横上に移動する必要がある。

「わかった、副長。マイノットの速力を九ノットに加速し、アクラの真横に移動しよう。それから……」トラックボールを使って、アクラ型と元型を一直線上に捉えられる位置に、マイノットのアイコンを移動した。「……針路〇二一、そのあと、艇首機雷探知機をアクティヴにする。こっちの音響モデムは、最小出力に設定しろ。注意を惹きたくはないからな」

「マイノットの速力を九ノットに加速。アクラの真横、〇二一に回頭したら、〝タッチ、あんたが鬼〟っていわせる、アイアイ・サー」

インド海軍攻撃原潜〈チャクラ〉

「艦長、聴知《コンタクト》47は、針路二八〇を直進、速力三ノット。推定距離六八〇〇メートル、なおも接近中。解析値が出ました」ジャインが報告した。

「たいへんよろしい、先任《ナンバー・ワン》」サマントは、隔壁の時計を見た。武器管制チームが発射解析値を出すまで約八分。まずまずのできだ。

「発射管一、二、七、八を発射用意」サマントは命じた。最初の二門にはUGST魚雷、あとの二門にはMG－84自走デコイが装填されていた。サマントに抜かりはなかった。魚雷発射を探知するやいなや、中国艦は応射するはずだ。

「あらたなコンタクト、方位二三〇。左舷です」水測員がインターコムで伝えた。

サマントは、マイクを取ると同時に、武器管制チームに命じた。「コンタクト48を追跡。うまくやれよ、先任」

マイクのスイッチを入れて、サマントはいった。「水測、新コンタクトを識別しろ」

「艦長、コンタクト48は弱いです。方位変化や音色は聞き取れません。水中コンタクトの可能性あり」水測員が答えた。

ほかに水中コンタクトがあるのか、サマントは怪訝に思った。待ち伏せ攻撃の可能性が頭をよぎったが、それには中国が保有していないような探知・調整能力を必要とする。だが、たとえ偶発的だったとしても、もっとも不都合なときに現われたコンタクトだから、対処しないわけにはいかなかった。

「発射管三、四も発射用意。緩射（射撃諸元を修整しつつ発射すること）に備えろ。目標はコンタクト47。発射管七、一、二発射手順開始」

攻撃原潜〈ノース・ダコタ〉

「艦長、シエラ29が発射管に注水、前扉開放」水測長が告げた。

「たいへん結構、水測」ミッチェルは答えた。「副長、マイノットをアクティヴにしろ」

「アイアイ・サー。コマンド発信しました」

攻撃原潜〈チャクラ〉

音響受信機が突然、魚雷警報を鳴らしはじめ、うろたえた声がスピーカーから聞こえた。

「アクティヴ魚雷、方位一三〇！　魚雷が近づいている！」

サマントには、状況を判断しているひまがなかった。反応しなければならない。すかさず命令を矢継ぎ早に下した。「発射管七、一、二、速射。コンタクト48、発射管三。操舵員、最大戦速、面舵二五度、針路〇六〇」

攻撃原潜〈ノース・ダコタ〉

「魚雷航走中！」水測長が叫んだ。「四本発射されました」

「操縦員、前進原速」ミッチェルは命じた。「水測、魚雷はどこへ向かっている」

「近づいてくるものはありません、艦長。二本はシエラ30つまり元型に向けて発射されました。もう一本はマイノットに向かっています。あとの一本は、シエラ29の針路から離れていきます。デコイの可能性があります」

「たいへんよろしい。ひきつづき魚雷に目を光らせていてくれ」ミッチェルは命じた。

「なんてこった、やつは魚雷をしこたま撃ってる！」シグペンが感心して大声を出した。

「発射管が八門あって、速射システムがあるからな」ミッチェルは冷ややかに応じた。

「艦長、シエラ30は、音響対策装置を発射しました。シエラ29は、右に急変針しています。空洞雑音をばらまきはじめました！」

「操縦員、最大戦速！」ミッチェルは叫んだ。

武器管制チームが大型ディスプレイを見守っていると、複雑にもつれたソナー・コンタクトがたちまち整理されていった。インドのアクラ型は急回頭し、高速で南を目指している。元型は北へ変針して、音響対策装置をうしろに撃ち出しながら、精いっぱい速く逃げようとしている。音響対策装置に惑わされたインド艦の魚雷は、元型の位置を通過してしまい、再攻撃の周回を開始して、むなしくターゲットを探している。マイノットに向けて発射された一本は、ちっぽけなターゲットを見つけられなかった。

騒音の大混乱のなかから、中国艦のＹｕ－６魚雷一本が現われ、インド艦のデコイを追った。大きな船体に激突するつもりでいた魚雷は、それがないために、北へ航走するデコイを追いかけまわしては、何度も通り過ぎた。

魚雷がすべて北にそれると、三〇ノットもの速力で現場から遠ざかっているアクラ型を追跡するために、ミッチェルは針路変更を命じた。四本も魚雷が発射されたのに、一本の命中もなかった。乗組員の働きぶりに、ミッチェルはかなり満足していた。

「みんな、よくやった！」誇りに顔を輝かせて、ミッチェルは告げた。「きみもな、副長」ウインクしてつけくわえた。

「おやおや、ありがとうございます、艦長」シグペンが、むっとしたように答えた。二人とも大笑いした。

「いや、バーニー、ほんとうだ。きみのチームの働きはすばらしかった。わたしが思った以上に、離れ業がうまくいった」

シグペンがゆっくりと首をふった。「艦長はまた手品を使いましたね。元型は絶体絶命だと確信していたんです」

「わたしも危ぶんでいたんだ、副長。しかし、万事うまくいったな、結局——われわれの観点では、ということだが」

「アクラの艦長は、いまごろはどなり散らしていますよ」シグペンが、同情する口調でいった。

「ああ、怒っているだろうな」ミッチェルは笑みを浮かべて同意した。「艦長はそれを乗り越えないといけないんだ」

（下巻に続く）

ザ・ミステリ・コレクション

中国軍《ちゅうごくぐん》を阻止《そし》せよ!〈上〉

著者 ラリー・ボンド
訳者 伏見威蕃《ふしみいわん》

発行所 株式会社 二見書房
東京都千代田区三崎町2-18-11
電話 03(3515)2311［営業］
03(3515)2313［編集］
振替 00170-4-2639

印刷 株式会社 堀内印刷所
製本 株式会社 村上製本

ISBN978-4-576-14004-9
http://www.futami.co.jp/

レッド・ドラゴン侵攻！（上・下）

ラリー・ボンド／ジム・デフェリス
伏見威蕃［訳］

肥沃な土地と豊かな石油資源を求めて中国政府のベトナム侵攻が始まった！元海軍将校が贈るもっとも起こりうる近未来の恐怖のシナリオ、中国のアジア制圧第一弾！

レッド・ドラゴン侵攻！第2部 南シナ海封鎖（上・下）

ラリー・ボンド／ジム・デフェリス
伏見威蕃［訳］

中国軍奇襲部隊に追われる米ジャーナリスト・マッカーサー。中国軍の猛攻に炎上する首都ハノイからの決死の脱出行！元米海軍将校が描く衝撃の近未来軍事小説第二弾！

レッド・ドラゴン侵攻！第3部 米中開戦前夜

ラリー・ボンド／ジム・デフェリス
伏見威蕃［訳］

国連でのベトナム侵攻の告発を中国は否定。しかしベトナム西部では中国軍大機甲部隊が猛烈な暴風下に驀進していた。米国人民軍顧問率いるベトナム軍との嵐の中での死闘！

レッド・ドラゴン侵攻！完結巻 血まみれの戦場

ラリー・ボンド／ジム・デフェリス
伏見威蕃［訳］

ベトナム軍が中国軍一大機甲部隊と血みどろの闘いを繰り広げる一方、米駆逐艦［マッキャンベル］は南シナ海で中国艦と対峙していた。壮大なスケールで描く衝撃のシリーズ、完結巻！

米本土占領さる！

ジョン・ミリアス＆レイモンド・ベンソン
夏来健次［訳］

2020年代、東南アジアをはじめ日韓を併合した北朝鮮は遂にアメリカ本土侵攻へ。苛烈な占領政策に全米各地でレジスタンスが！ベストセラー・ゲームの小説化

ロシア軍殺戮指令（上・下）

ジェイムズ・バリントン
鎌田三平［訳］

ロシア復興を進める軍高官が、米国を孤立させるためアラブ過激派と手を結び、恐るべき陰謀を画策する。その計画を阻止すべく英秘密工作員リクターはフランスへ飛ぶが…

台湾侵攻（上・下）

デイル・ブラウン

伏見威蕃［訳］

台湾が独立を宣言した！　激昂する中国は、核兵器の使用も辞さない作戦に出る。猛攻に曝される台湾を救うべく、米軍はステルス爆撃機で反撃するが…

韓国軍北侵（上・下）

デイル・ブラウン

伏見威蕃［訳］

韓国領空を侵犯し撃墜された北朝鮮軍機は、核爆弾を積載していた。あらためて北の脅威を目のあたりにした韓国大統領は、遂に侵攻計画を実行に移す。

炎の翼（上・下）

デイル・ブラウン

伏見威蕃［訳］

アラブ統一国家の野望を抱くリビアの独裁者が、エジプト大統領を暗殺し、油田の略奪を狙う。それを阻止せんと元米空軍准将率いるハイテク装備の部隊が飛び立った！

ロシア軍侵攻（上・下）

デイル・ブラウン

伏見威蕃［訳］

越境したタリバン一派が米国の石油採掘施設やパイプラインを占拠！　世界最大量の石油が眠る中央アジアの砂漠で米ロが軍事衝突か？　軍事ハイテク小説の最高作！

最新鋭原潜シーウルフ奪還（上・下）

パトリック・ロビンソン

上野元美［訳］

中国海軍がミサイル搭載の潜水艦を新たに配備した！　アメリカ政府は巨費を投じたステルス潜水艦〈シーウルフ〉を危険海域に派遣するが、敵の罠に落ち…

原潜シャークの叛乱

パトリック・ロビンソン

山本光伸［訳］

ホルムズ海峡封鎖とマラッカ海峡での巨大タンカー爆破！中国の暴挙を阻止すべく出動した特殊部隊SEALを原潜シャークは救出にむかうが……

殺戮兵器を追え
トム・クランシー
棚橋志行［訳］

恐るべき新兵器を開発した企業の技術がテロリストの手に渡り、大量殺戮計画が実行されようとしていた。合衆国の未曾有の危機に〈剣〉出動命令が下る。

石油密輸ルート
トム・クランシー
棚橋志行［訳］

アップリンク社に届いた深海油井開発をめぐる不審取引を仄めかす一通の電子メール。早速〈剣〉の長ピートは調査を開始するが…圧倒的人気の国際謀略シリーズ完結巻！

北朝鮮最終決戦（上・下）
ハンフリー・ホークスリー
棚橋志行［訳］

横田基地に北朝鮮のミサイルが来襲！ 軍部強硬派が政権を握った北朝鮮の狙いとは？ アメリカは報復に出るのか？ 壮大なスケールで迫る政治サスペンス！

奪回指令
ジョゼフ・ガーバー
熊谷千寿［訳］

汚名を着せられ、引退を余儀なくされていた元CIA工作員に大統領補佐官から特別任務が下る。ロシアに渡った〃原爆〃以来の最高機密を奪還せよというのだ…

シベリアの孤狼
L・ラムーア
中野圭二［訳］

秘密収容所から脱走した米空軍少佐マカトジ。酷寒のシベリアで武器も食糧もなく背後には敵が迫る。頼れるものは自らの野性の血とサバイバル・テクニックだけだった！

マンハッタン物語
ローレンス・ブロック編著
田口俊樹／高山真由実［訳］

巨大な街マンハッタンを舞台に、日常からわずかにはずれた人間模様の織りなす光と闇を、J・ディーヴァーはじめ十五人の作家がそれぞれのスタイルで描く短篇集

皆殺し
ローレンス・ブロック
田口俊樹［訳］
【マット・スカダーシリーズ】

友人ミックの手下が殺され、犯人探しを請け負ったスカダー。ところが抗争に巻き込まれた周囲の人間も次々に殺され、スカダーとミックはしだいに追いつめられて…

死への祈り
ローレンス・ブロック
田口俊樹［訳］
【マット・スカダーシリーズ】

NYに住む弁護士夫妻が惨殺された数日後、犯人たちも他殺体で発見された。被害者の姪に気がかりな話を聞いたスカダーは、事件の背後に潜む闇に足を踏み入れていく…

償いの報酬
ローレンス・ブロック
田口俊樹［訳］
【マット・スカダーシリーズ】

AAの集会で幼なじみのジャックに会ったスカダー。犯罪常習者のジャックは過去の罪を償う〝埋め合わせ〟を実践しているというが、その矢先、何者かに銃殺されてしまう！

殺し屋
ローレンス・ブロック
田口俊樹［訳］
【殺し屋ケラー シリーズ】

他人の人生に幕を下ろすため、孤独な男ケラーは今日も旅立つ…。MWA賞受賞作をはじめ、孤独な殺し屋の冒険の数々を絶妙の筆致で描く連作短篇集！

殺しのパレード
ローレンス・ブロック
田口俊樹［訳］
【殺し屋ケラー シリーズ】

ケラーの標的は大記録を目前にしたメジャーリーグ屈指の強打者だった。殺しの計画が微妙にずれていくことに孤独な仕事人の心は揺れるが…人気シリーズ続刊！

殺し屋　最後の仕事
ローレンス・ブロック
田口俊樹［訳］
【殺し屋ケラー シリーズ】

引退を考えていたケラーのもとに殺しの依頼が。最後の仕事にしようと引き受けるが、実は彼を陥れるための罠で必死の逃亡が始まる。（解説・伊坂幸太郎）

雪の狼（上・下）
グレン・ミード
戸田裕之［訳］

四十数年の歳月を経て今なお機密扱いされる合衆国の極秘作戦〈スノウ・ウルフ〉とは？ 世界の命運を懸け、孤高の暗殺者と薄幸の美女が不可能に挑む！

ブランデンブルクの誓約（上・下）
グレン・ミード
戸田裕之［訳］

南米とヨーロッパを結ぶ非情な死の連鎖。遠い過去が招く恐るべき密謀とは？ 英国の俊英が史実をもとに入魂の筆で織り上げた壮大な冒険サスペンス！

熱砂の絆（上・下）
グレン・ミード
戸田裕之［訳］

大戦が引き裂いた青年たちの友情、愛…。非情な運命に翻弄され、決死の逃亡と追跡を繰り広げる三人を待つものは？ 興奮と感動の冒険アクション巨篇！

亡国のゲーム（上・下）
グレン・ミード
戸田裕之［訳］

致死性ガスが米国の首都に！ 要求は中東からの米軍の撤退と世界各国に囚われている仲間の釈放。五十万人の死か、犯行の阻止か？ 刻々と迫るデッドライン

すべてが罠（上・下）
グレン・ミード
戸田裕之［訳］

アルプスで氷漬けの死体が！ 急遽スイスに飛んだ主人公を待ち受ける偽りの連鎖！ 事件の背後に隠されている秘密とは？ 冒険小説の旗手が放つ究極のサスペンス

地獄の使徒（上・下）
グレン・ミード
戸田裕之［訳］

約三十人を残虐な手口で殺した犯人の処刑後も相次ぐ連続殺人！ 模倣犯か、それとも処刑からよみがえったのか？ FBI女性捜査官ケイトは捜査に乗りだすが…